29,07

Alexander Rieckhoff, Stefan Ummenhofer
Schwarzwaldstrand

PIPER

Zu diesem Buch

Lehrer und Hobbyermittler Hubertus Hummel hat sich von seiner Familie zu einem Urlaub an der Adria überreden lassen. Als sie jedoch auf dem italienischen Campingplatz ankommen, trifft Hummel dort seinen halben Heimatort – es ist wie im Schwarzwald, nur viel heißer und viel enger ... Hummel stöhnt in der Hitze des Wohnwagens, doch dann kommt Abwechslung in die Urlaubsroutine: Am Strand wird die Leiche einer jungen Frau gefunden, und bald steht für Hummel und seinen alten Bekannten Kriminalhauptkommissar Winterhalter fest, dass sie ermordet wurde. Der Lehrer und der Kommissar nehmen eine heiße Spur auf und veranstalten dafür sogar einen Schwarzwald-Heimatabend auf dem Zeltplatz. Doch welche Rolle spielt der junge Italiener, der sich an Hummels Tochter Martina heranmacht? Warum trägt Hummel ein lachsfarbenes Jackett? Und: Hat der Journalist Klaus Riesle, der zu Hause im Schwarzwald das Umfeld des Opfers unter die Lupe nimmt, die besseren Kontakte zur Klärung des Mordes am »Schwarzwaldstrand«?

Alexander Rieckhoff, geboren 1969 und aufgewachsen in Villingen, hat Geschichte und Politikwissenschaft in Konstanz und Rom studiert und arbeitet derzeit als Fernsehredakteur beim ZDF. Er lebt mit seiner Familie in der Nähe von Mainz.

Stefan Ummenhofer, ebenfalls Jahrgang 1969, ist in Villingen und Schwenningen aufgewachsen und hat Politikwissenschaft und Geschichte in Freiburg, Wien und Bonn studiert. Er ist als Journalist für Zeitungen sowie die dpa tätig und lebt mit seiner Familie bei Freiburg.

Gemeinsam schreiben sie erfolgreiche Schwarzwald-Krimis um den Lehrer und Hobbyermittler Hubertus Hummel.

Alexander Rieckhoff
Stefan Ummenhofer

Schwarzwaldstrand

Ein Fall für Hubertus Hummel

Piper München Zürich

Mehr über unsere Autoren und Bücher:
www.piper.de

Von Alexander Rieckhoff und Stefan Ummenhofer liegen bei Piper vor:
Strafzeit
Stille Nacht
Morgengrauen
Narrentreiben
Schwarzwaldrätsel
Ringfahndung
Honigsüßer Tod
Giftpilz
Höhenschwindel
Schwarzwaldstrand

FSC
www.fsc.org
MIX
Papier aus verantwortungsvollen Quellen
FSC® C014496

Originalausgabe
1. Auflage Oktober 2013
3. Auflage Juli 2014

Umschlaggestaltung: bürosüd°, München
Umschlagabbildung: bürosüd°, München
Satz: Uhl + Massopust, Aalen
Gesetzt aus der Sabon
Papier: Munken Print von Arctic Paper Munkedals AB, Schweden
Druck und Bindung: GGP Media GmbH, Pößneck
Printed in Germany ISBN 978-3-492-30419-1

INHALT

1. Schlaflos am Lido

Und so etwas nannte sich nun Urlaub…

Hubertus Hummel schüttelte seinen von Schweißperlen übersäten Kopf und wendete sein Kissen in der Hoffnung, doch noch ein trockenes Plätzchen darauf zu finden. Es fühlte sich an wie ein vollgesogener Schwamm.

Die Luft im Wohnwagen stand. Gefühlt waren es an die vierzig Grad.

Tropisch war diese erste Urlaubsnacht an der Adria allemal.

Hubertus stöhnte und wälzte sich auf der Suche nach einer neuen Schlafstellung. Dabei wackelte der Wohnwagen, den der Lehrer sich von seinen Nachbarn geliehen und dann zuckelnd in Richtung Venedig gesteuert hatte.

Schlaflos am Lido!

»Aua! Verdammt«, zischte er, als sein Enkel, der sich zwischen seine Ehefrau Elke und ihn ins »Gräble«, die Mulde in der Mitte der beiden Matratzen, gezwängt hatte, ihm bei einer Körperdrehung ins Gesicht trat.

Hubertus schob das Beinchen des Vierjährigen behutsam beiseite und hielt sich die schmerzende Nase.

Wo war eigentlich Martina?

Seine Tochter hatte doch eigentlich nur noch einen Cocktail in der Strandbar nehmen wollen, war nun aber schon seit mindestens drei Stunden überfällig.

Und die Großeltern durften sich mal wieder um den Enkel kümmern…

Dabei hatte Hubertus in diesen Ferien so sehr auf Zweisamkeit mit Elke gehofft. Es sollte ein Versöhnungsurlaub nach der letzten sehr ernsten Ehekrise werden. Diese hatten sie paradoxerweise überwunden, indem sie gemeinsam den Mörder von Elkes ehemaligem Liebhaber, Rechtsanwalt Dr. Guntram Bröse, überführt hatten.

Auf dem idyllischen Schwarzwälder Westweg waren die beiden sich abseits von allem Trubel wieder nähergekommen.

Elke war es gewesen, die bald danach angeregt hatte, endlich mal wieder einen gemeinsamen, ausgedehnten Sommerurlaub zu machen.

Hubertus hatte dafür seinen heimatlichen Schwarzwald im Blick gehabt – Elke hingegen das Mittelmeer.

»Ich wollte schon immer mal Campingurlaub machen«, hatte Tochter Martina freudig verkündet und einen von Bekannten empfohlenen »Vier-Sterne-Campingplatz« in der Nähe von Venedig ins Spiel gebracht.

»Die halbe Nachbarschaft ist dort schon gewesen – der soll ideal für Familien sein«, hatte Elke zudem erfahren.

Camping.

Das hatte er zuletzt in der katholischen Jugendgruppe gemacht – und zwar sechs Tage lang bei durchgehend strömendem Regen.

Na ja, immerhin versprach ein Wohnwagen etwas mehr Komfort als das klapprige Igluzelt damals.

Hubertus Hummel hatte sich also gebeugt.

Das bereute er nun. Die hochgeklappten Fenster brachten ihm keinerlei Kühlung, da es windstill und draußen ähnlich heiß wie drinnen war. Stattdessen ließen sie ihn an den Nebengeräuschen der Nachbarwohnwagen teilhaben. Das Schnarchen von Platz A17 war inzwischen unüberhörbar, nachdem vor fünf Minuten von dort noch unverständliche Gesprächsfetzen herübergedrungen waren. Das Surren der Klimaanlage von A19 übertönte das Schnarchen allerdings.

Hätten sie nicht wenigstens auch einen etwas besseren Wohnwagen mit Klimaanlage mieten können? Aber nein, es musste die durchgelegene Mühle der Sauers sein, für die man auch noch dreiste 30 Euro Miete pro Tag berappen musste (Originalton des Nachbarn: »Des isch aber än subber Freundschaftspreis.«) Zuzüglich der 85 Euro Stellplatzgebühr für den Campingplatz. Das machten summa summarum satte 115 Euro am Tag.

115 Euro! Dafür hätte man doch schon fast ein gutes Hotelzimmer bekommen. Und allemal ein ordentliches Ferienhäuschen.

Drei Wochen hatten sie gebucht.

Ein Irrsinn!

115 Euro mal 21 Urlaubstage, das machten... Er sparte sich lieber die Rechnung. Ihm war auch so klar, dass Preis und Leistung in keinem Verhältnis standen.

Der Ärger ließ ihn zusätzlich schwitzen.

Erstmals seit der Versöhnung war auch Elke Adressatin dieses Ärgers.

Warum musste sie es immer so kompliziert machen?

Nie konnte sie den einfachsten Weg gehen. Das war schon früher so gewesen. Wenn er nur an den ersten gemeinsamen Urlaub dachte – damals, nach dem zweiten Semester. Interrail – durch sechs europäische Länder...

Über diese Gedanken schlummerte Hubertus dann endlich ein, doch schon wenige Augenblicke später ließ eine Männerstimme ihn wieder hellwach werden.

»Tesoro. Sei bellissima. Ti amo. Dammi un bacio«, säuselte jemand.

Er musste direkt vor ihrem Wohnwagen stehen!

Hubertus hörte schmatzende Geräusche.

»Nicht, Marco«, entgegnete eine ihm gut bekannte Frauenstimme. »Das ist mir zu stürmisch, mein Lieber.«

Mein Lieber?

Da ließ man seine Tochter ein paar Stunden aus den Augen, und schon warf sie sich dem erstbesten Italiener an den Hals.

Immerhin war sie verheiratet!

Über den Zustand von Martinas Ehe mit seinem alten Freund Didi war Hubertus allerdings nicht so recht auf dem Laufenden. Genau genommen wollte er es auch nicht sein. Überhaupt nicht.

Didi war jedenfalls zu Hause in Deutschland geblieben. Unter den üblichen Ausreden: viel Arbeit, keinen Urlaub bekommen und so weiter.

»Amooore«, säuselte Marco unbeirrt weiter. Man hörte in seiner vibrierenden Stimme förmlich, wie er jetzt zur Sache gehen wollte.

»Voglio fare l'amore con te!«

Hubertus' Italienischkenntnisse beschränkten sich zwar auf das Notwendigste – Pane, Pizza, Pasta und Grazie –, aber um »fare l'amore« als »Liebe machen« zu übersetzen, dafür brauchte er kein Wörterbuch.

»Langsam, Marco«, sagte seine Tochter. Doch der Klang ihrer Stimme verriet Hubertus, dass Marcos Säuseleien ihr nicht ausreichend Unbehagen bereiteten.

»Wir kennen uns doch eigentlich gar nicht.«

Eben!, wollte Hubertus schon empört hinzufügen.

Doch statt Marco wegzuschicken, folgten nun noch weitere Schmatzgeräusche.

»Amooore!«

Martina antwortete mit einem zögerlichen »Nicht doch, Marco…«

Nun reichte es Hubertus: »Nix da amore«, rief er, fuhr hoch und riss die Wohnwagentür auf. »Du jetzt ab ins Bett«, versuchte Hummel seine Tochter mit einem kommandoartigen Stakkato in den Wohnwagen zu zitieren, und ließ dabei bewusst außer Acht, dass Martina längst volljährig war.

»Du jetzt gehen. Heute finito amore«, bemühte sich Hubertus bei Martinas neuem Freund um ein kommunikatives Kauderwelsch aus Deutsch und Italienisch.

Eigentlich verachtete er Menschen, die mit Ausländern so sprachen, als hätten sie es mit kleinen Kindern zu tun. Als Deutschlehrer war er normalerweise darum bemüht, komplette Sätze zu bilden – Subjekt, Objekt, Prädikat. Unter diesen Umständen war sein Verstand jedoch ebenso wenig wach wie der Rest seines verschwitzten Körpers.

Mit einer wischenden Handbewegung versuchte Hummel zu unterstreichen, dass sich der Einheimische aus dem Staub zu machen hatte.

»Mi scusi«, verbeugte sich der junge Mann mit seinem schicken weißen Anzug. »Sono Marco, de Barkeeper vonne de Strandbar. Abbe isch das Frollein Tochter nur nack Ause begleitet.« Er verbeugte sich erneut, diesmal noch tiefer.

»Soso, nur nach Hause begleitet... Und wie war das mit amore?«, begann Hubertus, den jungen Mann ins Verhör zu nehmen.

Bevor Marco antworten konnte, ging Martina allerdings dazwischen:

»Papa, du bist ja so was von peinlich. Ich bin dreiundzwanzig, wenn ich dich daran erinnern darf. Und ich kann schon sehr gut auf mich alleine aufpassen. Du brauchst hier nicht den Lageraufseher zu spielen«, hielt sie ihm eine Standpauke.

»Pssst!« und »Ruhe!« kam es vereinzelt schon von den umliegenden Wohnwägen.

Auch A17 schnarchte nicht mehr.

»Ci vediamo domani, Marco«, verabschiedete sich Martina, die für Italienisch offenbar mehr Talent hatte als Hubertus. Dann drückte sie ihrem verblüfften Begleiter demonstrativ einen Kuss auf die Backe…

Hubertus brummte ein schnelles »Buonanotte« hinterher und zog die Türe leise zu, nachdem Martina in den Wohnwagen gehuscht war.

Seine Tochter stürmte ins hintere Abteil und knallte wutentbrannt die Schiebetür zu.

Elke und Maximilian waren nicht aufgewacht – zum Glück.

Hubertus verzichtete auch wegen der weit geöffneten Fenster auf eine Vater-Tochter-Diskussion und bemühte sich, endlich Schlaf zu finden.

Ein leichtes, kühlendes Lüftchen vom Meer begünstigte das Vorhaben nun. Das Rauschen des Wassers tat ein Übriges. Hubertus begann zu dösen.

Doch wieder waren es Nachtschwärmer, die ihn plötzlich hellwach werden ließen. Sie gaben durchdringende Surrgeräusche von sich und versetzten Hubertus kleine Nadelstiche – offenbar eine Folge der offenen Tür der vorigen Minuten.

Schon bald hatte er mindestens ein halbes Dutzend Stiche.

»Schnooke«, zischte er den alemannischen Fachausdruck.

Mücken! Das war also nun der »Campingurlaub im Einklang mit der Natur«, wie Elke sich ausgedrückt hatte.

Er schlug um sich, traf aber doch meist ins Leere. Man hörte sie angreifen, die Surrgeräusche wurden lauter, tückischerweise wusste man aber nie so recht, wo genau sie gerade waren.

Er hörte durch die dünne Schiebetür den leisen Atem Martinas und war sich sicher, sie würde im Schlaf lächeln. Von wem sie träumen würde, war nicht schwer zu erraten.

Hummel wollte das Licht nicht anschalten, um die anderen nicht zu wecken, nahm sich stattdessen eine Taschenlampe und eine Zeitschrift zur Hand und begab sich auf die Jagd.

Er zog die Fliegengitter herunter. Nach einer weiteren halben Stunde und rund zwei Dutzend platt gedrückten Insektenkadavern auf seiner Zeitschrift hatte er den heldenhaften Eindruck, sich und seine Familie vor dem nächtlichen Luftangriff gerettet zu haben.

Nun dauerte es tatsächlich nur noch wenige Sekunden, bis Hubertus völlig erschöpft einschlief.

Er träumte von Mücken. Mücken, die auffallend weiß gekleidet waren und den Kopf eines jungen Italieners hatten.

Mücken, die ihn berühren, ihn küssen wollten!

Immer wieder. »Amooore!«

Hubertus Hummel schlief nur wenig in dieser Nacht.

2. Harald

Schlipp, schlapp. Immer wieder: schlipp, schlapp.

Das durchdringende Geräusch, das die Flipflop-Sandalen der Frühaufsteher auf dem Weg zum Toilettenhäuschen machten – immer wieder unterbrochen von durchdringenden »Mooorgeeeen«-Rufen –, ließ Hubertus schon viel früher wach werden, als er es eigentlich vorgehabt hatte.

Ein Blick auf den Wecker bestätigte ihn: 7 Uhr 30.

Für die Ferien viel zu früh!

Höchstens drei bis vier Stunden Schlaf hatte er heute Nacht bekommen. Er fühlte sich gerädert, zumal die Matratzen der Sauers nicht gerade den Anforderungen seines überstrapazierten, bereits von mehreren Bandscheibenvorfällen gezeichneten Rückens entsprachen.

Und denen seines Gewichts auch nicht. 120,2 Kilogramm hatte vor zwei Jahren das letzte offizielle Wiegen in einer Kurklinik ergeben. Seitdem hatte es sich vermutlich noch das eine oder andere zusätzliche Gramm an seinem Bauch gemütlich gemacht.

Hubertus sehnte sich nach seinem eigenen Bett.

Noch zwanzig Nächte.

Immerhin war die Morgenluft etwas weniger drückend. Eigentlich ja auch ganz positiv, dass er schon so früh wach war. Denn das Vorzelt musste schleunigst aufgebaut werden, bevor der Campingplatz zum Glutofen wurde. Sauers hatten ihm dafür eine handgeschriebene Kurzanleitung mitgegeben.

Hubertus öffnete die Wohnwagentür, wurde sogleich mit zwei »Mooorgeeen« von den Nachbarn rechts (Schnarcher) und links (Klimaanlage) bombardiert. Er bemühte sich, freundlich zu nicken, und simulierte mit den Lippen irgendeine Begrüßung. Zu mehr war er noch nicht fähig.

Nach einer Stunde, die er mit ausgiebiger Morgentoilette, einem kurzen Strandspaziergang sowie einer Tasse selbst zubereitetem Espresso verbracht hatte, fühlte er sich besser, ja, beinahe fit für den ersten Urlaubstag. Das Vorhaben Vorzelt konnte beginnen.

Dass er nun doch getrödelt hatte, ärgerte ihn etwas. Denn zum einen hatte inzwischen wieder jemand am Temperaturregler gedreht. Die Sonne brannte bereits jetzt unbarmherzig. Warum nur hatte Elke auf einen Sonnenplatz bestanden?

Im Schwarzwald, am Titisee oder Schluchsee etwa, hätte man das aushalten können. Hier nicht!

Zum anderen saßen die Nachbarn von gegenüber bereits beim Frühstück und schienen Hubertus' Vorzelt-Aufbaumanöver als willkommene Abwechslung von ihrem Fernseher zu betrachten, der zu dieser frühen Tageszeit bereits den halben Zeltplatz beschallte.

Immer wieder schauten sie gebannt – mal grinsend, mal winkend – zu ihm herüber. Hubertus glaubte, an ihrem Gesichtsausdruck ablesen zu können, dass sie nur auf einen Fehler von ihm warteten.

Sein Ehrgeiz war geweckt. Die konnten lange warten …

Seine Familie schlief erstaunlicherweise noch immer, weshalb er die Zeltstangen ganz behutsam aus den Stoffsäcken nahm und sie auf den Boden legte.

Wohnwagenbesitzer Sauer war wirklich ein sehr ordnungsliebender Mensch.

Das spiegelte sich nicht nur in seinem allmorgendlich akribisch gekehrten Gehweg in Villingen wider, sondern auch in der Kennzeichnung der Zeltstangen. Jedes Ende war mit Buchstaben-Zahlen-Kombinationen versehen. Die Kurzanleitung war ebenfalls eindeutig: »A1 auf A1 stecken. A2 auf A2 und so weiter.«

Hubertus kam gut voran. Die Campingnachbarn würden nichts zu lästern haben.

Ohne fremde Hilfe und unter schweißtreibenden Turnübungen schaffte es Hummel, das Gestänge aufzustellen. Die Nachbarn grinsten kauend zu ihm herüber.

Im Fernseher lief offenbar Super RTL oder etwas Ähnliches. Hektische Comics ohne jede Handlung.

Euch wird das Grinsen gleich vergehen, dachte sich Hubertus. Denn jetzt musste nur noch die Plane drüber, schon war alles fix und fertig.

Doch genau damit begannen die Probleme: Diese musste durch eine Schiene an der Oberkante des Wohnwagens gezogen werden.

Dafür brauchte er eine Leiter. Und vermutlich auch Helfer, denn die Zeltplane war schwer wie Blei. Das bereits befestigte und festgeschraubte Gestänge war dabei außerdem eigentlich eher hinderlich. Wie sollte er das schwere Ding über das schon fertig aufgestellte Vorzeltgestänge hieven?

Hummel, der sich sein T-Shirt ausgezogen hatte und nur noch eine Turnhose trug, schwitzte unbotmäßig.

Er behalf sich mit einem wackligen Campingstuhl – die Grinser um Hilfe zu bitten kam nicht infrage –, stellte sich auf diesen und versuchte, das Vorzelt durch die Rille zu schieben. Doch als er ansetzte, es schwungvoll anzuheben, gab der Stuhl unter lautem Krachen nach. Hubertus landete auf dem von Pinienzapfen übersäten Sandboden. Die Zeltplane begrub ihn unter sich.

Unter lauten Flüchen und mit etlichen Kratzern am ganzen Körper krabbelte er hervor.

Während sich bei der offenbar dreiköpfigen Familie gegenüber das Schmunzeln zu einem Gelächter auswuchs, hatte der direkte Nachbar zur Linken ein Einsehen: »Hallo! Ich bin der Dietmar«, gab sich der Schnarcher von nebenan zu erkennen. »Aus Furtwangen. Und du? Auch Schwarzwald, hab ich recht?« Er trug einen glänzenden, schwarzen Trainingsanzug und wirkte im Gegensatz zu Hubertus durchtrainiert. Die Haare hatte er akkurat gescheitelt, sein Gesichtsausdruck war dominiert von einem Dauerlächeln. Typ Verkäufer …

»Aus VS. Ich bin Hubertus«, entgegnete Hummel mit schmerzverzerrtem Gesicht. Eigentlich wäre es ihm lieber gewesen, erst mal per Sie zu sein. Gleich per Du, das war ihm prinzipiell unsympathisch. Und eigentlich fuhr man nicht nach Italien, um dann neben jemandem zu wohnen, der aus einem Nachbarort stammte …

»Hast du dir wehgetan?«

Hummel blickte auf den weitaus schickeren Wohnwagen von Dietmar, was den Schmerz gleich noch verstärkte. In einem solchen Gefährt mit Doppelachse und Klimaanlage würde er sicher auch gut schlafen. Den Spoiler am Auto würde er hingegen nicht benötigen. Vermutlich war dieser Dietmar Autoverkäufer – vielleicht machte er in Anbetracht seiner Campingbehausung aber auch eher in Wohnmobile und Wohnwagen. In Anbetracht Tausender deutscher Camper hier sicher ein einträgliches Geschäft.

»Geht schon«, stöhnte Hubertus. »Ich habe nur gerade versucht, die Zeltplane anzubringen. Ist gar nicht so leicht.«

»Allerdings. Ich versuch's mal – hab ein paar Jahre Erfahrung.«

Also doch Wohnmobil-Verkäufer?

Er hätte es schlechter treffen können, dachte sich Hummel nun. Dietmar wirkte in seiner Sportlichkeit ein bisschen wie ein Exfußballer oder so etwas – ein hilfsbereiter allerdings.

Er war mit seiner Frau oder Freundin hier. Von der Brünetten hatte Hubertus bislang aber nur ein Kopfnicken wahrgenommen. Sie war wohl ein paar Jahre jünger als der Gatte, so Mitte, Ende dreißig. Kinder hatten sie offenbar nicht. Zumindest waren keine zu sehen oder zu hören.

Obgleich er selbst mit Kleinkind angereist war, beruhigte Hubertus das. Er war im Urlaub, da störten fremde Kinder nur – auch wenn es sicher nicht politisch korrekt war, so etwas zu denken. Dann lieber diese etwas spießigen, aber hoffentlich eher unaufdringlichen Zeitgenossen. Vielleicht war es auch gar nicht so schlecht, neben einem Landsmann zu wohnen. Wobei Hubertus unter Landsmann einen Schwarzwälder und nicht etwa nur einen Deutschen verstand.

»Sag mal«, meinte Dietmar, nachdem er Hubertus von der Plane befreit hatte. »Wie bist du denn eigentlich so versichert?«

Und schon waren die positiven Gedanken von eben Makulatur. Ein Versicherungsfuzzi – na prima.

Doch aus dem Lidohimmel wurde ihm flugs ein rettender Engel gesandt. Zumindest empfand es Hubertus in diesem Moment so.

»Kann isch watt helfen?«, mischte sich nun nämlich der fernsehende Nachbar von gegenüber ein. »Ich bin der Haraaald«, stellte sich der dickliche Mann vor, der mehr Haar auf der Brust als auf dem Kopf trug. Es war anhand des Dialekts nicht schwer zu erraten, dass Harald wohl aus dem Ruhrpott stammte.

Redselig gab er Hubertus Tipps und ließ Versicherungs-Dietmar kaum mehr zu Wort kommen.

»Mann, Mann, Mann, watt machse denn für'n Scheiß! Is doch logo, datte ers die Plane durch die Rille am Wohnwagen ziehen muss, bevorde datt Gestänge vollständich aufbaus. Is doch sonst viel zu schwer, datt Dingen da drübber zu hieven. Is doch klar wie Kloßbrühe.«

»Aha«, machte Hubertus nur und fühlte sich einigermaßen

vorgeführt, zumal nun auch Elke und Maximilian verschlafen aus dem Wohnwagenfenster lugten und Harald derart laut schwadronierte, dass man ihn vermutlich über den halben Campingplatz hören konnte. Vielleicht hielt man ihn auch für eine Gestalt aus dem Trickfilm des Fernsehers, der immer noch dröhnte.

Campingprofi gibt Campinganfänger Tipps. Genau das konnte Hubertus an seinem ersten Ferientag auf nüchternen Magen gebrauchen.

»Is für dich wohl datt erste Mal, watt?«, blieb Harald weiter beim wohl üblichen Camper-Duzen, ohne Hubertus' Antwort abzuwarten, der mittlerweile vergeblich versuchte, den an seinem verschwitzten Körper haftenden Sand abzuklopfen. Stattdessen widmete sich Harald nun der »bezaubernden Dame des Hauses«.

»Freut mich sehr, ich heiße Elke. Und das ist unser Enkel Maximilian«, entgegnete diese.

»Watt? So'n junges, hübsches Ding schon Omma? Boah! Wann habt ihr denn datt Kindermachen angefangen?«, konnte sich Harald kaum noch beruhigen und rief sogleich nach »Mathylde« und seinem Sohn Gordon Harald. Harald im Zweitnamen, natürlich nach dem »Vatter« benannt.

Dietmar hatte sich derweil in seinen Wohnwagen zurückgezogen. Versicherungen hin oder her – er kannte Harald wohl schon …

Als hätte er einen Lautsprecher vor dem Mund, erzählte dieser ihnen nun seine halbe Lebensgeschichte. Dass er gelernter Metzger sei und aus ganz einfachen Verhältnissen stamme.

»Wir ham uns langsam nach oben gearbeitet, nä, Mathylde?«, rief er und blickte sich kurz nach seinem Wohnwagen um. Die Angesprochene nickte.

»Den Meister hab ich gemacht. Und dann bin ich Schichtleiter inner großen Fleischfabrik in Oberhausen geworden«, verkündete Harald, um nahtlos einen Werbespot für seine Produkte zu platzieren.

»Wir ham dat beste Fleisch von Krefeld bis Meppen. So gutet Fleisch ham die hier nich«, sagte er stolz und deutete auf seinen Wohnwagen. »In unserem bescheidenen Heim befindet sich eine von mir eigenhändig eingebaute Tiefkühltruhe mit sage und schreibe fünfundzwanzig Kilo Fleisch und Wurst von tippi toppi Qualität. Da hab ich abba höchstpersöhnlich für gesorcht«, proklamierte er weiter. »Allet selber mitgebracht.«

Hubertus schaute derweil in einer Mischung aus Verärgerung und Ohnmacht auf den kaputten Campingstuhl, den der akribische Sauer ihm in Rechnung stellen würde, auf das immer noch blanke und von der Sonne aufgeheizte Zeltgestänge sowie die Plane auf dem sandigen Boden.

Was wollte dieser Typ nun hier: helfen oder Reden schwingen?

»Könnten Sie mir vielleicht beim Vorzelt …?«, fragte Hummel.

»Datt machen ma gleich, Hubertus«, ließ Harald sich nicht aus dem Konzept bringen und strahlte die noch schlaftrunkene Elke an. »Schönet Plätzchen habt ihr euch da ausgesucht. Bester Campingplatz weit und breit. Seit fünfundzwanzig Jahren gehen Mathylde und ich schon hierher. Mir macht hier keiner watt vor. Ich duz hier jeden Grashalm, wenne verstehs, watt ich meine. Habt ihr irgendwelche Fragen, müsst ihr's nur dem Harald sagen!« Er war weiter verbal in Höchstform.

Harald grinste über seinen kleinen Reim, musterte das Vorzelt und stemmte seine Fäuste mit einer jovialen Geste in seine Hüften.

»Wir könnten mal 'ne Grüllfete in unserer Straße machen«, fuhr er ohne Punkt und Komma fort und streckte seinen

Bauch demonstrativ Elke entgegen, als zeige er ihr stolz seine durch Fleisch und Bier erschaffene Trophäe.

»Du sprichs g'rade mit dem Grüllkönich persönlich, mein Freund«, verkündete er.

Hubertus störte allein schon die Aussprache des Wortes. Und ihn störte, dass man diese kümmerliche Aneinanderreihung von modernen (Harald und Dietmar) sowie altbackenen Wohnwagen (Hummel) im Camper-Jargon offenbar wirklich eine Straße nannte – als sei das Ganze tatsächlich ein dauerhafter Hausersatz, eine auf Langfristigkeit angelegte soziale Einheit.

»Was ist denn nun mit meinem Vorzelt? Könnten Sie mir vielleicht helfen, es aufzubauen?«, konnte Hubertus nun einen leicht ungehaltenen Tonfall nicht verhehlen.

Sonst würde er halt den Platzwart fragen.

Oder erneut auf Dietmar zurückgreifen, dessen Gesicht er sporadisch durch eine runde Fensterscheibe sah.

»Is schon gut, Alter. Wir machen datt jetzt. Gordon Haraaald«, johlte er nun so laut, dass seine Stimme vermutlich sogar noch auf den benachbarten Campingplätzen zu hören war.

»Ja, Vatter?«

»Kommse mal bei Oppa Hubertus bei!«

Wie war das? Hatte er wirklich Oppa Hubertus gesagt?

Tatsächlich: »Datt is mein Sohn Gordon Harald«, stellte er sie nun vor. »Datt is der Oppa Hubertus und seine bezaubernde Gattin Elke und sein Prachtenkel Maximilian.«

Wie konnte er es wagen! Harald war allenfalls ein paar Jahre jünger als er, hatte aber mindestens doppelt so viel auf den Hüften und sah bei genauerer Betrachtung auch doppelt so alt aus wie er.

Sein Sohn Gordon Harald war ein blasser, sommersprossiger Junge, vermutlich zwölf oder dreizehn Jahre alt, kam aber offenbar ebenso gern und üppig wie der Vater in den Genuss der häuslichen Küche und der selbst hergestellten Fleisch- und Wurstwaren. Figürlich war er eine Miniaturausgabe von Harald.

»Gordon Harald: an die Schippe«, ging der Vater nun in einen Kommandoton über. »Wir müssen datt Vorzelt von Oppa Hubertus überziehen!«

»Ich hab's eigentlich nicht so gern, wenn Fremde mich als Opa bezeichnen. Hubertus reicht völlig«, sagte Hummel so genervt, dass es sogar Harald hätte auffallen müssen. Doch entweder prallte das Gesagte an seiner rotbraunen Lederhaut ab, oder er wollte es einfach nicht hören.

»Freunde nennen ihn auch Huby«, sagte Elke, die die Situationskomik entweder sichtlich genoss oder überhaupt nicht verstand. Wohl eher Letzteres. Auf die Frequenz von Elkes Stimme schien Haralds Gehör wenigstens eingestellt zu sein.

»Dem Vorzelt vom Oppa Huby kann geholfen werden«, tat Harald kund, machte sich daran, die unteren Gestänge wieder abzumontieren, dann das Vorzelt unter lauten Kommandos (»Schieben, schieben!«) durch die vorgesehene Schiene zu bugsieren, um schließlich das Gestänge wieder anzuheben.

Harald gab dabei den Vorarbeiter. Er stand auf seiner Klappleiter, fuchtelte wild mit einer Hand, während er mit der anderen das Vorzelt zog.

Hubertus hielt sich zusammen mit Gordon Harald unten auf und war zum Hilfsarbeiter degradiert.

Als das Vorzelt endlich über dem Gestänge war, bedankte sich Hubertus pflichtschuldig.

»Moooment. Wir sind ja noch nich fertich. Datt Vorzelt muss noch gespannt werden. Datt ist die wichtigste Aabeit. Da muss der Profi ran.«

Natürlich konnte Harald damit nur sich selbst meinen. Wortreich und erneut lautstark kommentierte er, wie, wo und warum er das Vorzelt spannte.

»Da darf sich nich mal ’ne Pfütze drauf bilden«, erklärte er im Tonfall des Lehrmeisters. Hummel fühlte sich derart bloßgestellt, dass er nur noch stumm nickte und lieber gar nicht mehr zu den anderen Zeltnachbarn hinüberschaute, die ihn vermutlich mitleidig beobachteten.

»Danke vielmals. Ich muss jetzt Frühstück machen. Mein Enkel hat Hunger«, sagte Hubertus, als Harald mit dem Spannen fertig war.

Er hoffte, den neuen Nachbarn endlich loszuwerden. Doch das war nicht so einfach. Denn »Frühstück« war für Harald das richtige Stichwort.

»Also, nach der ganzen Plackerei hab ich mir jetzt, glaub ich, mal ’n Käffchen verdient«, sagte er und setzte sich auf einen der Campingstühle.

Hubertus grinste nur gequält und schwieg.

Elke sprang dafür ein: »Ist schon unterwegs. Vielen Dank, Harald, fürs Helfen«, strahlte sie ihn an, was Hummel noch gequälter dreinblicken ließ.

»Schätzeken, gern«, steigerte Harald weiter die Vertrautheit.

»Sach mal, Oppa Hubby, watt machse denn so beruflich?«, wollte Harald nun wissen. »Wenn man dich so beim Aufbau sieht, würd’ ich sagen, du bis ’n Bürohengst.« Harald lachte und klatschte sich auf die Schenkel. Gordon Harald, der es sich wie selbstverständlich auf dem anderen Campingstuhl vor Hummels Wohnwagen bequem gemacht hatte, grinste.

»Lehrer«, gab Hubertus einsilbig zu Protokoll.

»Soso, Lehrer«, johlte Harald. »So wie du arbeitest, möcht’ ich mal Urlaub machen.« Wieder klatschte Harald auf seine Schenkel, dass es eigentlich hätte wehtun müssen.

Beim folgenden Monolog zog Hubertus sich in die innere Emigration zurück. Er schwitzte dabei weiter vor sich hin und versuchte, sich auf das Rauschen der Brandung zu konzentrieren. Nur noch bruchstückhaft bekam er mit, wie Harald von der legendären »Grüllfete« 1990 erzählte, als »wir Weltmeister hier wurden und den Spagafuzzis gezeicht haben, wie man Fußball spielt«, dass Hubertus sein Fleisch zum Freundschaftspreis beziehen könne und dass sie unbedingt den vom Campingplatz organisierten Ausflug »Venezia by night« buchen müssten.

Wenn Harald das sagte, hörte es sich an, als würde er Currywurst rot-weiß verkaufen.

Hummel döste offenen Auges weg. Er erinnerte sich an einen Satz seines Freundes Riesle. »Auf dem Campingplatz ist die Realität so voller Klischees, dass du denken wirst, du seist in einer Fernsehserie gelandet«, hatte dieser ihm prognostiziert.

Schmachtende Italiener, fiese Mücken, Ströme von Schweiß, Massen deutscher Kleinbürger aus verschiedensten Landesteilen, vor allem aber aus seinem eigenen – bislang konnte er Riesles Vorurteilen nur zustimmen …

So richtig zu sich kam Hubertus erst wieder, als Harald mit einem Sixpack anrückte und seinem Wohnwagennachbarn ein Bier aufnötigte. Hummel wusste: Wenig Schlaf und auch nur ein Schluck davon – und der Tag war für ihn unwiderruflich gelaufen.

Harald war da weniger zart besaitet: Das erste Bier trank er auf ex, öffnete das zweite blitzschnell am Kronkorken des dritten, nahm einen tiefen Schluck und blickte Hummel ebenso tief in die Augen.

»Also, Kernfrage«, setzte er dann bedeutungsschwanger an, »Borussia oder Schalke?«

»Hm«, antwortete Hubertus, der vermutete, dass die falsche Antwort das nachbarschaftliche Verhältnis unwiderruflich zerstören würde.

Nicht nur deshalb entschied er sich für den SC Freiburg. Den mochte jeder, da konnte man nichts falsch machen.

Richtig. »Freiburg, datt is völlich in Ordnung«, kommentierte Harald.

Doch dann ging es wieder los. »Aber jetzt mal Hosen runter: Borussia oder Schalke?«

Hubertus versuchte an Harald vorbei etwas an dessen Wohnwagen zu erkennen, das auf eine Liebe zum einen oder anderen Club hindeutete.

»Borussia – das wäre ja Borussia Dortmund, nicht Borussia Mönchengladbach, oder?«, versuchte er, Zeit zu schinden.

»Gladbach? Wen interessiert denn Gladbach?«, gab Harald zurück.

Plötzlich hatte Hummel eine Idee. Die Vereinsfarben! Blauweiß! Der Wohnwagen von Harald war blau-weiß! Überhaupt erschien ihm auf einmal alles auf dem Grundstück der Ruhrpottler blau-weiß. Blau-weiße Tassen, blau-weißer Vorzeltteppich, und wenn ihn seine müden Augen nicht täuschten, lag da sogar eine blau-weiße Kappe.

»Schalke!«, sagte Hummel nun bestimmt. »Schalke ist besser als Dortmund. Und überhaupt spricht man das Wort Dortmund nicht aus. Das ist das Dorf bei Lüdenscheid.«

Endlich zahlten sich die in Elkes Augen völlig unnützen Fußballkenntnisse von Hubertus Hummel einmal aus.

»Komm, tuse mal 'm Oppa Hubertus 'n Eierlikör«, befahl Harald in Richtung Mathylde.

Hubertus hatte – das schien jetzt zumindest Haralds Meinung – einen Freund fürs Leben gefunden.

Nur: Wollte er das überhaupt?

Als der Nachbar das Sixpack geleert und ihn zum dritten Mal mit seinem schweißbeperlten Oberkörper geherzt hatte, wusste Hummel: Nein, das wollte er nicht.

Doch dafür war es jetzt zu spät.

3. Und minütlich grüßt der Schwarzwälder

Es war nun fast zehn Uhr und die Hitze bereits unerträglich. Hubertus sollte »mal noch eben schnell« ein paar Brötchen im Campingladen einkaufen gehen. Elke würde derweil den Tisch decken und versuchen, Martina wach zu bekommen.

Er schnappte sich das kleine Klapprad aus dem Wohnwagen, das bei jeder Tretbewegung quietschte, als würde es unter Hubertus' Gewicht stöhnen.

Das Vorankommen war eher mühselig. Das »mal eben schnell« relativierte sich aber nicht nur deshalb.

»Jo, Hubertus, ha, des isch jetzt aber ä Überraschung«, hörte er jemanden rufen, als er auf die von Pinien gesäumte Hauptstraße des Campingplatzes einbog. Familie Seiler, die ein paar Häuser weiter in der Villinger Südstadt wohnte, war begeistert, ihren Nachbarn »ausgerechnet hier« zu treffen.

Frau Seiler, die immer wieder vorgab zu wissen, was sich Neues im Städtle und im Viertel zutrug, ließ Hubertus natürlich nicht ohne das obligatorische Schwätzle weiterziehen. Er beendete deren Redeschwall schließlich mit einem bestimmten »Ich muss jetzt leider. Ade!«

»Mer sieht sich!«

Es würde vermutlich schwer sein, der Seiler dauerhaft aus dem Weg zu gehen, ärgerte sich Hummel. Die Welt war klein auf so einem Campingplatz. Kleiner als in Villingen. Deutlich kleiner!

Hubertus schaffte es nur wenige Meter weiter, als er sich an den Film »Und täglich grüßt das Murmeltier« erinnert fühlte.

Alles wiederholte sich. Immer wieder. Schrecklich!

Und minütlich grüßt der Schwarzwälder, lautete der neue Titel.

»Jo, Hubertus, du hier, des gibt's jo gar nit!« Es war die Stimme des Lehrerkollegen Hoffmann. Chemie.

»Wusst gar nit, dass du auch än Camper bisch.«

»Hallo. Bin ich ja auch nicht. Ist das erste Mal. Muss zum Einkaufen. Familie hat Hunger«, antwortete Hubertus stakkatohaft in der Hoffnung, schnell weiterzukommen. Doch die Hoffnung war vergebens, seine Fahrt auf dem Klapprad nun ein ständiges Stop-and-go, die Grußrituale wurden zur Endlosschleife.

Der Campingplatz-Geheimtipp hatte sich in der Heimatstadt wohl noch weiter herumgesprochen.

»Herr Hummel, Sie hier?«, begrüßte ihn nach und nach insgesamt ein halbes Dutzend entfernter Bekannter. Bemerkenswert war dabei, dass darunter sogar einige waren, die ihn zu Hause kaum eines Blickes würdigten, nun aber begeistert so taten, als sei es ein kleines Weltwunder, dass man sich hier, Hunderte Kilometer von Villingen-Schwenningen entfernt, zufällig träfe.

Und man müsse sich abends unbedingt mal zu einem »vino rosso« treffen. Musste man keineswegs, wenn es nach Hubertus ging.

Spätestens im Supermarkt wunderte ihn überhaupt nichts mehr. Denn ihm schwante, warum alle hierher fuhren.

Die einheitlich in gelb-weißen Schürzen und mit dazu passenden Schiffchen auf dem Kopf herausgeputzten Verkäuferinnen begrüßten die Leute nicht mit dem obligatorischen »Buongiorno«, sondern mit »Guten Morgen«. Diesmal fühlte sich Hummel an einen anderen Film erinnert: »Man spricht deutsh.« So lautete wohl auch das buchstäbliche Motto des Campingplatzes.

»Hundertfünfzig Gramm gekochten Schinken? Sehr gerne.

Darf's noch etwas sein?«, trällerten die überfreundlichen Verkäuferinnen fast akzentfrei. Einzig das Ciabatta neben dem Vollkornbrot und die acht Salamisorten neben der Lyonerwurst wiesen darauf hin, dass man sich nicht in Deutschland befand.

Vor der Frischtheke bildete sich eine lange Schlange, die ein Dialektwirrwarr von Niederbayrisch bis Norddeutsch von sich gab. Mittendrin: Schwarzwälderisch.

Hubertus stellte sich an und war zunächst erleichtert, dass er keinen weiteren Bekannten aus der Heimatstadt vor sich entdecken konnte. Für heute war sein Plauderbedarf gestillt.

Und als er an der Reihe war, war er sogar ganz froh, dass er sich die Zunge nun nicht mit seinen paar Bröckchen Italienisch abbrechen musste, sondern ganz einfach wie im heimischen Supermarkt bestellen konnte: »Zweihundert Gramm, ach nein, lieber dreihundert Gramm von der Mortadella bitte. Und vierhundert Gramm vom gekochten Schinken.«

Es musste an der Luftveränderung oder am Frühsport liegen: Hubertus hatte einen Mordshunger.

Ein Mann an der benachbarten Käsetheke war etwas bescheidener und gab sich bei der Bestellung auch mehr Mühe als Hubertus. »Tschentooo Gramm di queschto fromaggio«, presste er Wort für Wort mit der typisch deutschen Betonung heraus. Den Satz musste er sich wohl mithilfe des Wörterbuchs zurechtgelegt haben.

Die Stimme kam ihm bekannt vor. Hubertus betrachtete den Mann genauer und sah, dass er auf dem Kopf eine Schildkappe mit der Aufschrift »I love Black Forest« trug. Nicht schon wieder!

O doch!

Sonst kannte Hubertus den Mann eher mit Filzhut und Kniebundhosen.

Bei der Hitze wäre das allerdings zugegebenermaßen völlig inadäquat gewesen. Die Kniebundhosen hatte er gegen Bermudas, die sonst üblichen Wanderstiefel gegen Badeschlappen eingetauscht.

»Kommissar Winterhalter, Sie auch hier? Das ist ja eine Überraschung«, gab nun Hummel den »Grüßer« aus dem Schwarzwald. Erstmals war er tatsächlich erfreut.

Kriminalhauptkommissar Winterhalter war er schon mehrfach bei Ermittlungen begegnet. Im Gegensatz zu dessen launischem Kollegen Thomsen hatte der Nebenerwerbslandwirt stets mehr Verständnis für den Hobbydetektiv Hummel und seinen Freund, den Lokaljournalisten Klaus Riesle, mit dem er immer wieder seine Nase in knifflige Kriminalfälle steckte. Gelegentlich hatten sie sogar mit Winterhalter kooperiert – zum Leidwesen Thomsens natürlich.

»Sie auch än Camper, Herr Hummel?«, fragte Winterhalter.

»Um Gottes willen: nein«, rief der und zog prompt ein paar abschätzige Blicke der Umstehenden auf sich. »Das heißt, derzeit schon. Aber bei uns ist es das erste Mal«, versuchte Hummel sich zu retten. »Wir haben uns einen Wohnwagen von Nachbarn geliehen. Und Sie? Sind Sie ein Camper?«

»Schon lang. Obwohl des mit unsere Viecher und dem Bauernhof nit so ei'fach isch. Aber mir habet jetzt große Kinder, die sich für drei Woche um alles kümmern. Wobei ich erscht mol Zeit brauch, um abzuschalte. Morgens denk ich immer, ich müsst jetzt meine Viecher füttern«, lachte Winterhalter.

Als er an der Käsetheke fertig war, reichte er der Verkäuferin zwei große Tüten über den Tresen.

»Queschto per Antonio?«, fragte der Kommissar. Sein stark gebrochenes Italienisch mit Schwarzwälder Akzent hatte einen urkomischen Klang.

Die Verkäuferin ignorierte tapfer Winterhalters Bemühen, sich der Landessprache zu nähern: »Was haben Sie uns da wieder Schönes mitgebracht, Herr Winterhalter?«, entgegnete sie.

»Schinkenspeck vom Foreschta Nera«, strahlte Winterhalter sie an. »Wie immer zum Prezzo di Amitschizia. Freundschaftspreis.«

»Endlich, de Schinkespeck von de Schwarzwalde«, rief Antonio begeistert von der Fleischtheke herüber. »Grazie, amico Karl-Heinzi.«

»Karl-Heinzi?«, grinste Hummel. »Sie sind hier wohl schon gut bekannt. So bekannt, dass Sie Ihren eigenen Bauchladen mit dabeihaben.«

Winterhalter verkaufte seine hofeigenen Produkte mitunter auch in der Polizeidirektion. Und natürlich auf seinem Bauernhof. Dort pflegte auch Familie Hummel sich gelegentlich mit Schwarzwälder Spezialitäten – von Bauernbratwurst über selbst gemachte Butter bis zum traditionellen Schinkenspeck – einzudecken.

Winterhalter und Hummel vereinbarten, dass man sich abends mal bei einem »vino rosso« träfe…

»Ä selbschtgebranntes Kirschwässerle hab ich auch noch dabei«, meinte der Kommissar zum Abschied.

Als Hummel sich aufs Klapprad schwang, war er sofort im Visier des Platzwarts, der mit Sonnenbrille und großem Aufdruck »Security« auf seinem weißen T-Shirt die Leute beobachtete.

»Wo iste bittä Ihr Bändcken?«, fragte der Mann, der einen wesentlich stärkeren Akzent als die Verkäuferinnen hatte.

»Wie bitte?«

»Wo iste Ihre Bändschen?« Der Sicherheitsmann bekam einfach kein Ch über die Lippen.

»Welches Bändchen bitte?« Hummel hatte sich bereits aufs Fahrrad gesetzt.

Der Sicherheitsmann zeigte auf ein blaues Armbändchen mit Blumenmuster, das er selbst am Handgelenk trug.

»Auffe welche Platz stehen Sie, bittä?«, fragte er dann.

»A18«, antwortete Hummel blitzschnell. Die Kombination hatte er noch präsent, da sie ja erst gestern Abend ihren Stellplatz bezogen hatten.

»Name?«

»Hummel!«

»Err Ummel«, hatte der Sicherheitsmann auch mit dem H seine Probleme. »Sie abben doch gestern beim Check-in diese Bändschen bekommen.«

»Keine Ahnung, wovon Sie sprechen. Meine Frau hat die Formalitäten erledigt«, gab Hummel den Ahnungslosen. Dabei wusste er genau, um was es ging. Bisher war er aber davon ausgegangen, dass er um diese Geschichte herumkommen würde.

»Dann sagen Sie bittä auch Ihre Frau, dass Sie die Bändschen unbedingt immer an de Arm abben müssen, damit wir schauen können, ob Sie zum Platz gehören. Wenn ich Sie das nächste Male ohne das Bändschen antreffe, muss isch Sie leider verwarnen.« Mit einem milden Lächeln schob er hinterher: »Bitte abben Sie Verständnis. Bei so viele Menschen musse alles seine Ordnung abben.«

Bändchen – das erinnerte Hubertus eher an einen Club Med. Schön wär's, dachte er. All-inclusive. Gerne.

Aber Zeltplatz und Bändchen? Eigentlich hatte Hummel vermutet, in einem Land Urlaub zu machen, wo nicht nur Milch und Honig flossen, sondern wo man auch mal alle fünfe gerade sein ließ. Zumindest auf diesem Campingplatz schien das aber anders zu sein.

Kopfschüttelnd radelte er davon. Den Rückweg schaffte er aber immerhin, ohne von weiteren Bekannten aus der Heimat aufgehalten zu werden.

4. Zu viel in der Sonne

Nur widerwillig ließ sich Hubertus das blaue Armbändchen von Elke anlegen.

Es hatte einen Einwegverschluss.

»Aber das kriegt man ja gar nicht mehr ab! Das heißt, dass ich jetzt die ganzen drei Wochen mit dem Ding herumlaufen muss. Und wenn wir mal einen Ausflug nach Venedig machen, kann sofort jeder erkennen, dass wir Campingplatztouristen sind. Einfach nur peinlich. Da kann man mir ja gleich ein Brandzeichen verpassen – oder ein Tattoo…«, nörgelte Hummel.

»Und ein Piercing noch dazu«, amüsierte Martina sich über die Widerborstigkeit ihres Vaters.

»Huby, benimm dich doch nicht wie ein kleines Kind… Und schau mal: Das sieht doch mit den Blümchen auch ganz hübsch aus. Eigentlich wie ein origineller Schmuck«, versuchte Elke, Überzeugungsarbeit zu leisten.

Bei dem tatsächlichen Kind, Enkel Maximilian, war das nicht nötig gewesen. Der wedelte bereits begeistert mit seinem Armbändchen herum.

Es war Mittagszeit. Hubertus trottete seiner Familie hinterher in Richtung Strand – unter Protest. Zwei Sonnenschirme sowie zwei Strohmatten hatte er unter den einen Arm geklemmt, eine Luftmatratze unter den anderen. Das Sandspielzeug von Maximilian war auf die noch freien Finger verteilt.

»Es ist doch viel zu heiß, um jetzt an den Strand zu gehen! Und außerdem definitiv gesundheitsschädlich. Du bist doch immer so um unsere Gesundheit besorgt, Schatz! Sollen wir nicht lieber später? Die Italiener machen das sicher auch nicht jetzt.«

Die Italiener nicht, aber die meisten Campingplatzbewohner, die ja nur zu einem Bruchteil aus Einheimischen bestanden.

Wahre Fleischberge bevölkerten den Strand.

Schon die Suche nach einem Liegeplatz gestaltete sich schwierig, zumal Hubertus darauf bestand, möglichst nah am Wasser zu sein.

Endlich hatten sie ein freies Fleckchen gefunden.

Ein letztes Mal spielte er den Bedenkenträger: »Puh! Letztlich ist es hier doch viel zu voll, um sich zu erholen – oder?«

»Hubertus Hummel«, zischte Elke, die sich eine elegante Tunika übergeworfen hatte. Die komplette Namensnennung war immer ein deutliches Anzeichen für Missstimmung. »Willst du uns denn den Urlaub verderben? Hör bitte auf, so viel zu maulen.« Dann etwas geduldiger – und unangenehm mitfühlend: »Versuch doch bitte, etwas zu entspannen. Das ist so wichtig! Du musst ruhiger werden. Das ist sonst gefährlich für dich. Gerade bei deinem Gewicht…«

»Ja, ja«, meinte Hubertus kurz und bemühte sich fortan widerwillig, dem Strand etwas Positives abzugewinnen.

Na ja, wenn man sich mit etwas Phantasie die Hunderte von Umliegenden wegdachte, war es vielleicht doch ganz hübsch hier. Der Strand schien auf den ersten Blick sauber zu sein, das Meer hatte eine grünlich-milchige Farbe (nicht gerade glasklar, aber der Ton hatte schon etwas), im Hintergrund sah man die stolzen Silhouetten einiger Kreuzfahrtschiffe, die gerade im Begriff waren, Horden von Touristen in der venezianischen Lagune auszuspucken.

Und: Im Gegensatz zum Wohnwagenplatz wehte wenigstens ein Hauch von Wind. Vielleicht würde Hubertus hier nach den ersten Eingewöhnungsschwierigkeiten doch noch etwas Entspannung finden.

Auch wenn ihm beim Gedanken an die noch verbleibenden zwanzig Nächte graute...

Zunächst aber stand wieder klassische Männerarbeit an: Hummel begann, mit einem Gummihammer die Sonnenschirme zu verankern. Während Martina und Elke sich bereits in der prallen Sonne fläzten, sah er es als seine Pflicht an, wenigstens den Enkel und sich selbst vor dieser zu schützen. Doch er hätte Maximilian vermutlich an der Schirmstange festbinden müssen. Denn der fand im Gegensatz zu Hummel das Ganze hier einfach nur großartig und tapste mit Schaufel und Eimer zielstrebig in Richtung Meer.

Mit einer dicken Schicht Sonnencreme auf den Händen bewaffnet, folgte Hubertus dem Enkel, der bereits voller Begeisterung an der Brandung im Sand buddelte. Dies wiederum führte dazu, dass sich auf Hubertus' Händen innerhalb kürzester Zeit eine Sand-Sonnencreme-Mischung bildete, die beim Auftragen ein eigenwilliges Peeling ergab.

Erschwerend kam hinzu, dass Hummel es mit der Creme zu gut gemeint hatte. Nachdem er mit dem Enkel fertig war, verteilte er sie auf seinem eigenen Oberkörper, auf dem Gesicht und der hohen Stirn.

»Huby: Ich finde das prinzipiell total gut. Aber lass mich mal«, sagte Elke und erbarmte sich angesichts seiner offensichtlichen Ungeschicktheit.

Sie stand auf und versuchte, Hubertus mit einem Handtuch abzureiben. »Oh, das klebt ja wie Farbe. Und alles voller Sand.«

»Das bringt ein Strandurlaub wohl so mit sich«, lächelte Hubertus milde, nahm auf der Luftmatratze Platz und wollte sich nun einem Klassiker von Hesse widmen: *Narziß und Goldmund*. Nach dem Sommer würde er den seiner zehnten Klasse eintrichtern.

Die Lektüre ging allerdings nur sehr stockend voran, da

Hummel den Enkel wegen des Wassers keinen Moment aus den Augen lassen konnte. Also schweifte der Blick abwechselnd von der nahen Brandung auf die Umliegenden.

»Bei manchen von denen wäre es besser, sie zögen einen Ganzkörper-Badeanzug an – so wie früher. Das würde auch die Fettpolster besser kaschieren – gerade die der Männer... Schaut euch bloß mal diese Schwabbelbäuche an«, lästerte Hubertus. »Ich meine, ich gehöre ja auch eher zu den Vollschlanken. Aber hier springt ja die geballte Adipositas Süddeutschlands herum.«

Elke und Martina, die keine Figurprobleme kannten, grinsten in sich hinein und dachten an ein Glashaus, in dem Steine geworfen wurden.

Es gab aber auch Schönes am Strand, wie Hubertus sich nun eingestand. Die dunkelhaarige junge Frau etwa, die nur wenige Meter von ihnen entfernt lag. Die hatte ebenfalls keine Probleme mit ihrer Figur und war eine ähnliche Sonnenanbeterin wie Elke und Martina. Ganz still lag sie da – bereits seit Hummels Ankunft am Strand.

Nachdem er eine Weile unauffällig geglotzt hatte, wurde Hubertus allmählich müde. Zum Glück ging es dem Enkel nicht anders, der sich nach den ersten gebuddelten Löchern zum Großvater auf die Luftmatratze legte und mit ihm einen ausgedehnten Mittagsschlaf im Schatten hielt. Die sanfte Brise streichelte über ihre Körper und sorgte dafür, dass sie sich vollends entspannten.

Sie mussten eine ganze Weile geschlafen haben, denn der Schatten war weitergewandert, die Sonne schien ihnen nun direkt ins Gesicht.

Hubertus schaute sich um. Martina und Elke standen bis zu den Waden in der Brandung und kühlten sich ab.

Der Strand hatte sich ein bisschen geleert. Die junge Sonnenanbeterin verharrte derweil noch immer in der gleichen Haltung.

Als Hubertus sich auf den Weg zur Strandbar machte, um dort drei Cappuccino sowie ein Eis für den Enkel zu besorgen, ging er an der Frau vorbei.

»Das ist aber nicht gesund – so viel Sonne auf einmal«, sagte Hubertus im Vorübergehen. Doch sie rührte sich nicht.

War sie arrogant? Vielleicht die Einzige am Strand, die kein Deutsch verstand? Oder schlief sie so tief?

Auf dem Rückweg zum Liegeplatz begann er allmählich, sich Sorgen zu machen.

»Hallo, Sie!«, versuchte es Hubertus nun lauter. »Sie sollten besser nicht so lange in der Sonne liegen. Das ist nicht gut. Äh … sole – niente okay.«

Wohl fühlte er sich in der Rolle des Gesundheitsapostels aber nicht.

Als solchem machte ihm nun aber noch mehr Sorgen, dass sich die Frau immer noch keinen Deut bewegte. Er trat direkt vor sie hin, sodass er seinen rundlichen Schatten auf sie warf. Schlief sie wirklich, oder war sie vielleicht sogar ohnmächtig geworden?

»Hallooo?«, versuchte es Hubertus noch lauter. »Geht's Ihnen nicht gut?«

Keine Reaktion.

Von den Umliegenden interessierte sich keiner für diesen potenziellen Notfall. Wieder einmal typisch.

Hubertus ahnte: Sollte Maximilian wirklich einmal zu nah ans Wasser gehen – von diesen trägen Touristen war keine Hilfe zu erwarten.

Er kniete sich hin, berührte ganz vorsichtig mit dem Handrücken die Wange der Frau. Elke konnte ja wohl nichts dagegen haben, wenn er sich hier um andere Urlauber sorgte. Im

Gegenteil: Sie würde ihn für seine Zivilcourage sogar loben. Allerdings schliefen Frau und Tochter schon wieder.

In dem Moment, als es zum Hautkontakt kam, erschrak er. Die Frau hatte – obwohl sie doch schon lange in der prallen Sonne gelegen haben musste – eine relativ kühle Haut.

Er begann, ihr die Wange zu tätscheln.

Peinlich, wenn sie jetzt erwachen würde…

Aber das tat sie nicht.

»Hallo! Aufwachen! Geht's Ihnen nicht gut?«, rief er, obwohl er sich die Frage praktisch schon selbst beantworten konnte.

So langsam wurden endlich auch die Umliegenden auf Hubertus aufmerksam.

Er versuchte, den Puls an der Halsschlagader zu fühlen, dann an den Handgelenken.

Nichts! Kein Lebenszeichen!

5. Verständigungsprobleme

Nur etwa fünfzig Meter entfernt, begann sich Karl-Heinz Winterhalter allmählich am Strand zu langweilen. Natürlich genoss er wie jedes Jahr die südliche Sonne und das warme Klima. Als Schwarzwälder war man in dieser Hinsicht schließlich nicht gerade verwöhnt.

Doch das stundenlange Herumliegen am Meer war immer wieder eine Herausforderung und ein Streitpunkt zwischen Winterhalter und seiner Frau, die neben ihm in der Liege döste.

Sonst war seine Hilde eine Mustergattin. »Schaffig«, wie es viele gestandene Schwarzwälderinnen waren. Immer mit den Hühnern aufstehen, immer erst spät ins Bett. In den Wochen des Sommerurlaubs war sie aber in umgekehrter Weise genauso konsequent. Die »brutalschtmögliche Erholung«, wie sie sich ausdrückte, bot ihr offenbar die Basis, den Rest des Jahres durchzuhalten.

Könnte man nicht öfter mal einen Ausflug machen? Vielleicht eine kleine Wanderung unternehmen? Gerade jetzt am Anfang des Urlaubs hatte Winterhalter, der sonst im Kommissariat und auf seinem Bauernhof schon mal einen Vierzehn- bis Fünfzehn-Stunden-Tag hatte, erhebliche Anpassungsschwierigkeiten an das »Dolce far niente«, das süße Nichtstun, das Winterhalter vereinfacht »Faulenzia« nannte.

Er beobachtete gelangweilt den Strand, die Badenden, die im Sand spielenden Kinder. Und bemerkte deshalb als einer der Ersten Hubertus Hummels Hilferufe. Obwohl dessen herüber wehende Stimme einen beunruhigend panischen Klang hatte, war Winterhalter doch geradezu dankbar für die Unterbrechung der Langeweile.

Er eilte zu Hummel und erkannte recht schnell, dass die Lage offenbar ernst war. Gerade eben noch dösender Strandurlauber, war Winterhalter rasch in seinem Element als Kriminalist: »Herr Hummel, wann habet Sie die Frau bemerkt?«, begann er umgehend die Befragung und bemühte sich gleichzeitig, Lebenszeichen am Körper der Bewusstlosen zu ertasten.

»Vielleicht vor einer guten Stunde. Sie hat sich nicht gerührt. Jetzt habe ich sie angesprochen und bemerkt, dass etwas nicht stimmt.«

»Wiederbelebung«, entschied Winterhalter und deutete auf Hummel. »Ich bin nur de Kriminaltechniker. Ich komm erscht, wenn die Frau dot isch. Aber Sie waret doch mal Sanitäter – oder nit?«

Hummel blieb die Antwort schuldig und beugte sich über die Frau. Fast drei Jahrzehnte war sein Zivildienst inzwischen her.

Er suchte das Brustbein der Leblosen.

So recht konnte er sich aber nicht zur Herzdruckmassage durchringen.

Stattdessen wandte er sich ihrem Gesicht zu, atmete tief durch. Trotz der bedrohlichen Situation fiel ihm auf, dass es sich um eine attraktive Frau handelte. Langes schwarzes Haar, eine zierliche Figur. Die Augen waren geschlossen, sodass er über deren Farbe nichts sagen konnte.

Hubertus atmete noch einmal tief durch und stülpte der Frau ungelenk seine Lippen über, pustete dann in ihren Mund.

Ausgerechnet jetzt musste er daran denken, wie dieser Italiener vergangene Nacht seine Tochter geküsst hatte …

»Und los: Herzdruckmassage!«, forderte Winterhalter.

Hummel suchte wieder das Brustbein der Frau, die sich nach wie vor nicht regte. Er war ratlos und hatte immense Angst, zum Knochenbrecher zu werden.

»Hilfe«, schrie er dann stattdessen – noch lauter als zuvor.

Durch den Tumult und Hubertus' neuerliche Rufe waren nun auch andere Strandbesucher angelockt worden, die allerdings lediglich eine Menschentraube bildeten und die Bewusstlose anstarrten.

»Bitte gehet Sie doch ä bissle zur Seite«, war Winterhalter wieder im Dienst und rief nach dem »Bagnino«, dem Bademeister – was sich bei ihm wie »Backnino« anhörte.

»Sie sind doch Lehrer – da könnet Sie jo sicher Italienisch und mit dem Backnino verhandele«, wandte sich Winterhalter Hummel zu, der resigniert vor der leblosen jungen Frau kniete. »Ich glaub, der steht nämlich mit Deutsch auf Kriegsfuß.«

Hubertus schüttelte den Kopf.

»Könnet Sie kein Italienisch oder wollet Sie mit Ihrem Kopfschüttle sage, dass die Dame nach wie vor kein Lebenszeiche hätt'?«, wollte Winterhalter wissen.

»Beides«, sagte Hummel tonlos.

Nun widmete sich der Kriminalbeamte der Daliegenden. »Ich fürchte, jetzt isch sie jedenfalls dot«, sagte er nach einer ausgiebigeren Pulskontrolle.

Endlich kam der Bademeister.

Winterhalter versuchte, ihm die Lage zu erklären: »Signorina vermutlich …«

Der Kommissar suchte nach dem passenden italienischen Wort. Ihm fiel aber keines ein: »… non Lebenszeichen.«

»Cosa?«, fragte der Mann von der Badeaufsicht, der offenbar tatsächlich als einer der wenigen Italiener der Fremdsprache Nummer eins nicht mächtig war.

Nun war Winterhalters Kommunikationstalent gefordert.

»Signorina, äh, offenbar kaputo …«

Der Bademeister schaute ihn fragend an.

Also suchte er weiter nach der passenden Vokabel. Als auch Hummel keinerlei Anstalten machte, ihm zu Hilfe zu eilen, versuchte er es mit einer pantomimischen Vorführung. Er hechelte wie ein Hund. Das zu erratende Wort lautete »Atmen«. Zwischendurch streute er immer wieder ein »Niente« ein.

Hubertus simulierte weiterhin einen Rettungssanitäter in Schockstarre, gleichzeitig schämte er sich seiner sprachlichen Inkompetenz.

»Non respira?«, fragte der Schwimmmeister endlich und hechelte seinerseits.

Winterhalter war erleichtert: »Si, si.«

Der Bagnino trat in Aktion, schob Hummel zur Seite und begutachtete die Frau persönlich. Mit ernster Miene drehte er sich dann wieder Winterhalter zu.

»Sie ist tot, oder?«, wollte der wissen.

»Cosa?«

Winterhalter überlegte, wählte dann die christliche Kommunikationsform und bekreuzigte sich drei Mal. Der Bademeister und auch einige der Badegäste taten es ihm zu seiner Verblüffung gleich.

Hubertus, der immer noch bei der Frau kniete und sich fast so leblos wie diese fühlte, beobachtete die eigenwillige Unterhaltung zwischen Winterhalter und dem Bademeister.

»Ambulanzia?«, schlug Winterhalter nun vor.

»Ambulanza – e polizia«, gab der Bagnino zurück.

»Ah«, machte Winterhalter. »Io ... auch bolizia. Des isch aber vermutlich eine natürliche Todesursach – oder gibt's Hinweise auf ein Verbreche?«

Der Bademeister schien auch das nicht zu verstehen.

»Bolizia criminale. Io ... criminale ... technico«, hangelte sich Winterhalter weiter. »Telefonare commissario.«

»Si, vado a chiamare il direttore del Camping«, sagte der Italiener nach einem weiteren Schulterzucken.

Direttore del Camping? Ah, den Campingplatzchef benachrichtigen!

»Si, si«, bestätigte Winterhalter und nickte eifrig.

»E bandera… Absperrband«, rief er dem Bademeister, der zu seinem Handy eilte, dann hinterher. Er zeigte in Richtung der umstehenden Menschen. »Sicherheitshalber – solang die Todesursach unklar isch. Die zertrampele uns sonscht alle Spure.«

»Cosa?«, rief der Bademeister zurück.

»Bandera…«, unternahm Winterhalter einen weiteren verbalen Versuch. »Herr Hummel, könnet Sie wirklich gar kein Italienisch?«, probierte er es dann. »Was heißt denn Flatterband?«

»Puh«, machte der nur.

Winterhalter versuchte recht breitbeinig und mit ausladenden Armbewegungen das Wort »Absperrung« vorzuturnen, was aber eher aussah, als leite er die Wassergymnastik des Campingplatzes. Der Bademeister schüttelte den Kopf: »Non ho capito.«

Wenig später hatte sich Winterhalter auf unkonventionelle Weise beholfen und etwas zum Absperren besorgt: Toilettenpapier.

Gemeinsam mit Hummel verrückte er unter großem Schweißtreiben zunächst drei Mülleimer im Sand. Dann rollten sie das Papier ab und verbanden damit die Eimer, sodass es einen dreieckigen Bereich um die leblose Frau absperrte. Sehr stabil wirkte die Konstruktion allerdings nicht, weshalb Winterhalter mit dem Toilettenpapier noch ein paar Zusatzrunden um den Leichenfundort drehte.

»Che cosa è successo? Was ist hier passiert?«, fragte kurz darauf der »Direttore«, ohne die Antwort abzuwarten. »Che casino. Una morta sulla nostra spiaggia. Eine Leiche an unserem Strand! Hat uns gerade noch gefehlt.«

Die Zweisprachigkeit hatte der Direttore, der grau meliertes

Haar und eine glatte, braune Haut hatte, offenbar verinnerlicht. Nicht weniger glatt und makellos war sein blütenweißes Hemd und das ebenfalls weiße Sakko, das ihm auch bei der mittäglichen Hitze nicht eine einzige Schweißperle ins Gesicht trieb. Ganz im Gegensatz zu Winterhalter, der – obwohl nur mit Badehose bekleidet – nach der Absperraktion völlig verschwitzt war. Hummel erging es nicht anders.

Er ertrug den Anblick der toten Frau nicht mehr und deckte sie mit einem großen Badehandtuch in den italienischen Nationalfarben und mit der Aufschrift »dolce vita« ab.

»Dolce morte« hätte wohl besser gepasst.

Süßer Tod.

Der Campingplatzchef, der mit vollem Namen Antonio Di Salvo hieß, aber eigentlich fast immer nur als »Direttore« angeredet wurde, machte derweil deutlich, dass er vor allem mit der improvisierten Absperrkonstruktion alles andere als einverstanden war.

»Carta igienica, Toilettenpapier? Ridicolo, einfach lächerlich!«

Salvatore, der Bagnino, zeigte auf Winterhalter. Der schaltete sich daraufhin ein: »Boon Tschornoo, Sicknore Direktore«, begrüßte er Di Salvo mit tiefstem Schwarzwälder Akzent.

»Ah, Signor Winterhalter.« Der Direttore kannte wirklich fast jeden Camper mit Namen – zumindest die Stammkunden. »Vielen Dank für Ihre Hilfe. Grazie mille. Aber dafür haben wir doch unser Personal. Sie hätten sich wirklich nicht bemühen müssen.«

»Wir haben etwas improvisiert«, meinte Winterhalter.

Der Chef wandte sich direkt an Salvatore: »E tu, moviti subito, subito. Beweg dich. Manda via la gente, sopratutto i bambini. Leute und vor allem Kinder wegschicken.«

Hummel erblickte derweil in der Menge die fassungslose

Elke und die kaum weniger fassungslose Martina. Sie waren aufgewacht – und wie!

»Das haben wir auch schon versucht«, mischte sich Winterhalter erneut ein. »Ich arbeit halt in Deutschland auch bei de Bolizei … bei de Kriminalbolizei sogar … Mord und so … Ich bin Kriminaltechniker. Mir solltet übrigens ganz bestimmt de Arzt und vielleicht auch noch die hiesige Polizei informiere.«

»Sehr interessant, Signor Winterhalter. Aber Sie sollten das besser uns überlassen. Ich werde erst mal den für den Campingplatz zuständigen Arzt rufen. Der wird alles Weitere entscheiden«, formulierte der Direttore in perfektem Deutsch freundlich, aber sehr bestimmt. Er hatte etliche Jahre in Deutschland gelebt, aus Heimweh aber seine Pizzeria in Todtnau aufgegeben. Immerhin: Auf seinem Campingplatz hatte er nun fast ebenso viele Schwarzwälder Gäste wie früher. Und er verstand deshalb auch ihren mitunter recht derben Dialekt.

»Selbstverständlich, Sicknore Direttore«, nickte Winterhalter. »Ich bin hier nur im Urlaub. Va… Vacanza.«

»Tante grazie nochmals, Signor Winterhalter. Haben Sie die Frau hier gefunden?«

»Nein.« Winterhalter zeigte auf Hubertus. »Herr Hummel ist ein Bekannter von mir. Er hat mich gerufen. Vielleicht hätt sie än Hitzschlag? Des werden der Arzt oder die Gerichtsmedizin feststelle müsse. Mir dachte nur, falls doch eine nit natürliche …«

»Vielen Dank. Um alles Weitere kümmern wir uns. Dann wünsche ich Ihnen noch einen schönen Urlaub auf unserem herrlichen Campingplatz. C16, nicht wahr?«

Winterhalter staunte. Bestimmt waren mehrere Tausend Camper hier. Und trotzdem wusste der Direttore seinen Stellplatz auswendig.

»Wenn der Arzt oder die Polizei noch Fragen an Sie haben, dann wissen wir ja, wo wir Sie finden. Arrivederci.«

»Ich freu mich auf die Kollege«, sagte Winterhalter.

»Huby«, rief derweil Elke und stürzte auf ihn zu. »Was ist denn nun schon wieder los?«

Wie meinte sie das denn? Was konnte er denn dafür? Er besetzte hier doch wohl eher die Rolle des Retters. Nun ja: fast jedenfalls ...

»Ich habe die Frau nicht umgebracht«, meinte Hummel mit einem Tick Aggression in der Stimme. Die Hitze und die Tote machten ihm nun noch mehr zu schaffen.

»Grüß Gott, Frau Hummel«, entschärfte derweil Winterhalter die Situation. Als Martina hinzutrat, wiederholte er den Satz noch einmal.

»Immer wirst du in so schreckliche Dinge verwickelt«, wandte Elke sich nun bedauernd an ihren Mann – oder vorwurfsvoll?

»Und diesmal sogar, ohne dass Riesle dich mit hineinzieht«, bemerkte Martina.

»Es isch schlimm, aber mir wisset noch nit, was los isch. Ich würd auf än Hitzschlag tippe«, kommentierte Winterhalter.

»Kein Wunder. Das kommt davon, wenn man stundenlang am Strand in der Sonne liegt«, knurrte Hummel und warf seiner Frau einen bösen Blick zu. Dann durchfuhr ihn ein schrecklicher Gedanke: »Wo ist denn eigentlich Maxi?«

Er blickte angstvoll in Richtung Wasser.

Frau und Tochter wurden nicht weniger hysterisch und rannten wild in Richtung Meer.

Hummel fluchte. Panik ergriff ihn.

Sogar Winterhalter beteiligte sich an der Suche, obgleich er nicht wusste, wie der Kleine aussah. »Sicknore Backnino, Hilfe!«

Doch dann widmete sich der Kommissar noch einmal der Leiche. Als Kriminaltechniker konnte er gar nicht anders. Irgendetwas irritierte ihn an der Sache ...

Kurz darauf, etwa zeitgleich mit dem Eintreffen des Krankenwagens, tauchte Maximilian wieder auf. Auf seinen geröteten Wangen zeichneten sich Eisreste ab. »Hat mir der Onkel da gekauft«, strahlte er und deutete auf den Mann, an dessen Hand er lief.

Hummel erkannte ihn sogleich.

Marco – der Verehrer seiner Tochter.

Der versuchte es offenbar mit allen Mitteln.

6. Speckvesper mit Verdacht

Meditation in praller Sonne – das war das Letzte, wonach Hubertus Hummel nun der Sinn stand. Im Gegensatz zu seiner Gattin, was darum zum ersten echten Ehestreit des Urlaubs führte.

Ohne das »Omm« gehe es nämlich nicht, erklärte sie ihm, nachdem er sie angefleht hatte, doch wenigstens tonlos zu meditieren.

»Zu Hause kannst du das ja machen, da hört dich niemand…«, meinte Hummel, auf dessen Haut die Hitze dank der Überdosis Sonnenmilch keine bleibenden Spuren hinterlassen hatte. »Aber hier ist der Abstand zu den Nachbarn ja wohl ungleich geringer…«

Er deutete auf den vierarmigen, elefantenartigen Gott Ganesha sowie auf die tibetischen Klangschalen, die Elke in wildem Religionsmix vor dem Wohnwagen platziert hatte. »Nimm den Kram doch wenigstens mit rein.«

Besorgt schaute er in Richtung des Schalke-Wohnwagens, wo sein Blick auf den von Gordon Harald traf. Hummel nickte, und Gordon Harald wandte sich rasch wieder dem Fernseher zu. Nur gut, dass RTL2 sämtliche tibetischen Klangschalen übertönte.

Elke erklärte ihm, dass Ganesha der Gott der Weisheit sei und als Beseitiger aller Hindernisse gelte. Und überhaupt fehle es Hubertus an Toleranz – auch, was Martina und diesen »reizenden jungen Italiener« betreffe, dessen Gefühle für die gemeinsame Tochter völlig platonisch und überhaupt…

Unbeschadet hatte Hummel die Sonne nur auf der Haut überstanden. Sein Hirn fühlte sich hingegen reichlich derangiert an – sein Magen auch, was freilich mit dem Anblick der Toten zu tun haben mochte.

Jedenfalls machte er einige gallige Bemerkungen über naive Lehrerinnen in der Lebensmitte – bis Elke tatsächlich ihr Esoterikzubehör einpackte und beleidigt im Wohnwagen verschwand.

Die Versöhnung würde sicher kommen – da war Hubertus zuversichtlich. Er würde später einfach einige Minuten Meditationsverständnis heucheln.

»Bierchen?«, ertönte es von Gegenüber. Harald zog eine Dose aus der Kühlbox. »Sach ma, watt hat denn deine Holde da für 'nen Krempel …?«, fuhr er dann fort.

»Später«, antwortete Hummel, schüttelte den Kopf, um zu verhindern, dass der Ruhrpottler ihm das Bier zuwarf, und tat sehr geschäftig, während er die Straße hinunterlief.

Camping, dachte er voller Verachtung, Camping ist wirklich etwas für … für …

Er suchte nach einem treffenden Wort, doch fiel ihm nur der strapazierte Begriff des Kleinbürgers ein.

Dann überlegte er, wie viele Stunden er hier noch ausharren musste.

In der Hitze. Im engen Wohnwagen. Im Blickfeld von Harald und Gordon Harald.

Einen Tag geschafft, zwanzig Tage übrig. Zwanzig Tage à vierundzwanzig Stunden, abzüglich einiger Stunden, die er am letzten Tag früher wegfahren würde als geplant, das machte … Hm. Sein Gehirn war tatsächlich nicht in Bestform.

Vier Straßen weiter hielt er nach Kommissar Winterhalters Wohnwagen Ausschau. Der musste hier irgendwo sein. C16, hatte es doch geheißen.

In dieser Gegend des Campingplatzes erhöhte sich der Anteil an Deutschen auf genau hundert Prozent – inklusive einiger weiterer bekannter Gesichter aus seinem Heimatort.

Dann erblickte er den Wagen, der Winterhalter gehören musste. Denn erstens war es der älteste weit und breit, zweitens wirkte er mit seinen Schwarzwald-Fähnchen und riesigen Aufklebern der Orte Triberg (mit Wasserfall) und Villingen (mit Münster) wie ein antiquiertes Modell der Schwarzwaldmarketing GmbH auf einer Tourismusmesse, und drittens saßen die Winterhalters gut sichtbar vor ihrem Wagen und aßen zu Abend – sofern man das um 17 Uhr 30 bei gleißender Sonne schon so nennen konnte.

Den italienischen Akzent des Abendessens setzte die Mortadella, die in der Abendsonne vor sich hin schwitzte. Ansonsten gab es Schwarzwälder Schinkenspeck, Käse von Schwarzwälder – oder genauer gesagt Winterhalter-Kühen und vermutlich auch Schwarzwälder Campingstühle. Letztere waren so alt, dass Hubertus in sich hineinschmunzelnd vermutete, diese könnten noch aus der Zeit stammen, als die Kelten den Schwarzwald besiedelt hatten. Aus Angst, der dünne Bezug könne jeden Moment reißen, setzte er sich ganz vorsichtig – und nahm diesmal das Angebot eines Biers an.

»Isch aus em Schwarzwald«, kommentierte Winterhalter und erklärte, dass es wichtig sei, die Gewohnheiten von zu Hause beizubehalten. »Deshalb esse mir auch um Punkt halb sechs.«

»Und z' Mittag um Punkt zwölfe«, bestätigte Frau Winterhalter. Die hatte sich in einen Badeanzug gezwängt, der sicher schon den ersten deutschen Fußball-Weltmeistertitel unter Sepp Herberger miterlebt hatte.

Eigentlich sah sie ansonsten aus wie immer, doch nach dem ersten Bier fiel Hummel auf, was anders war: Frau Winterhalter wirkte ruhiger, vielleicht gar ein wenig lethargisch. Im Schwarzwald war sie immer in Bewegung, kümmerte sich um den Bauernhof, um etwaige Feriengäste, um den Verkauf der Wurst. Nun: ganz entspannt im Hier und Jetzt. Fast so wie Elke. Na ja, nicht ganz.

»Herr Hummel, merket Sie sich: Im Urlaub macht mer Urlaub«, belehrte sie ihn. »Deshalb ei'fach einen auf doltsche vita mache. Wie die Italiener halt – auch wenn's schwerfällt…«

Wie die Italiener… Hummel kaute auf dem angebotenen Speck herum, lobte diesen, musste schon wieder in sich hineinschmunzeln und nahm die gesammelten Schwarzwälder Lebensmittel in den Blick. Für den Nachtisch standen schon einige Stücke Schwarzwälder Kirschtorte bereit.

Nur ein Gartenzwerg fehlte noch vor dem kleinen Winterhalter-Anwesen.

Mit leichtem Unbehagen bemerkte Hummel das an das Vorzelt gelehnte Akkordeon, auf dem die Winterhalters mitunter Hausmusik zu machen pflegten.

Aber doch wohl nicht hier…?

Er fragte lieber nicht.

»Eine heftige G'schicht, des mit der Leich, oder?«, kam Winterhalter zum Thema und erntete ein Stöhnen seiner Frau. »Was hab ich zu dir gsagt, Karli? Es isch Urlaub…«

Karli? Das hatte Hummel noch nie gehört. Auf dem Campingplatz gab es wirklich kaum Privatsphäre.

Frau Winterhalter drehte das Radio lauter. Südbadisches Lokalradio. Deutsche Schlager und Schlimmeres.

Hummel verfluchte die schöne neue digitale Welt und erinnerte sich der Zeit, als man in Italien ausschließlich die Schnulzen von Al Bano und Romina Power, Umberto Tozzi, Drupo und Gianna Nannini hatte hören können, ja müssen. Und sonst gar nichts.

Winterhalter störte sich offenbar nicht daran. Er reichte seiner Frau den Käse und wandte sich dann Hummel zu. »Todesursache?«

»Hm«, machte Hummel. Als Rettungssanitäter hatte er schon vorhin nicht recht überzeugt. »Hitzschlag eben«, sagte er dann mit möglichst großer Selbstsicherheit.

»Der Arzt hat genau des in de Toteschein g'schriebe«, bestätigte Winterhalter. »Ich war vorhin noch mol am Leiche'fundort. Colpo di calore, hät er notiert. Hitzschlag. Ich hab's g'rad noch mol im Wörterbuch nachg'schaut.«

Das Radio meldete einen Stau auf der B 31 zwischen Titisee-Neustadt und Hinterzarten. Hummel hätte auch ohne diese Information weiterleben können.

»Na also«, nickte er dann.

»Es war aber kein Hitzschlag«, sagte Winterhalter trocken. »Zumindescht vermute ich des.«

Frau Winterhalter summte demonstrativ die Melodie im Radio mit – Hummel kannte sie nicht und war froh darüber.

»Wie – kein Hitzschlag?«, fragte er.

»Ich tipp einfach mol auf Mord«, entgegnete Winterhalter noch trockener.

»Karli, des isch des Allerletzschte! Hör du auf mit solchem … solchem …«, überlegte Frau Winterhalter. »Mit solchem G'schwätz«, entschied sie dann. »Du bisch nit im Dienscht – du bisch im Urlaub! Du musch doch auch ei'fach mal ausspanne könne.«

Nun schien es auch in seiner Ehe etwas zu kriseln.

Eine Nachbarin mit ebenfalls Schwarzwälder Dialekt mischte die Szenerie auf:

»Ha, sind ihr auch wieder mol doo? Es isch doch immer herrlich hier, odder?« Die Frauen begannen sich über die Vorzüge des Campingplatzes und das Klima im heimischen Schwarzwald auszutauschen.

»Mord?«, stammelte Hummel unterdessen und blickte Winterhalter erstaunt an.

»Könnt natürlich theoretisch auch was anderes sei. Aber die Frau hät eindeutig ausgeprägte Leiche'flecke«, sagte Winterhalter und reichte ihm eine weitere Bierflasche. »Isch Ihne des nit aufg'falle?«

Der Kommissar beugte sich vor, der Campingstuhl ächzte: »Isch nit schlimm. Mir isch des auch erscht so richtig klar g'worde, als ich noch mol zurück zur Leiche bin und als der Arzt später die Leiche'schau am Strand durchg'führt hat.«

»Und wieso schließen Sie daraus, dass es ein Mord sein könnte?«

»Die Leiche'flecke! Die waret nimmer wegdrückbar! Und außerdem gab's schon so eine leichte Leiche'starre. Ich bin kein Gerichtsmediziner, aber ich dät sage, dass die schon einige Stunde tot am Strand gelege hat. Ich schätz mol, so zehn bis vierzehn Stunde. Des heißt, sie hätte schon Mitte in der Nacht mit dem Sonnebad beginne müsse. Und davon isch wohl kaum auszugehe, odder?«

Winterhalters Bäckchen traten rot hervor.

»Worauf wollen Sie hinaus?«, fragte Hummel und stierte auf die Schwarzwälder Kirschtorte, die unter der Hitze ähnlich wie die Mortadella schwitzte. Die Torte schrie förmlich nach eiligem Verzehr.

Winterhalter konnte offenbar Gedanken lesen: »Nehmet Sie sich ruhig ä Stückle. Im Urlaub muss mer sich was Gut's gönne.« Er lächelte verschmitzt. »Und Diät sollt mer wohl nit mache, gell, Herr Hummel.«

Hummel nahm sich widerspruchslos das Stück, das ihm am kleinsten erschien.

»Also«, setzte Winterhalter an und nahm sich ebenfalls ein Stück: »Ich vermut, dass Leichenfundort und der Ort, wo die Frau g'schtorbe isch, nit übereinstimme. Vermutlich isch die Frau nach dem Eintritt des Todes umgelagert worde. Und des spricht doch mal dafür, dass hier eine nit natürliche Todesursache vorliegt. Zumindescht isch an der Sache irgendwas faul – oder nit?«

Hummel blieb die Antwort schuldig. »Aber warum geht

der Arzt dann von einem Hitzschlag aus?«, fragte er stattdessen.

»Die Frag isch«, meinte Winterhalter, während seine Frau ihm erneut einen bösen Blick zuwarf und die Regionalnachrichten aus Südbaden weiter den Lido-Campingplatz beschallten. »Geht der Arzt wirklich von einem Hitzschlag aus oder weiß er, dass da was nit stimmt und will nur keinen Ärger?«

»Haben Sie ihn denn auf die Leichenflecken und die Starre aufmerksam gemacht?«, fragte Hummel.

»Ich hab's versucht«, meinte Winterhalter und öffnete sich noch ein Bier, das zusammen mit der Torte nach Hummels Empfinden eine ungute Kombination ergab.

»Italienisch isch aber irgendwie nit meine Sprache.« Er deutete mit dem Flaschenöffner auf Hummel. »Ich hätt' Sie als Verstärkung brauche könne…«

Meinte er das ernst? Da Winterhalter das Stilmittel der Ironie nicht völlig fremd war, beschloss Hubertus, einen möglichst diplomatischen Blick aufzusetzen.

»Salut, Wolfi«, grüßte Winterhalter derweil einen vorbeilaufenden Bekannten. »Übrigens«, meinte er dann. »Kanntet Sie die Dote?«

Hummel schüttelte den Kopf. »Wir sind ja erst gestern Abend hier angekommen.«

In der Zeit war er zwar schon rund zwanzig bekannten Schwarzwäldern begegnet, hatte aber außer Dietmar, Harald und dessen Familie niemanden neu kennengelernt. Den Bagnino vielleicht noch – und diesen Marco. Wobei »kennengelernt« sicher das falsche Wort war…

»Nit von hier«, schüttelte Winterhalter den Kopf. »Ob Sie die Frau von daheim kenne?«

»Von daheim?«, fragte Hummel verblüfft.

»Ich hab mich noch mol mit dem Campingplatzchef unterhalte«, fuhr Winterhalter gemütlich fort, während er einem weiteren Bekannten zuwinkte. Dann beugte er sich wieder zu

Hummel vor. »Die Dame war allein hier auf dem Campingplatz – seit vier Dag. Wohnhaft war sie zuletscht in Unterkirnach. Also in unserem schöne Schwarzwald…«

Hummel war baff. Er griff zum nächsten Bier – noch bevor es ihm angeboten worden war, und obwohl er noch immer das halbe Stück Schwarzwälder Kirschtorte vor sich auf dem Teller hatte.

Es war kurz vor sechs, und das Kuckucksuhr-Thermometer der Winterhalters zeigte einunddreißig Grad.

7. Sommerloch

Auf mindestens dreißig Grad schätzte Klaus Riesle die Temperatur.

In der Redaktion des *Schwarzwälder Kurier* gab es kein Thermometer. Es war offenbar ebenso wegrationalisiert worden wie die Klimaanlage.

Es kamen harte Zeiten auf die Tageszeitungen zu. Die Jungen bevorzugten das Internet, die Verleger profilierten sich als Sparkönige, und der Druck auf die Redakteure stieg weiter.

Während Riesles bester Freund Hubertus Hummel die Stunden zählte, bis er wieder nach Hause in den Schwarzwald konnte, waren es bei Riesle die Jahre zum Ruhestand. Vierzehn musste er noch durchhalten, dann ging es in Rente. Wenigstens hatte er noch einen alten Tarifvertrag, der ihm Konditionen garantierte, von denen die jüngeren Kollegen nicht einmal zu träumen wagten.

Riesle fiel auf, dass er zum ersten Mal in seiner Berufslaufbahn an die Rente dachte. Das war ein beunruhigendes Zeichen. Er war immer liebend gern Journalist gewesen, doch die Rahmenbedingungen setzten nun auch ihm zu.

Gedankenverloren musterte er das Bild auf seinem Schreibtisch, das ihn mit Hubertus und dem Schwenninger Eishockeystar Kirk Willy zeigte.

Apropos Eishockey: Man könnte doch gerade jetzt nach dem Aufstieg in die Deutsche Eishockey Liga eine Sommergeschichte über die »Wild Wings« machen… Riesle verwarf die eigentlich ausgezeichnet abkühlende Idee aber gleich wieder – die Kanadier waren alle während der Sommerpause in ihrer Heimat, zudem war trainingsfrei, das Eis abgetaut.

»Aufmacher?«, riss ihn der Chef des Lokalteils aus seinen Gedanken. Riesle fuhr auf den Rollen seines Bürostuhls herum. Auch der Chef stand unter Druck. Die Auflagenentwicklung war eine Rolltreppe abwärts, die sich kaum stoppen ließ. Das Anzeigenaufkommen fuhr in die gleiche Richtung mit.

Der Chef redete seit einiger Zeit nur noch stakkatohaft. So wie der *Kurier* die Kosten aufs absolut Notwendigste reduzierte, machte der Chef es mit seinen Worten.

»17 Uhr 30. Immer noch keine guten Themen?«, fragte er.

Einige Wochen hatte Riesle sich mit der spektakulären Insolvenz eines ehemals hoch angesehenen Villinger Familienunternehmens publizistisch über Wasser gehalten, hatte die Bilanztricks recherchiert, Mitarbeiter unter Schwüren der Geheimhaltung befragt und schließlich noch das Privatleben des entlassenen Firmenchefs auf den Kopf gestellt. Jetzt war die Sache ausgelutscht.

»Kriminalität?«, kam als Stichwort vom Lokalchef.

Riesle schüttelte den Kopf.

»Stadtverwaltung – gar kein Skandal?«

»Alle im Urlaub«, rapportierte Riesle ebenso knapp.

»Dann Riedsee! Sommergeschichte, Nacktbader!«, entschied der Chef.

Riesle schaute pikiert. Auch wenn es sinnvoll war, aus diesem Redaktions-Brutkasten herauszukommen – solche Storys waren unter seiner Würde. »Wäre das nicht eher was für den Volontär?«, setzte er an.

»Abkommandiert. Muss in Rottweil aushelfen«, antwortete der Chef. Riesle fiel ein, dass der einmal erzählt hatte, er sei früher Zeitsoldat gewesen.

Fluchend und ohne wirkliche Eile verließ Riesle die Redaktion. Um seinen Hals baumelte eine Digitalkamera – selbst den Fotografen hatten sie inzwischen eingespart.

Er fuhr über die B 33 in die Nähe von Donaueschingen, wo sich besagter See befand. Dort tummelten sich immer wieder Nacktbader, auch galt eine Ecke des Sees in einschlägigen Internetforen als Geheimtipp hierfür. Andere Badegäste nahmen Anstoß an den Nackten.

Keine allzu neue Geschichte, aber vielleicht gab es ja wenigstens ein bisschen was zu sehen.

Am See angekommen, schloss Riesle die Fenster seines klapprigen Kadetts, die er während der Fahrt heruntergekurbelt hatte, griff sich die Kamera und ging los.

Da klingelte sein Handy.

»Huby H.«, las er auf dem Display.

Die Verbindung war, gelinde gesagt, mies.

Nach den Begrüßungsfloskeln und Hubertus' Schwur, nie mehr campen zu gehen, war Riesle schon wieder besserer Laune und brachte seine Kamera in Stellung. Bald änderte sich sein Gesichtsausdruck jedoch.

»Eine Tote?«

»... aus Unterkirnach ...«

»Aus unserem Unterkirnach? Bei euch in Italien?«

Riesle lief hin und her und versuchte, eine bessere Verbindung zu bekommen, was kaum gelang.

Er verstand, dass Hubertus die Frau tot am Strand gefunden habe. Als er auch noch etwas von »Mord« zu hören glaubte, war er endgültig elektrisiert und ignorierte zwei Nacktbader, die ihn misstrauisch darauf hinwiesen, dass er das Fotografieren hier gefälligst zu unterlassen habe.

»Moment, Huby. Verstehe ich das richtig? Es gibt bei euch einen Mord an einer Frau aus Unterkirnach? Und du hast die Tote gefunden? Ich versteh dich kaum, sag nur Ja oder Nein!«

Es klang wie »Ra«, aber Riesle reagierte euphorisch: »Ich liebe dich, Hubertus!«

Die Nacktbader – es waren zwei Männer – warfen ihm interessierte Blicke zu.

Zwei Minuten später hatte Klaus alles gemanagt. Da die Verbindung so schlecht war, würde man um Punkt 19 Uhr 30 skypen. Dass Hubertus nicht wusste, wie das ging, besorgte Riesle nicht weiter. Schließlich waren Hubertus' Tochter Martina und offenbar auch deren Tablet-PC mit im Urlaub. Außerdem würde es ja wohl auf diesem Campingplatz jemanden geben, der eine Skype-Verbindung einrichten konnte.

Vielleicht konnte Huby ihm sogar ein Bild der Toten schicken!

So oder so: Der Aufmacher war gerettet. Ein guter Aufmacher. Ein exklusiver.

Jetzt galt es nur noch, sich der Nacktbader zu erwehren …

8. Urlaubsfotos

Karl-Heinz Winterhalter hatte seinen Schlapphut tief ins Gesicht gezogen. Er lag auf der Klappliege vor seinem Wohnwagen und blinzelte durch den schmalen Spalt zwischen Wangenknochen und Hutkrempe hindurch. Die Abendsonne tauchte den Campingplatz in ein rötliches Licht. Es war kurz nach halb sieben.

»Ruhe jetzt endlich!«, brüllte der Familienvater von gegenüber gerade seine drei Kinder an. »Könnt ihr nicht einmal ohne Lärm spielen? Wollt ihr etwa, dass wir vom Campingplatz fliegen? Wenn ihr so weitermacht, geht's ohne Essen ins Bett!«

Dass er bei seinen Ordnungsrufen selbst einen Dezibelwert erreichte, der weit über dem Grenzwert lag, bemerkte er nicht. Und einen Nutzen hatten seine Brüllattacken ohnehin nicht. Je lauter er wurde, umso lauter schrien auch die Kinder.

Wenn das so weiterging, würde tatsächlich gleich jemand vom Personal vorbeikommen und eine Ermahnung, wenn nicht sogar einen strengen Verweis, aussprechen.

Zum Glück für die Familie hatte sich noch keiner der umliegenden Camper beschwert. Wenn es um die Einhaltung von Ruhe und Ordnung ging, verstand das Management des Campingplatzes nämlich keinen Spaß. Auch, was die Mittagspause anbelangte: Die Poolanlage schloss auf die Sekunde genau um 12 Uhr 30 die Pforten, öffnete erst wieder spätnachmittags.

Selbst Geschirrspülen war zwischen dreizehn und fünfzehn Uhr unter Androhung eines Platzverweises strikt verboten.

Winterhalter war das ganz recht. Denn im Gegensatz zu

der klassischen Aufgabenverteilung auf ihrem Bauernhof in Linach (Putzen, Kochen, Abwaschen waren exklusiv Hildes Revier, Hof kehren und technische Reparaturarbeiten fielen in »Karlis« Zuständigkeitsbereich), bestand Hilde im Urlaub auch im Rahmen ihres Extrementspannungsprogramms streng darauf, dass sie zwar weiter das Essen kochte, Winterhalter aber den Abwasch zu erledigen habe. Das war für ihn der Gipfel der langweiligen Urlaubsroutine.

Circa zwei Dutzend Spülbecken reihten sich im Waschhaus aneinander. Und ständig wurde man in Plaudereien oder – wie Winterhalter es nannte – Schwätzereien verwickelt. Nicht, dass der Kommissar grundsätzlich einem Schwatz abgeneigt war. Aber er musste ja nicht gleich mit dem halben Campingplatz bekannt sein. Darum wartete er meistens, bis die Stoßzeiten im Waschhaus vorüber waren. Dann hatte man in der Regel genug Sicherheitsabstand zu den anderen Abspülern.

Karl-Heinz Winterhalter drehte seinen Kopf nach rechts. Der Lärm von gegenüber schien seiner Hilde nicht das Geringste anzuhaben. Sie war auf ihrem Liegestuhl in einen tiefenentspannten Vorabendschlummer gefallen, hatte den Mund weit geöffnet.

Winterhalter schüttelte den Kopf.

Mittags »Faulenzia« am Wohnwagen, danach »Sieschta« am Strand, zwischendurch noch das ein oder andere kurze Schläfchen, abends früh ins Bett, morgens vergleichsweise spät raus (7 Uhr 30 – normalerweise stand Winterhalter um 4 Uhr 30 auf) …

So viel Ruhe war kaum auszuhalten.

Winterhalter begann, über die Frauenleiche am Strand zu grübeln. Er war sich sicher, dass seine Spürnase ihn nicht täuschte, und froh, dass er heute Mittag direkt nach dem Trubel um den kurzzeitig verschwundenen Hummel-Enkel noch einmal zu der am Strand liegenden Toten gegangen war.

Zwar hatte eine innere Stimme, die übrigens der von Hilde sehr ähnlich war, ihn aufgefordert, das zu unterlassen. Aber er hatte nicht anders gekonnt. Und die Flecken, die die Frau seitlich im Rücken- und Gesäßbereich aufwies, hatten ihn elektrisiert.

Der kurz nach ihm eintreffende Arzt, der den Tod der Frau am Strand festgestellt und die Leichenschau durchgeführt hatte, war allerdings auf seine Vorstellung »Winterhalter, Bolizia Criminale Tedesco« nicht im Geringsten eingegangen. Winterhalter, der sich rühmte, die besten Augen seiner Dienststelle zu haben, und auch mit Anfang fünfzig noch keine Brille trug, hatte das Protokoll des Arztes im Vorbeigehen gescannt. Obwohl er nur ein paar Brocken Italienisch konnte, war ihm die Todesursache »colpo di calore« sofort ins Auge gestochen.

»Schauet Sie mol«, hatte Winterhalter versucht, den Mediziner auf die Leichenflecken, die er inzwischen eindeutig identifiziert hatte, aufmerksam zu machen.

»Via, via«, hatte der Arzt kopfschüttelnd gesagt und ihn weggeschickt, als er versucht hatte zu demonstrieren, dass die Leichenflecken nicht mehr wegdrückbar waren.

Winterhalter war über die schwierige Verständigung ein »Heiland noch e'mol. So än Schießdreck« rausgerutscht, was ihm wiederum ein paar abschätzige Blicke der immer noch umstehenden Gaffer eingebracht hatte.

Und dann hatte er instinktiv seine Fotokamera geholt.

Die Schnappschüsse waren nicht gerade preisverdächtig, zumal er sie möglichst unauffällig hatte machen müssen. So, als würde er das Panorama fotografieren, das hinter dem Leichenfundort lag. Als die Bestatter die Leiche auf die Trage verladen hatten, waren die auf breiter Fläche verteilten violetten Leichenflecken allerdings noch besser zu erkennen gewesen. Winterhalter hatte noch ein paar Mal auf den Auslöser gedrückt. Er war nun sicher gewesen, dass die Frau aufgrund der massiven Leichenflecken schon mindestens zehn Stunden tot war, der Tod also mitten in der Nacht eingetreten sein musste.

Dass nach der Leichenschau weit und breit keine italienische Polizei zu sehen war, seine provisorischen Absperrmaßnahmen demnach praktisch umsonst gewesen waren, das hatte Karl-Heinz Winterhalter nicht nur geärgert, sondern nachhaltig beunruhigt. »Colpo di calore« laut Wörterbuch ein Hitzschlag – war seines Erachtens nach als Todesursache so gut wie ausgeschlossen.

Der Arzt war auf dem Holzweg. Nur hatte es Winterhalter aufgrund der Sprachbarriere leider nicht geschafft, ihm das deutlich zu machen.

Auch wenn er hier außer Dienst war, er musste rasch handeln. Aber wie?

Er hatte keinerlei Befugnis, als deutscher Kommissar in ein italienisches Verfahren einzugreifen. Klar, er könnte zur örtlichen Polizei gehen und die Kollegen auf die Unstimmigkeiten aufmerksam machen. Aber würden sie ihn dort überhaupt verstehen? Verstehen wollen?

Sollte er das deutsche Konsulat in Venedig informieren? Oder vielleicht am besten gleich das Bundeskriminalamt? Das hatte doch italienische Kontaktleute, die sich in internationale Kriminalfälle einschalten konnten.

Aber dafür musste die Sache wirklich wasserdicht sein. Sonst würde er sich blamieren.

Zunächst musste er eine zweite Fachmeinung in Sachen Leichenschau einholen. Eine vertrauliche. Denn bisher waren seine Zweifel nicht mehr als eine Hypothese.

Er würde die Fotos einem anderen Experten schicken.

Seinem Kollegen Claas Thomsen in seiner Dienststelle vielleicht?

Winterhalter verwarf den Gedanken, bevor er ihn zu Ende gedacht hatte.

Zu Thomsen hatte er alles andere als ein Vertrauensverhältnis. Der ließ keine Gelegenheit aus, ihm eins auszuwischen.

Abgesehen davon, dass der aus Norddeutschland stammende Kriminalhauptkommissar aufgrund seiner Schmutzphobie mit Winterhalters Nebenerwerb, seinem Bauernhof, ein massives Problem hatte (»Sie riechen heute ja schon wieder nach Stall«, lautete eine gängige Begrüßung im Büro. »Haben Sie keine Badewanne?«). Auch Winterhalters mitunter etwas hemdsärmeligen Ermittlungsmethoden mochte Thomsen nicht. Wobei er im Grunde ohnehin nur die eigenen Methoden akzeptierte.

Sollte Winterhalter vielleicht seine Kripochefin um eine zweite Meinung bitten? Vermutlich würde ihn Frau Bergmann aber für verrückt erklären, wenn er ihr Leichenfotos aus dem Urlaub schickte. Außerdem war sie ohnehin sehr beschäftigt – vor allem damit, sich als neue Polizeipräsidentin ins Gespräch zu bringen. Und auf dem Weg dorthin war es ihr sicher nicht genehm, wenn sich einer ihrer Untergebenen in die Arbeit der italienischen Polizei einmischte.

Dörr, schoss es Winterhalter durch den Kopf. Eric-Carsten Dörr. Mit dem Freiburger Gerichtsmediziner, der in Villingen wohnte, hatte er schon jahrelang engen Kontakt. Dörr freute sich immer unbotmäßig, wenn Winterhalter ihm seinen selbst gemachten Schwarzwälder Schinkenspeck zu Weihnachten schickte. Für einen solchen als Honorar würde er sich die Fotos sicher gerne anschauen.

Nur, wie konnte er ihm die Bilder zukommen lassen? Und vor allem so, dass Hilde nichts davon bemerkte. Zudem: Er musste schnell handeln, noch bevor die Leiche nach Deutschland überführt wurde.

Über diese Gedanken fiel Winterhalter in einen leichten Schlummer. Er begann zu träumen.

Von seinen Kühen, die sich im Stall drängten und wegen ihrer prallen Euter schrien.

Ich muss sie endlich melken, dachte sich Winterhalter.

Doch gerade, als er damit anfangen wollte, entdeckte er eine Frauenhand, die aus dem Heu ragte, das die Kühe in sich hineinfraßen. Er schob das Heu beiseite und legte eine Leiche frei. Es war die Frau vom Strand.

Sie sah noch entsetzlicher aus und war von Leichenflecken komplett übersät. Da erschien plötzlich seine Ehefrau Hilde, die Fäuste geballt und in die Hüften gestemmt.

»Karli, häsch du die Frau ermordet?«, fragte sie streng.

»Karli«, rief Hilde noch einmal. Doch diesmal war es nicht die Hilde aus dem Traum, es war die echte, leibhaftige, viel positiver gestimmte Hilde, die gerade an der Digitalkamera hantierte und von ihrem Mann ein abendliches Foto schießen wollte.

»Karli, nimm doch mol die blöde Kapp ab und lächel in die Kamera«, sagte sie. »Du siehsch g'rad so schön entspannt aus.«

»O Hilde, jetzt lass des doch bitte!«, reagierte Winterhalter unwirsch.

»Jetzt sei doch nit so«, gab sich Hilde beharrlich und drückte ein paarmal auf den Auslöser. Dann setzte sie sich wieder in ihre Klappliege.

»Ha, mir habet schon echt ä paar schöne Urlaubsfotos

g'macht«, sagte sie und begann, die gespeicherten Bilder in der Fotogalerie an sich vorbeiziehen zu lassen. Karli beim Vorzeltaufbau, Hilde am Campingkocher, Karli beim Speckvesper, Hilde am Strand, blauviolette Flecken …

Moment!

»Karliii!« Hilde Winterhalter zog das I so lang, dass es dem Angesprochenen in den Ohren fast schmerzte.

»Jooo«, sagte Winterhalter betont gemütlich und suchte im Geiste bereits nach einer guten Ausrede.

»Was isch des für ä Frau auf dem Foto? Kannsch du mir des bitte erkläre?«

»Ah, die Fotos. Die hät der Herr Hummel g'macht. Da hab ich nix mit zum tun«, begann Winterhalter herumzueiern.

»De Herr Hummel?«, sagte Hilde misstrauisch. »Und des isch die Dote vom Strand, oder?«

»Ich glaub schon«, antwortete Winterhalter ganz beiläufig.

»Warum wollt de Herr Hummel die fotografiere? Und warum mit unserem Foto?«, setzte Hilde das Verhör fort.

»Er hät seine Kamera nit dabei g'habt. Ich weiß nit, warum. Wahrscheinlich für de Riesle, den Reporter vom *Kurier*. Des isch doch sein Kumpel«, geriet Winterhalter weiter ins Schlingern.

»Und des soll ich dir glaube? Die Fotos von dere Leiche zwische unsere Urlaubsfotos: Also, des geht jo gar nit!«, schimpfte Hilde nun. »Dass du nit ei'mol entspanne kannsch. Selbscht hier im Urlaub verfolge uns die Leiche.«

»Hilde?«, schaltete sich nun die neugierige Nachbarin von gegenüber ein. Sie stammte aus dem Nachbardorf Hammereisenbach und war dafür bekannt, ihre Nase in alle fremden Angelegenheiten zu stecken. Tauchsieder nannte Winterhalter sie deshalb. »Wa isch denn bei euch los?«

»Ha, de Karli wieder …«

»Nix«, entgegnete Winterhalter unwirsch. »Nix isch!«

9. Skype

Riesle hatte schon das dritte Stoßgebet zum Himmel geschickt, als endlich die Verbindung zustande kam. Fast halb acht am Abend war es inzwischen, und er musste nachher noch den Weg von seiner Wohnung in die Redaktion hinter sich bringen.

Zweimal hatte auch schon der Lokalchef angerufen und militärisch knapp gefragt, ob es denn heute noch etwas werde mit der angekündigten »Mordsstory«.

Das erste mehr oder weniger Vielversprechende, was der Journalist auf seinem iPad erblickte, war der Kopf seines Freundes Hubertus.

Ein Riesenkopf.

Zudem fürchterlich ausgeleuchtet.

Fragend glotzte Hummel in die Kamera.

»Endlich!«, brüllte Riesle. »Hörst du mich? Geh mal ein Stück zurück!«

Hubertus leistete dem Folge, was dafür sprach, dass die Verbindung Schwarzwald–Italien stand. Als sein Freund den Blick freigab, sah Riesle im Hintergrund den geliehenen Wohnwagen der Hummels. Von irgendwo ertönte ein Fernseher – trotz der Entfernung gut hörbar.

Hubertus schien abgekämpft. »Es funktioniert«, rief er aufgeregt.

Dann kam die wie immer milde lächelnde Elke ins Bild. »Hallo, Klaus!«

»Hallo«, fasste sich Riesle kurz. »Also, Huby. Wie ist das jetzt mit der Toten?«

Hummel rekapitulierte das Geschehene und fühlte sich zunehmend wie bei einem Verhör. Riesle wollte wieder mal alles ganz genau wissen, zuallererst den Namen der mutmaßlich Ermordeten.

Hier musste Hubertus zum ersten Mal passen.

Doch das ging vorläufig unter, da nun im Hintergrund erstmals Martina zu sehen war – und außerdem ein gut gekleideter junger Italiener.

Der Einzige, der nicht wie ein klassischer Camper wirkte.

»Hey, wer ist denn der Typ da?«, brüllte Didi Bäuerle, der Riesle nun vom Platz vor dem iPad in seiner Villinger Junggesellenbude zu verdrängen drohte. Didi, der von Klaus über die Geschehnisse in Italien informiert worden war und sich dann selbst zu dem Skype-Termin eingeladen hatte, wollte seine Ehefrau Martina unbedingt sehen. Er war nun reichlich erbost, sie mit diesem Gigolo zu erblicken, der ihm vom ersten Moment an zutiefst unsympathisch war.

Martina rückte auf dem Bildschirm zögerlich näher. »Hallo, Schatz«, sagte sie. »Mein Handyakku ist leider leer, sonst hätte ich dich schon …«

»Wer der Typ ist, will ich wissen!«, gab Bäuerle den Othello.

»Das ist ein Einheimischer«, schaltete Hummel sich sachdienlich ein.

»Das ist Marco«, präzisierte Martina. »Er hat uns geholfen, die Verbindung einzurichten.«

»Ciao«, sagte Marco recht gleichgültig in Richtung Bildschirm.

Bäuerle würdigte ihn gezwungenermaßen eines kurzen Blickes und redete dann in einem Tonfall, der dieser nicht gefiel, weiter auf seine Frau ein. Irgendwann war sie aus dem Blickfeld der Kamera verschwunden.

Marco auch.

»Martina!«, rief Bäuerle energisch. »Was macht denn diese Schmalzlocke noch bei euch? Und was ist mit Maxi?«

Auf die erste Frage gab es keine Antwort. Elke zeigte ihm

aber schließlich seinen Sohn, und es begann ein allgemeines Hin-und-Her-Gewinke, ehe Riesle an den eigentlichen Grund des Gesprächs erinnerte.

»Ey, Hausmeister, lass mich wieder ran! Hier geht es vielleicht um Mord!«

Didi Bäuerle hatte mit seinem Beruf keine Probleme, mochte es aber dennoch nicht, wenn man ihn darauf reduzierte.

Riesle drängte den widerstrebenden Didi auf die Seite und versuchte weiter, Hummel zu befragen. Außerdem solle dieser schnellstens ein Bild von der Toten, von deren Ausweis oder zumindest vom Strand, an dem der vermeintliche Mord geschehen war, mailen.

Hubertus verzog das Gesicht: »Also wirklich …«, hob er an.

»Du wirst doch wohl den Namen dieser Toten rauskriegen, Huby!«, ermahnte Riesle.

Didi Bäuerle öffnete derweil eine Flasche Bier. Er war aufgebracht und bereute es inzwischen, dass er nicht mit nach Italien gefahren war.

»Ah, gut, dass Sie da sind«, hörte Riesle nun seinen Freund Hubertus irgendwo nach hinten rufen. »Kommen Sie doch bitte mal her!«

»Huch!«, rief Riesle drei Sekunden später, als auf dem Bildschirm das Gesicht von Kriminalhauptkommissar Winterhalter auftauchte, der im Rahmen eines kleinen Abendspaziergangs noch mal bei Hummel vorbeigeschaut hatte.

Im Unterhemd.

»Huch!«, rief auch Winterhalter, der ebenso wenig auf Riesle gefasst gewesen war wie dieser auf ihn. Und geskypt hatte er auch noch nie.

Als aufmerksamer Kriminaltechniker mit einem feinen Gespür genügten Winterhalter ein paar Momente, um zu sehen, dass all das, was er rund um Riesle auf dem Bildschirm erblickte, die Aura des Unordentlichen, gar Schmuddeligen hatte – inklusive des Journalisten selbst. Offenbar befand sich dieser nicht in der *Kurier*-Redaktion, sondern in seiner Junggesellenwohnung. Zudem hatte auch er nun ein Bier in der Hand.

»Was machen Sie denn schon am Tatort?«, fragte Riesle verblüfft. »Huby hat doch gesagt, der Mord geschah erst vor einigen Stunden?«

»Und?«, fragte Winterhalter zurück.

»Sind Sie sofort nach Italien geflogen, als Sie von dem Mord gehört haben?«

»Ja klar, Herr Riesle«, gab der Kommissar sarkastisch zurück. Er deutete an sich herunter. »Sehet Sie mein Unterhemd? Des isch unsere neue Dienschtkleidung.«

Nun erschien wieder Hummels Kopf. »Herr Winterhalter macht auch hier Urlaub!«, erklärte er dann. »Erst durch ihn weiß ich, dass es wohl ein Mord sein könnte – er hat die Tote untersucht!«

»Jetzt machet mol langsam. Noch isch des alles unklar. Es gibt lediglich erschte Indizien, die auf eine nit natürliche Todesursach hindeute«, sagte Winterhalter mit ernster Miene.

Er kannte Riesle – und deshalb war es ihm alles andere als recht, dass dieser leicht zwielichtige Schreiberling dank der digitalen Revolution nun an dem Fall teilhaben durfte.

Prompt bestürmte der Journalist auch Winterhalter mit den absonderlichsten Fragen.

»Ich weiß nix und will auch nix sage«, erklärte dieser deutlich.

»Das müssen Sie aber«, insistierte Riesle. »Die Presse hat ein Recht darauf. Wir sind schließlich die vierte Gewalt im Staate! Das gilt auch für deutsche Kriminalbeamte in Italien.«

»Auf die Gefahr, dass ich mich wiederhol: Ich bin hier verdammt noch mol im Urlaub!«

Riesle bohrte unbeirrt weiter: »Aber jetzt mal konkret: Haben Sie denn ein Bild der Toten, wenn Sie sie untersucht haben? Sie sind doch Kriminaltechniker – die fotografieren doch immer...«

»Nur von de Leiche'flecke«, gab Winterhalter leichtfertig zu und erntete einen Freudenjauchzer.

»Das müssen Sie mir schicken! Sofort!«

Der Kommissar dachte kurz darüber nach, einfach aufzustehen und zu gehen, doch da kam ihm jemand zuvor: »Ach, da bisch du!«, rief Frau Winterhalter ihm zu – und dann ertönte wieder ein »Huch!«.

Die Bäuerin hatte noch weniger Ahnung von Skype und war regelrecht erschüttert, als sie Riesle auf dem Bildschirm sah.

Zwei Gedanken später war ihr klar, dass dieser wohl nun auch sie erblicken konnte – in ihrem zu engen, einteiligen Badeanzug.

Doch letztlich gab sie nicht so viel auf Äußerlichkeiten.

»Mein Mann isch hier im Urlaub, und des bleibt er au!« Frau Winterhalter konnte recht resolut sein. Aggressiv starrte sie auf den Monitor und beugte sich dann so nahe an die Kamera, dass Riesle fast nur noch schwarz sah.

Plötzlich zuckte sie zurück: »Da isch jo noch einer!«

Der eine war Didi Bäuerle, der sich nach dem zweiten Bier etwas beruhigt hatte und nun wieder mit Martina sprechen wollte.

Sie war allerdings weiterhin außerhalb des Kamerablickfelds. Dafür hatte nun ein Mann mit einer Schildmütze von Schalke 04 seinen Auftritt: »Watt is denn hier los?«, fragte er. »Familientratsch mit Mutti?«

Auch Harald hatte natürlich schon wieder eine Bierdose in der Hand.

»Prost, Kamerad!«, johlte er, als er den konfusen Didi mit dem gleichen Getränk sah.

Nun drängte Riesle wieder ins Bild: »Herr Winterhalter, mailen Sie jetzt bitte das Foto?«, fragte er.

»Falls man des mit diesem Gerät hier kann, jo«, meinte der nach einer kurzen Pause.

Riesle atmete tief durch. »Prima. Bitte sofort nach unserem Gespräch. Meine Mailadresse lautet riesle@schwarzwaelder-kurier.de.«

Winterhalter schmunzelte und kam noch etwas näher an die Kamera. Riesle starrte erst auf die Schweißflecken seines Unterhemds, dann auf sein fast boshaftes Lächeln. »Ich schick des Bild doch nit an Sie, Herr Riesle. Wenn, dann schick ich's zur Untersuchung an meine Kollege!«

Der Bildschirm wurde schwarz. Riesle hatte die Verbindung wohl unterbrochen …

10. Heiße Story

Eigentlich fand Hummel es völlig daneben, alles Mögliche von daheim in den Urlaub mitzunehmen.

Dass »Haralds«, wie er sie im Geiste nannte, ihren Fernseher mitschleppten, kam ihm milieutypisch vor. Auch dass Winterhalters jeden Abend ihre Schwarzwälder Kost genossen – wenngleich es sich im einen Fall um das Arbeiter-, im anderen um das bäuerliche Milieu handeln durfte.

Und Leute, die nicht ohne ihr Handy konnten, waren ihm generell suspekt. Da das iPad von Martina aber nun ohnehin schon da und der komplette Zeltplatz mit WLAN ausgestattet war, konnte er ja wenigstens mal gucken, ob Klaus wirklich etwas über den Fall geschrieben hatte. Das Onlineangebot des *Schwarzwälder Kurier* war nämlich gar nicht so schlecht. Ab sechs Uhr morgens gab es dort die meisten der Artikel, die auch in der Printausgabe zu lesen waren.

Es war ziemlich genau sechs Uhr, als Hubertus vor dem Wohnwagen Platz nahm und das iPad anschaltete. Geschlafen hatte er wieder nur maximal drei Stunden. In dem verfluchten Wohnwagen wurde es immer heißer. Außerdem war Maximilian nachts aufgewacht und hatte geweint, weil seine Mutter nicht da gewesen war.

Um 1 Uhr 30!

Kurz darauf war sie erschienen. Diesen Marco hatte Hummel zwar nicht gesehen, aber für einen Streit und den Vorwurf, sie vernachlässige ihr Kind, hatte es allemal gereicht.

Danach hatte es natürlich noch eine ordentliche Weile gedauert, bis er endlich in einen unruhigen Schlaf gefunden hatte.

Hummel gab zu, daran war er auch ein bisschen selbst schuld. Es war eine dumme Idee gewesen, Riesle zu informieren. War ja irgendwie logisch, dass der sofort alle Hebel in Bewegung setzen würde, um an eine Story zu kommen.

Der verdammte Computer war durch ein Kennwort gesichert.

Hummel probierte es mit »Maxi«.

Dann: »Maximilian.«

»Martina.«

»Didi.«

Um 6 Uhr 30 kapitulierte er kurzzeitig und hätte das iPad beinahe gegen den Wohnwagen geschleudert.

Was nun? Schlafen konnte er ohnehin nicht mehr. Anders sah es da auf den Nachbarplätzen aus, von denen wieder lautstarke Schnarchgeräusche zu vernehmen waren.

Dann vielleicht erst einmal eine morgendliche Dusche? Um diese Zeit musste sich der Sanitärbereich wenigstens noch in einem einigermaßen ordnungsgemäßen Zustand befinden.

Das war ein weiterer dicker Minuspunkt beim Campen: Toiletten und Duschen nur durch schmale Wände getrennt und benutzt von Leuten, deren Haut- und sonstige Krankheiten man nicht unbedingt selbst bekommen wollte.

Vermutlich hatte er schon seit gestern Fußpilz.

Mindestens.

»Hummel«, gab Hummel nun ins iPad ein. Dann ging er Martinas Freundinnen durch. Bettina, Carola – nichts.

Verzweifelte, zum Scheitern verurteilte Versuche.

Hubertus' Laune war auf einem neuen Tiefpunkt.

Noch neunzehn Tage am Lido. Falls er nicht einfach eine schwere Krankheit simulierte und so früher nach Hause kam.

Der Gedanken daran kam ihm gar nicht so falsch vor. Ein,

zwei derartige Nächte noch, dann würde er genug haben. Doch ein wenig musste er noch durchhalten.

Und sei es nur, um zu verhindern, dass dieser Italiener Martina noch näher kam.

Bei Haralds gegenüber wäre das Kennwort klar gewesen. »Schalke«, oder vielleicht allenfalls »ScheißBVB«.

Aber was beschäftigte denn seine Tochter außer Maximilian?

Didi vielleicht – vielleicht aber auch nicht mehr…

Konzentriere dich, Hubertus, versuchte er sich Mut zuzureden. Viele Versuche hatte er vermutlich nicht mehr, irgendwann würde das iPad gesperrt sein. Und dann gäbe es richtig Ärger.

Inzwischen war es schon hell, und die ersten Frühaufsteher schlurften vorbei – glücklicherweise keine Schwarzwälder.

Aus einem Radio ertönte leise Musik. Haralds waren das nicht.

Tatsächlich etwas Italienisches! Hummel nahm es dankbar auf. Felicità, da-da-da-daaa-da, da-da-da-daaa-da-felicitià…

Plötzlich glaubte er, den Schlüssel zum Kennwort gefunden zu haben. Allmählich war es ja fast eine Prinzipienfrage, eine Frage der Ehre, inwieweit er die Gedankenwelt Martinas als Vater nachvollziehen konnte.

Musik! Was war noch mal ihre Lieblingsband?

»Tokyo Hotel« gab er ein. Nichts. Verdammt!

Schrieben die sich etwa gar nicht mit Ypsilon, sondern mit »i«? Das waren doch Deutsche.

Ein neuer Versuch, und: wieder nichts.

Hm. Wenn er es sich genau überlegte, dann war Tokio Hotel vermutlich inzwischen in den Augen Martinas fast genauso tot wie die Beatles…

Was hörte sie denn sonst so?

Wie hieß diese Band von diesem Typen mit der tiefen Stimme, der in den letzten zwei, drei Jahren so erfolgreich war? Irgendwas Religiöses …

»Unheilig«, genau. Komischer Name. Aber egal – rein damit in den Computer. Es war der zehnte und letzte Versuch.

Treffer!!

Hubertus schnaufte tief durch und pfiff »Felicità« mit.

Als er auf der Homepage des *Kurier* war, verging ihm das Pfeifen.

Der angebliche Mord an der Italienurlauberin war die erste Meldung. Ach was, Meldung: die erste Geschichte. Eine Riesengeschichte. Mit Bildern.

Zu sehen war ein Übersichtsplan des Campingplatzes und daneben tatsächlich ein Foto der Frau.

Ein Passbild.

Hubertus konnte nicht anders, als Riesle gegen seinen Willen einen gewissen Respekt zu zollen. Er hatte wieder einmal ganze Arbeit geleistet. Weiß der Himmel, woher er das Bild der Frau hatte.

Hummel überkam ein seltsames Gefühl, die Tote, die er gestern gefunden hatte, nun erstmals noch lebend zu sehen.

Dem Bericht nach hieß sie Beate Kollmann, war zum Zeitpunkt ihrer Ermordung achtunddreißig Jahre alt und in Unterkirnach wohnhaft gewesen.

Hubertus starrte auf das iPad. Zunächst hatte er es noch für möglich gehalten, dass Riesle einfach irgendein falsches Bild besorgt hatte, doch erkannte er die Gesichtszüge der Toten wieder.

Sie hatte ein eigentlich schönes, aber allzu ernstes Gesicht. Beinahe schon müde und erschöpft sah sie aus, als ahne sie, was ihr bevorstehe.

Sie war gut geschminkt, hatte dunkle, längere Haare.

Er versuchte, etwas Auffälliges zu erkennen, was vielleicht mit dem späteren Tod der Frau zusammenhängen konnte – ohne auch nur ansatzweise einen Schimmer zu haben, was das sein könnte.

Hummel überlegte, was für und was gegen eine natürliche Todesursache sprach.

Tatsächlich erschien es widersinnig, dass die Frau sich mitten in der Nacht mit einem Bikini an den Strand zum Sonnenbaden gelegt haben könnte. Auch nicht zum Mondbaden. Und vor allem: Wie sollte sie mitten in der Nacht einen Hitzschlag bekommen haben?

Aber genügte das schon für die Annahme, dass ein Gewaltverbrechen dahintersteckte?

Der Arzt vor Ort war ja sicher auch kein Amateur gewesen. Der würde schon gute Gründe gehabt haben, colpo di calore als Todesursache anzugeben.

Oder hatte es sich um einen Unfall gehandelt, und jemand hatte die Frau an den Strand gelegt, um den Vorfall zu vertuschen?

Allerdings wäre auch das ein Fall für die Polizei.

Dann würde Riesle mächtig Ärger bevorstehen – nicht zuletzt aufgrund der Überschrift »Mord am Schwarzwaldstrand«.

Auch der Einstieg in den Artikel war alte Riesle-Schule: »Mehrere Hundert Menschen aus der Region Villingen-Schwenningen genießen derzeit ihren Urlaub auf dem Campingplatz Paradiso di Venezia am italienischen Lido in der Nähe von Jesolo bei Venedig. Doch wo vor Kurzem noch ausgelassene Urlaubsstimmung herrschte, ist nun Panik unter den Schwarzwäldern. Denn eine der Ihren wurde am Strand brutal ermordet aufgefunden.«

Panik war allerdings ordentlich übertrieben, dachte Hummel, als er seinen Blick über den erwachenden Campingplatz schweifen ließ und Adriano Celentanos Bass brummen hörte.

Fast schon schmunzeln musste Hubertus, als er sich ausmalte, wie wohl der Campingplatzbesitzer reagieren würde, wenn ihm dieser Artikel unter die Augen kam. Dass das früher oder später der Fall sein würde, erschien Hummel recht wahrscheinlich. Internet sei Dank. Vielleicht stornierten sogar einige Schwarzwälder Urlauber ihre Ferien, wenn sie durch diese Tatarenmeldungen aufgeschreckt würden.

Als Hummel weiter nach unten scrollte, kam ihm noch jemand anderes in den Sinn, der bald aufgeschreckt sein würde…

11. Durchsage für Winterhalter

»Signor Karl-Einz Winteralter – Signor Karl-Einz Winteralter bitte an die Telefon – Herr Winteralter bitte an Telefon in Rezeption.«

Hummels saßen gerade beim Frühstück vor dem Wohnwagen, als die Lautsprecherdurchsage kam. Martina war verschlafen und mürrisch, den Sohn auf dem Schoß. Elke in einer bunten Tunika, gute Laune verströmend. Hummel hoffte, dass Haralds Fernseher nicht so schnell anging.

Dietmar nebenan war ja bislang noch einigermaßen erträglich, weil er sich an das nachbarschaftliche Prinzip hielt: grüßen ja, tratschen nein.

Allerdings hatte Hubertus den Eindruck, der Nachbar warte nur auf die Gelegenheit, ihn einmal alleine für sich zu haben, um ihn dann endgültig in die Versicherungsfalle zu locken.

»Was isch denn los, Karl-Heinz?«

Mindestens achtmal hörte Winterhalter diese Frage, als er eiligen Schrittes in Richtung Campingplatzverwaltung lief. Eine Antwort gab er nicht, doch befürchtete er, dass auf dem Bauernhof zu Hause etwas passiert war. Oder womöglich einem seiner Kinder? Oder gar, Gott bewahre, einem der Enkel?

Er überlegte, ob sie ihn wegen einer kalbenden Kuh anrufen würden, und beschloss, entgegen der Weigerung seiner erholungsbedürftigen Frau, nächstes Mal doch ein Handy mitzunehmen. Wenn man einen Bauernhof besaß, konnte man sich eben nicht einfach für drei Wochen ausklinken.

Skypen musste man aber auch nicht unbedingt …

Winterhalter war bereits schweißnass, als er an der auf Hochglanz polierten Rezeption ankam und den Hörer entgegengestreckt bekam.

Doch er sollte noch nasser werden.

»Sind Sie eigentlich wahnsinnig geworden?«, wurde er gleich angeschnauzt.

Diese Stimme erkannte er sofort, schließlich gab es sonst niemanden in seinem Bekanntenkreis, der akzentfreies Hochdeutsch sprach. Vielleicht war es auch Norddeutsch – aber auf jeden Fall keine Sprache, die auch nur annähernd aus seinem Landstrich stammte.

Es war tatsächlich sein Kollege Kriminalhauptkommissar Claas Thomsen, der aus Kiel stammte und sich selbst für einen Starkriminalisten hielt. Und er war einer der Gründe, weshalb Winterhalter sich nach dem Urlaub gesehnt hatte.

Ein Campingplatz war nämlich die sichere Gewähr, von Thomsen verschont zu bleiben, der leidenschaftlicher Einzelgänger, Hypochonder und gegen alles allergisch war, was Natur und Menschheit so im Angebot hatten. Wobei zumindest die Hochglanzrezeption Thomsens Ansprüchen genügen würde, dachte Winterhalter. Die deutschen Touristen waren verwöhnt, und Campingplatzchef Di Salvo wusste das. Tresen und Fußboden waren aus Marmor und hätten auch einem Fünfsternehotel genügt. Die Ausstattung war weitaus luxuriöser als die der anderen öffentlichen Einrichtungen auf dem Platz.

Dass Winterhalter nun von Thomsen telefonisch belästigt wurde, damit hatte er jedenfalls nicht gerechnet.

»Gudde Morgeee«, sagte Winterhalter demonstrativ gut gelaunt in breitem Schwarzwälderisch, als er sich wieder gefasst hatte. »Wa gibt's denn?«

»Morgen«, kam es pikiert zurück. »Was haben Sie sich also dabei gedacht?«

In Winterhalter mischte sich die Erleichterung, dass die

Probleme offenbar nicht familiärer Natur waren, mit dem Ärger darüber, dass er schon alles Mögliche befürchtet hatte, es aber vermutlich doch nur um irgendeine komplett überflüssige Angelegenheit im Büro ging.

Hatte er wieder einen Speckrest auf seinem Schreibtisch liegen lassen?

»Was isch?«, fragte Winterhalter ungeduldig.

»Ich zitiere: Vor Ort leitet der doppelstädtische Kriminalhauptkommissar Karl-Heinz Winterhalter die Ermittlungen. ›Wir hoffen, dass es kein Mafiamord ist‹, sagt er. ›Und dass es bei diesem einen Mord bleibt.‹«

»Wie bitte?«, entfuhr es dem verblüfften Winterhalter.

»Das steht heute Morgen so im *Schwarzwälder Kurier*«, sagte Thomsen vorwurfsvoll. »Kollege, wieso bitte leiten Sie Ermittlungen in Italien? Unsere Chefin dürfte das sicher interessieren. Ich dachte, Sie machen dort nur Urlaub?«

»Jo, verdammt noch mol, des mach ich auch«, fluchte Winterhalter. »Fraget Sie mol meine Frau – die wird's Ihne bestätige!«

»Der Artikel ist wieder einmal von diesem Riesle. Wieso sprechen Sie mit dem überhaupt?«, prangerte Thomsen weiter an. »Sie wissen doch, was für ein Schmierfink das ist. Macht der dort auch gerade Urlaub?«

»Der isch gar nit hier, verdammt noch mol«, echauffierte sich Winterhalter nun. »Und g'sproche hab ich mit dem auch nit. Zumindest nit über so was. Ich hab nur versehentlich mit dem geskypt.«

»Was haben Sie?«

»Ach…« Winterhalter winkte ab.

»Denken Sie tatsächlich, Sie könnten vor Ort die Ermittlungen leiten?«, fuhr Thomsen fort. »Sie wissen, dass das Amtsanmaßung wäre und bei uns durchaus disziplinarische Maßnahmen nach sich ziehen könnte. Und die italienische Polizei dürfte darüber auch nicht gerade erbaut sein.«

»Natürlich leite ich nit die Ermittlunge. So ein Schwachsinn …«

»Und haben Sie Riesle Bilder des Campingplatzes und von der Ermordeten zukommen lassen?«

»Natürlich auch nit«, erklärte Winterhalter mit Nachdruck und strich sich über das schweißnasse Unterhemd.

»Dennoch: Das gibt Ärger, verlassen Sie sich darauf«, prognostizierte Thomsen.

»Und wie des Ärger gibt«, echote Winterhalter und nahm sich vor, Riesle bei nächster Gelegenheit für mehrere Tage in seinen Schweinestall einzusperren.

»Meine Lieblingskuh hät kalbt«, knurrte er auf dem Rückweg all diejenigen an, die ihn erneut auf den Lautsprecherausruf ansprachen.

Die Sonne stand schon recht hoch am Himmel.

Es würde wieder deutlich über dreißig Grad geben …

12. Durchsage – die zweite!

»Signor Karl-Einz Winteralter – Signor Karl-Einz Winteralter bitte an die Telefon – Herr Winteralter bitte an Telefon in Rezeption.«

Der Kommissar hatte ein klassisches Déjà-vu.

Zwei Stunden war es gerade her, dass der Lautsprecher ihn letztmalig aufgefordert hatte, dorthin zu kommen.

Nun würde wohl auch der letzte Campingplatzbesucher mitbekommen haben, dass bei ihm etwas nicht stimmte. Mindestens genauso beunruhigend war jedoch die Reaktion seiner Frau. Seiner Hilde, mit der er nächstes Jahr Silberhochzeit feiern wollte und die sich mehr als elf Monate im Jahr als unerschütterlicher Fels in der Bauernhofbrandung erwies. In den drei Wochen, in denen sie im Hochsommer in Italien residierten, konnte sie solche Störungen allerdings überhaupt nicht gebrauchen.

»Karli«, drohte sie. »Wenn des wieder der Thomsen isch, dann sprech ICH mit ihm!«

Und das sagte Hilde nicht nur einfach so, das bekräftigte sie mit ihrem energischsten Gesichtsausdruck – vor dem sogar die Kühe zu Hause in Linach Angst hatten.

Sie packte also ihren Karl-Heinz und stapfte mit ihm entlang der von Pinien gesäumten Campingplatzstraßen in Richtung Rezeption.

»Hilde, ich hab ihm g'sagt, dass ich hier nit ermittel«, beschwor Winterhalter seine Gattin.

Hilde ging voraus. Deutlich voraus.

Ihnen begegneten weniger Menschen als Karl-Heinz bei seinem ersten Gang heute Morgen. Die meisten waren wohl schon am Strand. Aber diejenigen Schwarzwälder, die das Ehepaar Winterhalter nun ansprachen, lächelten nicht mehr. Sie waren sich sicher, dass da etwas ganz Schlimmes passiert sein musste.

Zweimal an einem Morgen ausgerufen werden? Und das im Zeitalter von WLAN?

»Ich drück die Daume«, meinte einer, obwohl er keine Ahnung haben konnte, was anstand.

»Jetzt wart doch mol, Hilde«, beschwichtigte Winterhalter seine Frau, kurz bevor sie die Rezeption erreichten.

Aber deren Laune war mit jedem Schritt schlechter geworden. Sie hasse solche Einmischungen in ihren Urlaub, blaffte sie ihren Mann an. Aber er sei ja selbst schuld daran – viel zu gutmütig und ein Spielball dieses »Fischkopfs«, wie sie Thomsen tatsächlich in ihrer Erregung nannte.

Sie entriss dem Rezeptionsmitarbeiter den Hörer und ließ im tiefsten Schwarzwälderisch Dampf ab:

»Höret Sie mol, Herr Thomsen! Des isch ä ausg'machte Frechheit. Nur weil Sie kein Privatlebe habet, müsset Sie nit denke, dass mein Mann auch im Urlaub nur für Sie do isch. Ab jetzt isch Schluss – auch mit diesem blöde Dodesfall hier. Mein Mann isch nit zuschtändig, und des wird er auch nit sei. Also gehet Sie jemand anderem uff de Wecker, aber nit ...«

Winterhalter schämte sich. Umso mehr war es für ihn eine große Erleichterung, als seine Frau mit verdutztem Gesichtsausdruck und einige Dezibel leiser sagte: »Des isch mir jetzt aber ä bissle ... Sie müsset schon entschuldige. Des muss auch an de Sonn hier liege, dass ich ... Verstehet Sie? Aber isch's denn wirklich so dringend? ... Ach, er hat Sie ...? Oh ... Kleine Moment, bitte.«

Dann wandte sie sich wieder streng ihrem Mann zu: »Es isch für dich …«

Es war sein Kollege Dörr – der Gerichtsmediziner, dem er noch am gestrigen Abend die Fotos von der Toten zugemailt hatte. Dem iPad von Martina Hummel sei Dank. Sie hatte Winterhalter am späteren Abend an das Gerät herangelassen – im Gegensatz zu Hubertus …

Kollege Dörr war wirklich fix. Winterhalter hatte erst in zwei, drei Tagen mit einer Reaktion gerechnet.

Er hatte ihm die Telefonnummer des Campingplatzes mitgeschickt, weil er vermeiden wollte, dass die brisanten Informationen auf dem Rechner der Familie Hummel landeten. Außerdem gab es ja vielleicht die eine oder andere Nachfrage. Und die gab es tatsächlich …

»Nit natürliche Todesursach isch auch deiner Meinung nach eindeutig?«, fragte Winterhalter, während seine Frau sich schon wieder ein bisschen weniger schämte und misstrauisch bemerkte, dass es offenbar tatsächlich um die Tote am Strand ging.

Die Tote im Urlaub.

In ihrem Urlaub.

Die Tote, die ihren Mann eigentlich gar nichts anzugehen hatte.

»Jo, die Leiche'flecke hab ich auch g'sehe, klar«, meinte Winterhalter.

»Wie? Einstiche? In de rechte Ellenbeuge? Nei, hab ich nit g'sehe. Es war ja fast keine Zeit. Und des musste unauffällig vonstattegehe. Dem einheimische Arzt war des natürlich nit so recht … Aber du hasch des auf den Bildern beim Heranzoomen erkannt? Reschpekt! Ich vergrößer des Foto au noch mol. Ich hab hier aber halt nit die technische Mittel wie du«, hörte Frau Winterhalter ihren Mann sagen. Sie sah sich verstohlen um, ob das Telefongespräch noch weitere Zeugen hatte. Sie kam auf drei – und alle drei schienen interessiert. Die Behauptung, es wäre nur um eine Tierschlachtung auf dem heimischen Bauernhof gegangen, konnten sie sich nun wohl sparen …

»War die Dote vielleicht vorher beim Arzt und hät dort ä Spritze gekriegt?«, fragte Winterhalter den Gerichtsmediziner.

»Aha«, machte er kurz darauf. »Wär än schlechter Arzt g'wese. Verstehe. Hm.«

Frau Winterhalters Miene verfinsterte sich weiter. Ihr Mann war drauf und dran, diesen Urlaub vollends zu ruinieren. Das nun folgende Wort trug nicht gerade zur Entspannung bei:

»Rauschgift?«, sagte Winterhalter. Die Rezeptionsmitarbeiter schienen dabei aufzuschrecken. Winterhalter war so gebannt, dass er kaum bemerkte, wie viele Ohren ihm zuhörten. »Interessant. Du bisch relativ sicher, dass aufgrund der Farbe der Leiche'flecke Drogen infrage kommen? Hm.«

Winterhalter blickte in die entgeisterten Gesichter der Angestellten und bemühte sich, in gedämpftem Ton weiterzureden. Aber im bungalowähnlichen Rezeptionsgebäude mit seinen kahlen Wänden hallte es wie im opulenten Büro von Frau Bergmann, der Kripochefin.

»Wie – noch was?«, staunte Winterhalter dann. »Schleifspure im Wade'bereich? Wie hasch du die entdeckt? … Supervergrößerung? Die technische Möglichkeite hab ich mit meiner einfache Kamera natürlich nit … Interessant. Du bisch echt än Fuchs … Mindestens zehn Stunden tot g'wese? Hab ich auch vermutet. Jo, teilweise Leichenstarre – wie ich dir g'schrieben hatte. Gut, dann werd ich mol schaue, wie ich hier weiter vorgeh. Dacht ich mir doch, dass mein Riecher mich nit täuscht. Danke, ich schuld dir än Speck …«

Aber der Gerichtsmediziner hatte noch eine Überraschung für Winterhalter:

»Was? Die Dote heißt gar nit so?«

Der Kommissar bekam nun vollends entsetzte Blicke der Rezeptionsmitarbeiter zugeworfen. »Der Riesle isch wirklich des Allerletzschte«, murmelte er dann.

»Vertritt mich eigentlich d' Schwarzwaldmarie in Villingen? Die kummt mit dem Thomsen auch nit klar, oder?«

Offenbar kam aus dem Hörer eine Bestätigung, denn Winterhalter lächelte.

Aber nicht mehr lange.

»Jetzt reicht's«, entschied nämlich seine Frau, woraufhin der Kommissar wusste, was die Stunde geschlagen hatte, und sich umgehend verabschiedete.

13. Dissonanzen

Skypen, das musste Hubertus inzwischen einräumen, war gar nicht so schwer. Martinas Kennwort hatte er mittlerweile verinnerlicht, und auch der angewählte Riesle meldete sich sofort – mit triumphierendem Grinsen.

»Keine schlechte Geschichte, oder?«

Hummel sah das reichlich anders. »Wie bist du denn an das Bild der Ermordeten gekommen?«, fragte er.

Riesle hob seinen Zeigefinger an die Lippen. »Ist jemand bei dir?«

Hummel schüttelte den Kopf. Elke war mit Martina und dem Enkel am Strand. Wo sonst?

»Den Namen des Campingplatzes kannte ich ja. Ich habe mich einfach gestern Abend noch als Mitarbeiter des Amtsgerichts Villingen-Schwenningen ausgegeben und an eurer Rezeption angerufen. Die sprechen ja günstigerweise alle recht gut Deutsch.«

Er lachte meckernd. »Und sie kennen die deutsche Bürokratie. Da war es nicht schwer, eine Mail mit der Passkopie der armen Verstorbenen anzufordern. Die waren so baff, dass sie nicht einmal gefragt haben, woher ich schon von dem Todesfall weiß. Und warum ein Beamter bis in den Abend hinein arbeitet… Sie wollten zwar ein Fax, aber das war kein Problem. Den Briefkopf des Amtsgerichts hab ich ja für alle Fälle. Hat mir Claudia mal besorgt. Du erinnerst dich, die Ex…«

Hummel schüttelte den Kopf.

Riesle lachte wieder: »Und so kam ich auf den Namen und an das Bild. Die stellen sich da nicht so an wie dein guter

Kommissar Winterhalter. War zwar nur Schwarz-Weiß, aber passt ja zum tragischen Geschehen … «

Plötzlich regte sich neben Riesle etwas.

Didi Bäuerle, der offenbar auf dem Sofa gelegen hatte, erschien im Kameravisier – mit tonnenschwerem Kopf, wie es Hubertus vorkam. Es war offenbar nicht bei den zwei Bieren geblieben …

» Wo ist Martina? «, begehrte der zu wissen. » Ich muss dringend mit ihr reden. «

» Gleich «, beschwichtigte Riesle, der dem Alkohol offenbar weniger zugesprochen hatte. » Was gibt's denn Neues bei euch, Huby? Du siehst ehrlich gesagt ganz schön fertig aus. Kein erholsamer Urlaub, wie? «

Riesle hatte wirklich Oberwasser.

» Wir wollen diese Mordgeschichte für morgen weiter drehen «, fuhr er dann etwas ernster fort und strich sich durch die Haare. » Oder vielleicht sogar schon etwas über die Verhaftung des Mörders … «

» Dann komm doch vorbei und überführe ihn «, unterbrach Hummel ihn.

» Genau! Komm, wir fahren nach Italien «, wollte Bäuerle den Vorschlag gleich in die Tat umsetzen. Riesle überlegte. Nein, das bekäme er beim Chef wohl derzeit nicht durch. Er bräuchte weitere Hinweise.

» Und überhaupt «, meinte Hummel. » Außer einer vagen Vermutung von Kommissar Winterhalter spricht bisher rein gar nichts für einen Mord. Wie kannst du da nur wieder mal so vorpreschen? Was machst du denn, wenn jetzt Urlauber die Reise stornieren? Das kann Schadenersatzforderungen nach sich ziehen. «

Riesle war lange genug im Geschäft, um sich über so etwas keinen Kopf zu machen. » Bring mir lieber neue Fakten. Mit wem war die Frau da? Was kann das Motiv sein? «

»Wie kommst du eigentlich auf die Mafia?«, unterbrach Hummel ihn. Der Schatten seines Vorzelts war mittlerweile weitergewandert, und die Sonne brannte gnadenlos auf ihn und das iPad nieder. Riesle konnte er auf dem Display kaum noch erkennen. Aber ihm genügte auch, was er von ihm hörte. »Italien und Mafia – das hat den höchsten Emotionalisierungsfaktor bei den Lesern. Was sagt denn Winterhalter dazu?«, fragt Riesle nun.

Hummel wollte gerade antworten, dass er ihn noch nicht gesehen habe, doch das änderte sich binnen Sekunden, als dieser in seinem verschwitzten Unterhemd vor die Kamera trat.

»Sie sind eine Dreckschleuder!«, begrüßte der Kommissar den Journalisten, der das Ganze grinsend zur Kenntnis nahm.

»Wegen Ihres Zitats? Zugegeben, das mag etwas aus dem Zusammenhang gerissen sein«, meinte Riesle lapidar. »Ich gebe Ihnen aber gerne für die morgige Ausgabe die Gelegenheit, ein besseres im *Kurier* zu platzieren. Sie dürfen es auch vorher durchlesen. Ehrenwort! Aber könnten Sie mir nicht noch das Bild von der Leiche und diesen Flecken …?«

»Sie sind nit nur eine Dreckschleuder, sondern auch ein lausiger Journalist«, präzisierte Winterhalter seine Vorwürfe. »Denn soll ich Ihne was sage? Die Dote heißt ganz andersch. Die Beate Kollmann, achtunddreißig Jahre alt, wohnhaft in Unterkirnach, erfreut sich nämlich beschter Gesundheit – und die wird gar nit begeischtert sein, dass Sie ihren Name missbrauchen.«

Winterhalter stellte das iPad wieder in den Schatten, um Riesles Gesichtsausdruck sehen zu können. Dessen Züge schienen tatsächlich etwas zu entgleisen. »Wie … aber wieso? Die Campingplatzrezeption hat mir doch den Personalausweis der Frau gefaxt. Und die werden doch dem Amtsgericht keine falschen … Also, ich meine …«

»Des wird auch noch Folge habe«, meinte Winterhalter

grimmig und drückte so lange auf dem Gerät herum, bis die Verbindung beendet war.

Zwei Minuten später baute sie sich erneut auf, diesmal aber auf Betreiben des Schwarzwalds. Doch Winterhalter war schon gegangen.

So ergab sich für Didi Bäuerle wieder die Chance, nach Martina zu fragen – und nach Maxi.

Riesle war derweil nicht mehr zu sehen.

»Huby, was ist mit Martina und diesem schleimigen Italiener?«, wollte Didi deshalb wissen. »Sag's mir! Sag's mir sofort!«

»Welchem?«, fragte Hubertus dämlich zurück.

Didi wirkte aufgebracht. »Dem von gestern Abend! Marco oder wie der heißt… Martina hat sich seit eurer Abreise nicht mehr bei mir gemeldet. Da stimmt doch was nicht!«

»Der Marco? Datt is 'n knackiger Kerl«, drängte Harald sich dröhnend ins Bild – diesmal ohne Bierdose und Schalke-Utensilien. Fast der gesamte Bildschirm wurde nun von seinem überdimensionalen behaarten Bauch eingenommen, denn außer einer Badehose trug er nichts. Moment: Da war ja doch ein kleines Schalke-Emblem auf der Hose.

»Musse dich beeilen, Junge«, quatschte Harald in Richtung Kamera weiter. »Sons hase deine Holde hier an diesen Spaghetti verloren. Zumindes für die nächsten paar Tage.« Er lachte dröhnend.

»Unsinn«, beschwichtigte Hubertus. »Ich habe alles im Griff.«

Das beruhigte Didi leider überhaupt nicht. »So schlimm ist es?«

Glücklicherweise kam nun auch die Person, um die es sich drehte, ins Bild.

»Martina!«, rief Didi und strahlte. »Hallo! Geht es dir gut?«

Die Angesprochene nickte und schenkte Didi so etwas Ähnliches wie ein Lächeln, das allerdings aufgrund des Schattenspiels nur schwer zu interpretieren war. »Wir sind am Strand – ich hole Maxi nur noch ein paar Sandelsachen…«

»Wer ist wir?«, wollte Bäuerle nun misstrauisch wissen.

Im Hintergrund grinste Harald feist und machte eine anzügliche Pantomime.

Martina stöhnte vernehmlich, dann stutzte sie. »Woher hast du eigentlich mein Passwort?«, wandte sie sich an ihren Vater.

»Reine Intuition«, brüstete der sich. »Ein Vater weiß, was seine Tochter bewegt.«

Ganz stimmte das jedoch nicht. Martina bekam nämlich einen Wutanfall – nun war sie diejenige, die sich anschickte, das Gerät einfach auszuschalten.

»Huby, lass uns nachher noch mal skypen!«, konnte Riesle gerade noch aus dem Hintergrund rufen.

14. Bauchweh

»Karli, wa isch denn los mit dir?«, fragte Hilde Winterhalter besorgt.

»I hab Bauchweh«, antwortete Karl-Heinz mit schmerzverzerrtem Gesicht und krümmte sich dabei im Liegestuhl. »Schlimmes Bauchweh.«

»Soll ich mol schaue, ob ich ä passende Medizin in meiner Hausapotheke für dich find?«, fragte die Ehefrau und wollte schon in den Wohnwagen eilen. Hilde war in dieser Hinsicht bestens ausgestattet, nutzte sogar Kräuter aus dem eigenen Garten zu medizinischen Zwecken, stellte Salben und Tinkturen her.

»Hasch du mein Essen am End nit vertrage?«, versuchte sie es mit einer vagen Diagnose. Ihr Mann schüttelte den Kopf und verzog erneut das Gesicht. »Vielleicht än Virus? Oder gar was Schlimmeres? Ha nei, du bisch einfach überarbeitet. Immer de Stress, du kannsch einfach nit abschalte. Soll ich dir än Kräutertee mache?«

»Nei, ich glaub, ich geh am beschte zum Arzt«, beeilte sich Winterhalter zu sagen.

Hilde war ehrlich besorgt. Ihren Mann hatte es schwer erwischt. Und das ausgerechnet im Urlaub. Wenn er es nicht mal mit ihrer Hausmedizin probieren wollte, dann sollte das bei Karl-Heinz – der im Gegensatz zu seinem Kollegen Thomsen keinen Hang zu Krankheiten hatte – schon etwas heißen. Karli war ein doch sonst ein kerngesunder Naturbursche.

Dementsprechend musste er für die Szene auch sein ganzes schauspielerisches Talent aufbieten. Es fiel ihm nicht leicht, derart zu simulieren.

Aber es ging nicht anders. Winterhalter hatte vor, den Arzt genauer zu befragen, der die Leichenschau am Strand vorgenommen hatte. Da der Doktor, wie er vom Bademeister erfahren hatte, Bertolucci hieß und einige Orte weiter in Treporti wohnte, musste er eine gute Ausrede finden, um dort hinzufahren. Denn nach dem Telefonat mit dem Gerichtsmediziner hatte Winterhalter den Kredit bei seiner Ehefrau vorläufig verspielt. Hilde sollte möglichst nichts davon mitbekommen, dass der Kommissar in dem Fall weiter ermittelte.

Doch leichter gesagt, als getan.

»Also, fahret mir am beschte gleich«, verkündete Hilde und griff sich den Autoschlüssel.

»Wieso mir? Es bin doch nur ich krank«, entgegnete Winterhalter.

»Du glaubsch doch nit im Ernst, ich dät dich in dem Zustand allein Auto fahre lasse, Karli«, sagte Frau Winterhalter streng. »Wenn du schon solche Schmerze hasch, dann isch es ernst. Ich weiß, dass du sonscht än zähe Kerle bisch.«

Karl-Heinz ärgerte sich nun, dass er es mit seiner Schauspieleinlage wohl doch etwas übertrieben hatte. Seinen Plan, noch einen Übersetzer für die Befragung des Arztes ausfindig zu machen, konnte er gleich wieder begraben. Sein Übersetzer hieß jetzt Langenscheidt und war ein deutsch-italienisches Wörterbuch.

Schwungvoll steuerte Hilde Winterhalter den Wagen über die zweite Brücke, die einen der vielen idyllischen Kanäle querte. Diese Kanäle durchzogen nicht nur Venedig in der Mitte der Lagune, sondern auch die sie umgebenden Inseln und Halbinseln.

Kurz darauf waren sie in dem malerischen Örtchen Treporti, das aus nicht mehr als ein paar bunten Häuschen, einem Marktplatz mit einer stattlichen Kirche, einem monumentalen Friedhof sowie einem kleinen Jachthafen mit Anlegestelle für die Personenschiffe bestand.

Es war kurz vor Mittag, die Sonne war wieder in Höchstform und hatte die Temperatur im Schatten auf fünfunddreißig Grad getrieben. Winterhalter war erleichtert, dass sie gerade noch rechtzeitig vor der Mittagspause eintrafen. Diese dauerte, wie in Italien üblich, bis sechzehn Uhr. Der Kommissar schmunzelte darüber leise in sich hinein. In Deutschland dachte man da üblicherweise schon an den wohlverdienten Feierabend …

Es schien eine gut laufende Praxis zu sein. Sie machte einen fast schon noblen Eindruck. Das Geschäft – gerade das mit den Touristen – lohnte sich wohl. Im Wartezimmer saßen sowohl Urlauber als auch Einheimische.

»Geht's noch, Karli?«, fragte Hilde immer wieder besorgt. Fast hätte Winterhalter vergessen, dass noch einige schauspielerische Leistungen erforderlich waren. Kein leichtes Unterfangen, zumal sie nun eine geschlagene Dreiviertelstunde auf die Behandlung warteten.

Als Winterhalter endlich von der Sprechstundenhilfe ins Behandlungszimmer gerufen wurde, stand Hilde wie selbstverständlich mit auf.

»Du bleibsch do.« Karl-Heinz erschrak selbst ein wenig über seinen Kommandoton.

»Aber wieso denn, Karli?« Hilde war so überrascht, dass sie sich sofort wieder hinsetzte.

»Die Italiener, die sind prüde. Die Ärzte möget des nit, wenn bei Männeruntersuchungen Frauen mit dabei sind«, erfand Winterhalter.

Hilde war aufgrund dieser streng genommen etwas zweifelhaften Begründung so perplex, dass sie nicht einmal widersprach.

Winterhalter begab sich schnell in den Behandlungsraum, wo Dr. Bertolucci am Schreibtisch etwas in den Computer tippte.

Dann blickte er auf, musterte den Patienten und bedeutete ihm, sich zu setzen. Ob er den Kriminalbeamten erkannte, konnte Winterhalter zunächst nicht sagen.

Er hielt es erst einmal für zielführender, seine Rolle weiterzuspielen.

»Deutsch?«, fragte Bertolucci.

»Si, si. Deutsch.«

»Wo fehlt denn?«, sagte der Arzt grammatikalisch nicht ganz korrekt, aber doch verständlich. Winterhalter war überrascht, dass der Mediziner überhaupt seiner Sprache mächtig war. Am Strand hatte er nicht mal ein Wort verstanden. Vermutlich hatte der Mann für die Behandlung einen festen Standardwortsatz verinnerlicht. Bei der Masse an deutschen Touristen war das wohl notwendig.

»Bauchschmerzen«, bemühte nun auch Winterhalter sein bestes Hochdeutsch.

Der Mediziner verstand offenbar und bedeutete ihm, das rot-weiße Karohemd auszuziehen. Dann horchte und tastete er ihn ab. Nun war es Zeit für einen Überraschungsangriff:

»Die Leiche vom Strand, die habet Sie doch untersucht?«, fragte der Kommissar.

Dr. Bertolucci stand gerade hinter Winterhalter und klopfte seinen Rücken mit einem Hämmerchen ab. Das Hämmern hörte auf, Winterhalter konnte aber Bertoluccis Gesichtsausdruck nicht sehen.

»Morta alla... spiaggia. Die Dote vom Strand.« Winterhalter hatte am Morgen unauffällig seine Italienischlektionen gelernt und mehrfach im Geiste auswendig wiederholt.

»Lei dottore alla spiaggia. Sie waret doch de Arzt am Strand. Si?«

»Sie nix krank? Was wollen?«, hatte der Arzt Winterhalter im Gegensatz zu seiner Ehefrau schon durchschaut.

»Solo ... par ... parlare. Nur schwätze.« Irritiert schaute der Arzt ihn an.

»Morta ... autopsia? Hat man die Dote obduziert?«, hielt Winterhalter stoisch an seiner Simultansprache fest. Dann überlegte er, ob er sein Inkognito als Patient vollends lüften sollte. Er beschloss, dass es vielleicht Eindruck machen würde: »Io commissario tedesco. Deutscher Kommissar. Äh, Moment«, bedeutete er dem Doktor dann, zog den Langenscheidt aus der Hosentasche und fügte mit seiner ganzen Autorität an: »Io indagine. Ermittlungen.«

Der Arzt schaute ihn halb erstaunt, halb erschrocken an.

»Documento?«, fragte er. Winterhalter hatte für diesen Fall vorgesorgt. Den Dienstausweis führte er immer bei sich. Man konnte ja nie wissen.

»Winter...alter«, las der Arzt stockend und notierte sich den Namen, was dem Kommissar etwas unangenehm war. Denn was, wenn Bertolucci seinen Namen an die italienische Polizei weitergab? Das könnte ihm womöglich Ärger bei der eigenen Dienststelle einbringen.

»L'autopsia non era neccessaria. La causa della morte era un colpo di calore«, sagte nun der Arzt. Und Winterhalter musste zum ersten Mal passen.

»Wa?«, fragte er zunächst schwarzwälderisch, um noch ein italienisch korrektes »cosa?« hinterherzuschieben.

Zum Glück war gerade die Sprechstundenhilfe hereingekommen. Und die war des Deutschen ähnlich mächtig wie die meisten Mitarbeiter des Campingplatzes.

»Der Dottore sagt, dass eine Autopsie nicht notwendig war. Die Todesursache war eindeutig Hitzschlag.«

»Vielen Dank, grazie«, bezog Winterhalter nun die Sprechstundenhilfe in seine Vernehmung mit ein.

»Isch dem Doktore aufg'falle, dass die Tote Drogen genommen hat?«, bemühte sich Winterhalter um sein bestes Hochdeutsch.

»Droge?«, fragte der Arzt. »Si c'erano punture al braccio. Puo essere. Non cambia però la causa di morte.«

»Der Dottore meint, es kann schon sein. Die Frau habe Einstiche im Arm gehabt. Das ändert aber nichts an der Todesursache.«

»Und Schleifspure am Bein?«, ging Winterhalter weiter in die Offensive. »Strisce alle… gambe?«, fügte er nach einem weiteren prüfenden Blick in den Langenscheidt hinzu.

»Beh«, machte Bertolucci auf Italienisch klar, dass er keine Ahnung habe, wovon Winterhalter rede.

»Autopsia … neccessario. Mir brauche ä Obduktion«, sagte Winterhalter und setzte dabei eine eindringliche Miene auf, die er sonst nur in den Endphasen von entscheidenden Vernehmungen gebrauchte. Er hatte wirklich schauspielerisches Talent.

Der Arzt blieb eine Antwort schuldig, schien nun offenbar verstimmt. War er beleidigt? Fühlte er sich in seiner Fachkompetenz angegriffen?

»Wo befindet sich die Leiche denn jetzt?«, ging Winterhalter weiter in die Offensive und schaute die Sprechstundenhilfe an. Die übersetzte.

»Der Doktor sagt, er habe eine Schweigepflicht und dürfe Ihnen keine Auskunft erteilen. Nur den italienischen Behörden.«

»Senta, Signor Winter…alter«, wandte sich der Arzt dann mit ernster Miene noch mal direkt an den Kommissar. Die Sprechstundenhilfe übersetzte fast simultan: »Ich habe die Leiche am Strand untersucht. Nicht Sie. Ich habe Sie gesehen,

Sie standen dabei. Warum mischen Sie sich hier ein? Ihre Behauptungen sind absurd.«

Das Wort kostete der Arzt aus: »Assurrrdo!«

»Und jetzt gehen Sie bitte«, übersetzte die Sprechstundenhilfe weiter.

Als Karl-Heinz Winterhalter im Wartezimmer von seiner Frau in Empfang genommen wurde, war er so in Gedanken, dass er auf Hilde erst gar nicht reagierte.

»Karli, wa isch denn?«, fragte sie schon zum zweiten Mal.

»Des war echt eine Pleite«, rutschte es ihm dann heraus.

»Was??«, fragte Hilde Winterhalter einigermaßen entgeistert.

»Ich mein, er hat nix B'sonderes g'funde. Mir ä Spritze verabreicht. Es war nur de Kreislauf. Die Mörderhitze halt. Mir geht's scho viel besser.« Winterhalter hatte wieder in seine Rolle gefunden. »Tut fascht gar nimmer weh«, fügte er noch tapfer lächelnd hinzu.

»Karli«, setzte Hilde auf dem Weg zum Auto an. Ihre Stimme schnellte am Ende so gefährlich in die Höhe, als wäre sie gerade über eine Schwarzwälder Skisprungschanze gesaust. »Wa häsch du vorhin mit der Pleite g'sagt?«

»Pleite? Welche Pleite denn?«, gab sich Karl-Heinz völlig ahnungslos. Leider misslang ihm diesmal die schauspielerische Darbietung.

»Also, damit des klar isch: Ich lass mich von dir nit für dumm verkaufe, gell«, monierte Hilde. »Du hasch mit dem Arzt über die dote Frau g'sproche! Du brauchsch des gar nit abstreite. War's dir überhaupt schlecht?«

»Natürlich war's mir schlecht. Ich hab ihn halt beiläufig noch was g'fragt«, wurde der Kommissar immer kleinlauter.

Als Winterhalter das Auto am Wohnwagen geparkt hatte, schwieg Hilde beleidigt.

»Hilde? Soll ich dir än Kaffee mache?«, versuchte Karl-Heinz, die Kommunikation in zuckersüßem Tonfall in Gang zu bringen.

»Die Leiche macht uns alle noch ganz verrückt«, setzte Hilde Winterhalter schließlich an. »Mir brauchet Entspannung. Dringend. Mir alle. Und ich weiß auch wie. Mir machet ä bissle Musik.«

»Musik? Jetzt? Hier?«, fragte Karl-Heinz einerseits erleichtert, da seine Frau nun wieder mit ihm sprach, andererseits sehr erstaunt. »Meinsch du nit, des stört die Nachbarn?«

»Mir machet heut Abend Musik. Zur Zerstreuung. Und zwar für alle. Mir machet Hausmusik. Oder saget mir besser: Zeltplatzmusik.«

»Mit Publikum?«, fragte Winterhalter, der es hasste, vor anderen Leuten zu spielen. Geschweige denn zu singen. Er wurde nie müde zu sagen, dass Hausmusik doch fürs Haus gedacht sei. Doch seine Hilde liebte es, damit aufzutreten.

»Mit Publikum«, wiederholte Hilde Winterhalter demonstrativ. »Und keine Widerrede! De Campingplatzchef, de Herr Antonio, freut sich sicher. Oder hasch du etwa noch immer so schlimmes Bauchweh, Karli?«

»Es geht einigermaße«, antwortete Winterhalter tonlos.

Neuigkeiten verbreiteten sich auf dem Campingplatz schnell. Zumal, wenn man die Lautsprecherdurchsagen zu Hilfe nahm.

Und so war es Hilde Winterhalter binnen weniger Stunden gelungen, einen Schwarzwaldabend mit Musik zu organisieren. Der Campingplatzbetreiber hatte gerade eingedenk des tragischen Todesfalls am Strand zugestimmt. Die Camper mussten abgelenkt und bei guter Urlaubslaune gehalten werden.

Eine verantwortungsvolle Aufgabe für das Duo Hilde (Gitarre und Gesang) sowie Karl-Heinz (Akkordeon), das in seinem Heimatdorf Linach schon so ziemlich alle Eingeborenen einmal zur Hausmusik genötigt hatte, und das mit überwiegend großem Erfolg.

Jetzt ging man sozusagen international auf Tournee – wenn man ein einziges Konzert am Lido so nennen konnte.

»Zeltplatzmusik?«, fragte Hubertus Hummel. »Eine… hm, interessante Idee, Frau Winterhalter.«

»Des isch ä Schnapsidee«, brummelte Karl-Heinz.

Es war der letzte Hauch eines Versuchs, die Zeltplatzmusik zu verhindern. Denn wenig später hatte Hubertus den Kommissar in einem Vieraugengespräch davon überzeugt, dass auch dem Ermittlerduo Winterhalter/Hummel der Abend von Nutzen sein könnte. Es war die ideale Gelegenheit für eine Zeugenbefragung.

15. Entschuldigung bei einer Toten

Unterkirnach hatte den Vorteil, dass es nicht besonders groß war und man sich gut orientieren konnte. Und Riesle wiederum den Vorteil, dass er beim Redaktionsleiter nach seiner Exklusivgeschichte einen Stein im Brett hatte – zumindest so lange, bis durchdringen würde, dass der Opfername falsch war ...

Auch wenn sich der Journalist bis auf Weiteres nicht mit den Nacktbadern herumschlagen musste, war seine Laune doch getrübt. Bald würden in der Redaktion wohl die ersten Anrufe wegen des falschen Namens eingehen. Denn Winterhalter hatte tatsächlich nicht geblufft.

Riesle hatte gleich nach dem Skypen mit Hubertus die Nummer der scheinbar Verstorbenen angerufen, dort tatsächlich die durchaus lebendige Frau Kollmann erreicht und sich in aller Form entschuldigt.

Gut war, dass diese offenbar noch gar nichts davon gewusst hatte und somit überrumpelt werden konnte.

Der Journalist kündigte also einen sofortigen Wiedergutmachungsbesuch bei Frau Kollmann an – in der Hoffnung, dort mehr zu erfahren. Denn irgendwie musste sie ja mit der Verstorbenen in Verbindung stehen.

Einen ernsthaften Versuch, zu verifizieren, ob es sich bei dem Geschehen am Campingplatzstrand tatsächlich um einen Mord handelte, unternahm er nicht. Für ihn war das ein Mord. Punkt. Oder besser: Ausrufezeichen!

Und sei es nur, weil er einen solchen Mord in dieser nachrichtenarmen Zeit dringend brauchte.

Außerdem, so versuchte Riesle sich nun vom Gedanken an den »worst case« abzulenken, war ja spätestens durch die Tatsache, dass irgendetwas mit dem Ausweis des Opfers nicht gestimmt hatte, ein Mysterium gegeben. Da steckte mehr dahinter.

Ein schnöder Hitzschlag? Nein!

Auf dem Rücksitz des Kadetts drohte die eine oder andere Blüte des eben besorgten Supermarkt-Blumenstraußes abzuknicken. Wieder hatte Riesle beide Fenster bis zum Anschlag heruntergelassen. Im Schwarzwald achtundzwanzig Grad, da mussten sie in Italien doch mindestens vierzig haben.

»Dieses Missverständnis tut uns schrecklich leid. Wir werden das in der morgigen Ausgabe richtigstellen«, flötete Riesle, als er vor Frau Kollmanns Tür stand. »Vor drei Monaten ist Ihnen also der Ausweis gestohlen worden?«

Frau Kollmann schien bestrebt, ihn möglichst schnell wieder loszuwerden. Immerhin zeigte sie ihren Zorn nicht allzu offen.

Eine Verwechslung mit dem Passbild war tatsächlich nur schwer möglich. Beate Kollmann mochte zwar ein ähnliches Alter wie die Tote haben, sie war jedoch nicht schlank, dunkelhaarig und feingliedrig, sondern hatte rote Haare und neigte zu Übergewicht. Eine im weitesten Sinne gepflegte Erscheinung stellte sie dennoch dar, auch wenn ihr Haus nicht unbedingt zu den Schmuckstücken Unterkirnachs zählte. Das malerische Dorf mit seiner charakteristischen Mühle im Ortskern war inmitten Schwarzwald-typischer Landschaft gelegen, aber nur zehn Autominuten von Villingen entfernt.

»Kannten Sie denn die abgebildete Frau? Das müsste ja dann die Diebin Ihres Ausweises sein oder zumindest eine Komplizin.«

»Ich habe das Bild noch nicht gesehen.«

»Haben Sie denn nicht den *Kurier* abonniert? Schwerer Fehler«, gab sich Riesle plump, schwenkte aber gerade noch um.

»Besitzen Sie denn einen Internetzugang?«

»Natürlich, aber mein Laptop ist kaputt«, brummte Frau Kollmann. Riesle dachte kurz darüber nach, dass WLAN heutzutage quasi eine Selbstverständlichkeit war, das Abonnement einer Tageszeitung aber keineswegs mehr.

Drei Minuten später saß er neben der widerstrebenden Frau Kollmann in deren Wohnzimmer und hatte sein iPad auf den klobigen Tisch gelegt.

Frau Kollmann lebte allein, vermutete er.

Das Zimmer war aufgeräumt, hatte aber etwas Seelenloses.

»Bei welcher Gelegenheit ist Ihnen der Ausweis denn gestohlen worden?«, fragte Riesle.

»Es könnte auf der Südwest-Messe gewesen sein«, antwortete die Frau.

»Haben Sie denn Anzeige erstattet?«

Frau Kollmann schaute ihn zerstreut an. »Nein, ich habe noch einen Reisepass, sodass der Verlust zunächst nicht so schlimm war.«

Sie rückte ihre Brille zurecht. »Und es könnte auch sein, dass ich ihn einfach verloren habe.«

»Hm«, machte Riesle und klickte blitzschnell die *Kurier*-Homepage an. »Schauen Sie hier!«

Er vergrößerte das Bild so, dass man die Bildunterschrift, in der auf den »grauenvollen Tod der Beate Kollmann« hingewiesen wurde, nicht sehen konnte. »Kommt Ihnen diese Frau bekannt vor?«

Der Blumenstrauß lag nach wie vor auf dem Tisch – Frau Kollmann machte fast den Eindruck, als hätte sie gar keine Vase, weil sie sowieso nie Blumen bekam ...

Sie schaute das Bild an.

»Eine attraktive Frau«, meinte Riesle.

Er wurde von einem Klingeln unterbrochen. Ein durchdringendes Geräusch, fast wie ein Alarmsignal.

»Entschuldigung«, meinte Frau Kollmann und ging zur Tür, wo ein Mann vom Versanddienst die Lieferung einer Waschmaschine ankündigte.

Riesle nutzte die Gelegenheit, sich im Zimmer umzuschauen. Im Schnüffeln verfügte er über eine gewisse Erfahrung – es ging ganz schnell, gerade in dieser eher spartanisch eingerichteten Wohnung.

»Sind Sie denn nicht zu zweit?«, fragte Frau Kollmann den Mann vom Lieferdienst an der Haustür.

Binnen weniger Sekunden hatte Riesle zwei Fotoalben in einem Regal erspäht und sie binnen weiterer Sekunden durchgeblättert. Als Journalist hatte er die Fähigkeit, Dinge innerhalb kürzester Zeit zu erfassen.

Frau Kollmann diskutierte derweil, dass sie ja wohl kaum helfen könne, das Ungetüm in die Waschküche zu tragen.

Es waren nicht viele Bilder, aber doch etliche unterschiedliche Menschen darauf zu sehen. Auch ein paar Partyschnappschüsse, was darauf hindeutete, dass Frau Kollmann vielleicht doch nicht so ungesellig war, wie Riesle vermutet hatte. Auf einigen Bildern wirkte sie deutlich schlanker – man hätte ihr so durchaus zutrauen können, eine gelegentlich tragende Rolle im Nachtleben gespielt zu haben.

Da stutzte Riesle. Auf drei Bildern war dieselbe Person zu sehen. Zweimal mit Brille, einmal ohne.

Die Person, deren Passbild er als Schwarz-Weiß-Foto von dem italienischen Campingplatz gemailt bekommen hatte.

Die Frau wirkte lebenslustig, und das auf dem aktuellen Passbild dunkle Haar war hier blond und wesentlich kürzer. Nur auf einem der Schnappschüsse, dem letzten, hatte sie eine ähnliche Haarfarbe wie auf dem Passfoto.

Schritte näherten sich. Riesle gelang es gerade noch, die Alben wieder in das Regal zu bugsieren.

Frau Kollmann musterte ihn und fragte dann: »Entschuldigung, wären Sie bitte so freundlich und könnten beim Transport meiner neuen Waschmaschine in den Keller helfen? Ich bezahle Sie natürlich auch dafür.«

Riesle ging auf sie zu. »Aber nicht doch. Es ist mir eine Ehre.«

Das war es ihm nicht mehr, als er einige Minuten später nass geschwitzt wieder im Erdgeschoss stand.

»Und?«, keuchte er, während er auf das iPad zeigte: »Kennen Sie die Frau?«

Frau Kollmann schaute ihn ausdruckslos an, rückte noch einmal ihre Brille zurecht und sagte dann: »Es tut mir leid. Ich habe sie noch nie gesehen.«

16. Die rätselhafte Frau

Riesle liebte den Gedanken, dass am nächsten Morgen Tausende Menschen eine Exklusivgeschichte von ihm lesen konnten – unter anderem auch die Konkurrenz …

Er stellte sich in solchen Momenten meist vor, wie der Chef ihn in der Konferenz loben würde. Das tat er zwar nie ausführlich, aber nach dem Motto »Nicht geschimpft ist genug gelobt« war es das höchste aller Gefühle, wenn der ein »Okay« in die Runde warf.

Da er das selten tat, wussten Riesle und seine Kollegen die kargen Reaktionen entsprechend zu deuten.

An diesem Tag hatte es entgegen Riesles ursprünglichen Erwartungen trotz der spannenden Mordgeschichte aus Italien kein Okay gegeben.

Dass er den falschen Namen auf die Titelseite gehievt hatte, ließ sich nicht geheim halten – zumal das vermeintliche Opfer ja aus dem direkten Verbreitungsgebiet des *Kurier* stammte.

Und so hatten, während Riesle auf Frau Kollmanns Sofa saß, die Alben durchschaute und die Waschmaschine schleppte, schon drei Leser angerufen und auf den Irrtum hingewiesen.

Streng genommen war es gar nicht Riesles Fauxpas gewesen – schließlich hatte sich die Frau ja mit einem falschen Pass Zugang zum Campingplatz verschafft. Auf solche Details pflegte der Chef aber keine Rücksicht zu nehmen. Ein Fehler war ein Fehler. Fertig! Und während nicht geschimpft schon genug gelobt war, so machte der Chef beim Schimpfen viele Worte. Und zwar laute Worte.

Am Spätnachmittag, nachdem Riesle sich einiges hatte anhören müssen, folgten vier weitere Anrufe, die er immerhin vor seinem Vorgesetzten geheim halten konnte. Die eine Hälfte der Beschwerden kam von Unterkirnacher Nachbarn, aber auch zwei frühere Schulfreundinnen schworen Stein und Bein, Beate Kollmann sehe ganz anders aus. Und überhaupt war sie heute Morgen noch beim Einkaufen gesichtet worden.

Die Riesle nun primär interessierende Frage, wer denn dann das Opfer sei, blieb zunächst unbeantwortet.

Bis etwa siebzehn Uhr, als eine aufgeregte Frau sich beim *Kurier* meldete und zu Klaus durchgestellt wurde.

»Der Name der Toten ist falsch. Sie heißt nicht Beate Kollmann«, sagte die Frau, die Riesle nach der Stimme mittleren Alters schätzte.

»Vielen Dank«, antwortete der Journalist routiniert. »Das wissen wir inzwischen. Ein technischer Fehler, den wir sehr bedauern. Frau Kollmann aus Unterkirnach ist wohlauf. Das wird Sie ...«

»Ich kenne die Tote«, unterbrach die Dame am anderen Ende, die sich mit »Wagner« oder so ähnlich gemeldet hatte.

Riesle schnellte von seinem Sitz hoch. »Wirklich?«

»Sie heißt Elena. Elena Ridescu.«

Riesle notierte den Namen und fragte dann: »Die Dame stammte aber nicht von hier?«

»Sie stammte ursprünglich aus Rumänien. Letzter Wohnsitz war aber meines Wissens Schwenningen.«

»Komisch«, überlegte der Journalist laut und malte Kringel auf seinen Notizblock. »Sie sind die Erste, die sich seit der Veröffentlichung der Story meldet und die Frau kennt.«

Frau Wagner dachte gut mit. »Ich bin wahrscheinlich nicht die Erste, die Elena kennt – nur die Erste, die sich meldet ...«

»Und das heißt?«, fragte Riesle nach.

»Na ja, Elena ... also sie ... Elena war ... Abgesehen davon trug sie meist eine Brille – nur eben auf Ihrem Bild nicht.«

»Aha. Sie wollten aber noch etwas anderes sagen: Was war sie?«, wollte Riesle wissen. Mindestens zwanzig Kugelschreiberkringel hatte er in den letzten Sekunden aufs Blatt geworfen. Je interessanter ein Telefongespräch war, umso schneller arbeitete er mit dem Stift. Er blätterte um und malte auf dem nächsten Blatt des Notizblocks weiter.

»Wissen Sie, wer der Mörder ist?«, fragt die Frau nun.

»Nein, sonst hätten wir das geschrieben«, antwortete Riesle. »Haben Sie eine Vermutung?«

Sie zögerte.

»Hören Sie«, sagte Riesle. »Sie werden doch in diese Geschichte nicht hineingezogen. Das verspreche ich, Frau … wie war gleich Ihr Name? Frau Wagner, richtig?« Er schaute auf sein Display, in dem allerdings keine Nummer zu sehen war. Stattdessen schrieb er nun »Wagner« an den Blattrand zwischen zwei Kringel.

»Der Name tut nichts zur Sache«, gab sich die Anruferin distanziert.

»Gut, gut«, beschwichtigte Riesle. »Können wir uns dann wenigstens auf einen Kaffee treffen? Ich gebe Ihnen mein Ehrenwort, dass nichts über Sie persönlich im *Kurier* erscheinen wird – und wenn Sie finden, dass die Öffentlichkeit den wahren Namen wissen sollte, dann sind Sie doch bestimmt auch interessiert daran, dass unsere Leser ein faires Bild von Ihrer Freundin vermittelt bekommen.«

Er ging jedenfalls einfach mal davon aus, dass die beiden Frauen miteinander befreundet waren.

Die Anruferin zögerte erneut. »Geben Sie mir Ihr Ehrenwort, dass Sie der Polizei vorläufig kein Wort verraten?«

Riesle machte inmitten eines neuen Kringels halt und grinste. »Der Polizei? Das Ehrenwort gebe ich Ihnen sogar sehr gerne!«

17. Zeltplatzmusik

Mindestens dreihundert Schwarzwälder, so hatte Winterhalter überschlagen, befanden sich derzeit auf dem Campingplatz. Nicht wenige von ihnen waren zum »großen Volksmusikabend mit deutschen und italienischen Superhits« gekommen, wie die Veranstaltung von Di Salvo angekündigt worden war.

Einige in Badehose und T-Shirt, die anderen in so etwas Ähnlichem wie Abendgarderobe. Vom Schlappen bis zum Lackschuh war auf der großen Terrasse des Campingplatzrestaurants alles vertreten. Die Mitarbeiter hatten kurzerhand Girlanden mit deutschen und italienischen Fähnchen aufgehängt und auf den Tischen ein paar Flaggen anderer Nationalitäten platziert, damit auch die Minderheiten – Österreicher, Schweizer oder gar Dänen – sich angesprochen fühlten.

Mit dabei waren vor allem aber etliche deutsche Urlauber sowie ein paar Italiener. Beispielsweise Marco, der mit Martina in der zweiten Reihe des akribisch in acht Reihen bestuhlten Restaurants saß. Er smart, wieder im weißen Anzug, Martina hingegen eher unangenehm berührt, was wohl weniger an ihrer Begleitung lag, als an dem, was sie nun in musikalischer Hinsicht befürchtete.

Elke war mit dem Enkel im Wohnwagen geblieben. »Amüsiert euch«, hatte sie Martina strahlend geraten.

Hubertus unterließ es zu fragen, wie sie denn »amüsieren« definierte.

Und ob sie zu naiv war zu erahnen, wie sich denn ein aufdringlicher Italiener und eine offenbar der Ehe überdrüssige junge Urlauberin gemeinsam amüsieren würden? Merkte Elke nicht, dass Gefahr im Verzug war?

Und merkte sie nicht, dass Martina die Kinderbetreuung immer mehr ihr, Maximilians Oma, übertrug?

In verschiedener Hinsicht fehlte ihr jedenfalls das Maß. Das wurde ganz besonders deutlich, als Elke Hubertus stolz einen Anzug präsentierte, den sie ihm »heimlich«, wie sie lächelnd betonte, besorgt hatte. »Für den Fall, dass wir hier mal schick ausgehen, Huby.« Sie lächelte noch milder: »Da ich heute auf Maxi aufpassen muss, weiß ich nicht, wann wir es mal schaffen. Daher möchte ich, dass du ihn heute Abend anziehst.«

Hubertus versprach es ihr, doch damit hätte er sich besser zurückgehalten, bis er das gute Stück auch gesehen hatte. Der Anzug sei »ökologisch wertvoll und von einem großartigen Schneider in einer speziellen Werkstatt hergestellt«, sagte Elke.

Hubertus schnaufte tief durch und behielt seine Vermutung, bei der speziellen Werkstatt handele es sich um eine Blindeneinrichtung, für sich.

Nicht nur, dass der Anzug seines Erachtens viel zu groß war. Aber die Farbe! Am ehesten war das wohl Lachs, und dazu absonderlich gestreift.

»Schatz, das ist ein Schwarzwaldabend und keine Schlagerveranstaltung! Und ich werde auch nicht selbst singen …«

Zehn Minuten später, nachdem sie ihm erklärt hatte, »betroffen«, ja gar »traurig« zu sein, dass er ihr Geschenk so gar nicht möge, hatte er nachgegeben. Das, was er im winzigen Badezimmerspiegel des Wohnwagens sah, ließ ihn vermuten, er sehe schlicht wie ein Trottel aus.

Er verfluchte diesen Urlaub. Nichts klappte so, wie er es sich eigentlich vorgestellt hatte. Von wegen traute Zweisamkeit mit Elke – pah!

Hummel erwog plötzlich, Didi Bäuerle zu alarmieren. Vielleicht war es ja gar nicht so schlecht, wenn der flugs vorbeikäme und wenigstens ein Elternteil sich um Maxi kümmerte.

Neunzehn Nächte, das wurde ihm immer klarer, würde er ohnehin nicht mehr in diesem Wohnwagen durchhalten.

Allerdings würde Didi sicher Riesle im Gepäck haben – und genau das wollten Winterhalter und er vermeiden.

Signor Di Salvo ließ es sich nicht nehmen, die Besucher persönlich zu begrüßen. »Eine große Freude« sei dieses kurzfristige Konzert, erklärte er. Eine Geste der Völkerverständigung und eine Ehre, zwei so phantastische Musikanten, die gleichzeitig noch liebe Freunde seien, hier auftreten zu sehen.

Als es dann aber ernst wurde und die ersten Töne erklangen, schaute er, dass er Land gewann. Er tat sehr geschäftig.

Klar, die Touristen brachten Geld, weshalb solche gesellschaftlichen Ereignisse gut waren. Und ebenfalls klar – die Tote am Strand hatte ihm nicht gerade in die Karten gespielt. Die Leute tratschten. Von daher war das kurzfristige Angebot dieser kauderwelschenden Schwarzwälderin völlig in Ordnung gewesen, auch wenn Di Salvo selbst gerne auf den akustischen Genuss verzichtete – zumal als Bezahlung lediglich einige Flaschen Lambrusco vereinbart wurden. Und die, so hatte Signor Winterhalter gewünscht, würde Marco dem Publikum in der Pause kredenzen.

Hilde Winterhalter trug einen hellbraunen Strohzylinder mit langen schwarzen Schleifen – die Furtwanger Tracht. Dazu hatte sie einen schwarzen Faltenrock mit weinrotem, seidenem Schurz und eine weiße Bluse mit Puffärmeln an.

Auch ihr Gatte trug Tracht: schwarze Kniebundhose, weißes Hemd, weinrote Weste und den typischen runden Trachtenhut. Allein die Kniebundstrümpfe waren bei der Hitze kaum zu ertragen. Winterhalter juckte es in den Kniekehlen.

»Wie sind Sie denn so schnell an diese Sachen gekommen?«, hatte Hummel gefragt.

Erstaunlicherweise verwunderte ihn die Antwort bei Winterhalters gar nicht so sehr: »Des habet mir halt immer dabei«, hatte Hilde gesagt und fassungslos angefügt: »Viel spannender isch doch aber, wo Sie so einen Anzug herhabet.«

»Dafür sollt mer Sie eigentlich verhaften«, murmelte ihr Gatte beim Blick auf den lachsfarbenen Anzug.

Winterhalters legten in ihrem Programm los mit der »Schwarzwaldmarie« – ein echter Eisbrecher. Zumindest bei den Schwarzwälder Gästen, die lautstark mitsangen und klatschten.

»Liebe kleine Schwarzwaldmarie –
dir bleib ich treu, dich vergesse ich nie.«

»Ey«, brüllte es nach dem ersten Applaus aus Reihe 4 in Richtung Hilde. »Warum hase denn nich deinen roten Bollenhut auf?« Harald war auch da, natürlich mit Bierdose, wie Hummel unangenehm auffiel, der sich in Reihe 3 am Rand platziert hatte, wo er in seinem Anzug wie ein leuchtender Begrenzungspfosten wirkte. Ein wachsamer Begrenzungspfosten, der Martina genau im Auge hatte.

»Erschtens«, antwortete Hilde auf die Frage, »sind mir nit aus de Hornberger Gegend, wo mer des trägt. Und zweitens müsst ich schwarze Bolle trage, denn ich bin jo verheiratet.«

Harald rülpste verstohlen, es konnte weitergehen.

Mit dem Lied vom »Kuckuck« etwa, bei dem es Winterhalters Part war, zwischendrin immer wieder »Kuckuck, Kuckuck« zu rufen.

Es folgte im Programm »Es steht eine Mühle im Schwarzwälder Tal« und – für alle Fälle – das »Badner Lied«, bei dem sich der gewünschte Mitsingeffekt schon nach den ersten Takten einstellte und beim Refrain ohrenbetäubend wurde.

»Drum grüß ich dich, mein Badner Land,
Du edle Perl im deutschen Land, deutschen Land,

Frisch auf, frisch auf, frisch auf, frisch auf,
Frisch auf, frisch auf mein Badner Land.«

Endlich konnte Hummel auch mal vollen Herzens mitsingen, wie er es bei seinen gelegentlichen Besuchen im Freiburger Fußballstadion immer tat.

Bei den ebenfalls recht zahlreich vertretenen Urlaubern schwäbischen Ursprungs kam das Lied jedoch weniger gut an, weshalb die Musiker anschließend rasch das Fach und das Land wechselten. Die flugs noch eingeübte Volksmusikversion von »Azzurro« erhielt ungeteilten und begeisterten Applaus – vermutlich, weil nun die italienischen Gäste auftauten.

Ehe die noch weitere Italo-Hits forderten, die die Winterhalters gar nicht im Repertoire hatten, galt es nun, zum Wesentlichen zu kommen. Der Kommissar schaute sich um, registrierte beruhigt, dass vom Campingplatzchef keine Spur war, denn dem wäre das nun Folgende wohl nicht recht gewesen. Er räusperte sich und ergriff das Wort: »Mir freue uns sehr, dass so viele von Ihne und euch zu diesem Heimatabend gekomme sind. Es geht aber auch noch um etwas anderes. Die meischte von Ihne wisse, dass geschtern hier am Strand eine junge Frau zu Tode gekomme isch.«

Interessierte und beunruhigte Blicke – darunter ein sehr böser von links.

Hilde.

»Ich bin Kommissar und würde jetzt gern zusamme mit meinem Kollege, dem Herrn Hummel – stehet Sie doch mol bitte auf, Herr Hummel ...«

Hubertus erhob sich, flugs errötend. In gewisser Hinsicht bildete sein Gesicht nun fast eine Einheit mit dem Anzug. Er wusste nicht, ob ihm das Ganze nun eher peinlich sein sollte oder ob er sich lieber über das freuen sollte, was der Kommissar eben gesagt hatte: »Kollege«.

Nach dem dritten Kommentar zu seinem Anzug entschied er sich für Ersteres.

»Also, de Herr Hummel und ich würdet in der nun folgenden Pause mit Rotwein gerne wisse, wer zu der junge Dame Kontakt gehabt hat. Sprich: Wer sie g'sehe hat, wem was aufgefalle isch und so weiter…«

Von links spürte der Kommissar einen ungeheuer kühlen Luftzug – auch der musste wohl von seiner Frau kommen.

Er hob das iPad von Martina Hummel hoch, auf dem die Homepage des *Kurier* mit dem Passbild der Toten zu sehen war.

»Mir gehet jetzt ä weng rum und schwätze mit Ihne«, beendete Winterhalter seine Rede.

»Darüber schwätze mir auch noch«, ging ihn seine Frau wenige Sekunden später giftig an.

Winterhalter hörte es kaum, war er doch schon mitten im Gespräch mit einigen Gästen. Problematischerweise – und das sollte sich in den folgenden Minuten wiederholen – drückten sie vor allem ihr Bedauern über den Todesfall aus und wollten wissen, ob es wirklich Mord war, konnten aber sonst nur recht wenige Hinweise geben.

Hummel, der nun also ebenfalls mit einem Weinglas in der Hand auf Tour durch die Menge ging, erreichte zunächst ebenso wenig. Ins Gespräch zu kommen war indes leicht, denn wirklich jeder sprach ihn auf seinen Anzug an.

»Geschenk von meiner Frau«, sagte er lediglich.

»Seid ihr geschieden, oder?«, lachte ein dicklicher Mann.

Durch rasche Überleitung zum eigentlichen Thema und gezieltes Nachfragen konnte Hummel wenigstens nach und nach herausbekommen, dass die Frau in den drei Tagen ihres Aufenthalts eigentlich nur alleine unterwegs gewesen war.

»Die hat viel fotografiert«, meinte ein Mann, der dem Alkohol gut zusprach.

»Und was?«, wollte Hummel wissen.

»Schwer zu sagen. Aber warten Sie mal …« Ihm schien etwas eingefallen zu sein.

Mitten in Hummels Hoffnung, etwas Konkretes zu erfahren, platzte Harald: »Datt war 'ne scharfe Schnecke, Oppa Hubertus!«, rief er. »Is mir auch sofort ins Auge gesprungen.«

Hummel schob ihn möglichst sanft weg und wandte sich wieder dem anderen Mann zu.

»Menschen hat sie fotografiert. Menschen hier auf dem Campingplatz«, sagte der dann.

»Menschen? Bestimmte Menschen?«

Der Hinweisgeber schüttelte den Kopf. »Wüsste ich nicht. Aber sie war sehr ernst und tat immer etwas geheimnisvoll. So … konspirativ. Und immer die Sonnenbrille auf.«

»An den Fotoapparat erinnere ich mich auch«, mischte sich eine andere Frau ein.

»Und sie war immer alleine unterwegs. Zumindest soweit ich weiß.«

»Echt gute Figur, diese Sonnenbrillenbraut«, meldete sich Harald wieder zu Wort. »Hab sie leider nur ein paar Mal kurz gesehen.«

Hummel schämte sich fremd. Er kam sich auf einmal unendlich blöde vor. »Haben Sie«, wandte er sich wieder an die Frau. »Haben Sie einmal mitbekommen, dass sie mit Rauschgift …«

»Rauschgift?«, wiederholte die empört, als habe Hubertus sie selbst verdächtigt. »Nein!«

»Sagen Sie mal«, mischte sich ein anderer, älterer Mann ein. »Hat das denn wirklich mit der Mafia zu tun?«

»Das würde mich auch interessieren«, unterstützte ihn seine Frau. »Die Hofmaiers haben so was im *Kurier* gelesen, im Internet.«

»Darüber haben wir keine Erkenntnisse«, wehrte Hummel vorsichtig ab.

»In Italien musch du immer mit so was rechnen«, gab sich ein anderer Schwarzwälder altklug.

»Jo, meinsch du, mir sind alle bedroht?«, fragte eine ältere Dame leicht hysterisch. »Kann mer denn überhaupt noch an de Strand gehe?«

Hummel schwitzte. »Machen Sie sich keine Sorgen«, beschwichtigte er die Menschentraube, die sich um ihn gebildet hatte.

»Des sagt die Polizei immer«, bekam er vorgeworfen.

Man hielt ihn offenbar tatsächlich für einen Polizisten!

»Wir haben die Sache im Griff«, legte er nach. Das hatte er schon immer mal sagen wollen. Vielleicht wäre er doch kein so schlechter Kriminalbeamter geworden.

»Des isch doch kein Polizist«, meldete sich nun Frau Seiler zu Wort, mit der er schon am ersten Morgen das Vergnügen gehabt hatte. »Des isch doch de Herr Hummel. Der isch nur Lehrer …«

»Genau«, blaffte Hummel sie beleidigt an. »Nur Lehrer …«

Nun nervte auch Harald wieder: »Also die Figur…«, schwärmte er weiter, während er sich mit Versicherungsnachbar Dietmar, dem allnächtlichen Schnarcher, unterhielt.

»Ich habe die auch ein- oder zweimal gesehen«, meinte Dietmar nun mit aufgeregtem Kopfnicken. »Mir kam sie eher krank vor. Wobei ich dir mit der Figur durchaus zustimme, Harald.«

Vielleicht war tatsächlich selbst aus Harald und Dietmar etwas herauszubekommen.

»Krank?«, fragte Hummel. »Vielleicht Rauschgift?«

»Rauschgift?«, echote Dietmar. »Was denn für Rauschgift?«

»Koks«, schlug Harald vor. »Ich könnt euch da Storys erzählen …«

»Nein«, wehrte Hummel ab. »Eher was, das man spritzt.«

»Heroin?«, meinte Dietmar.

»Zum Beispiel.«

»Wie krank sieht man denn aus, wenn man Heroin nimmt?«, fragte Dietmar.

»Ich halt mich lieber an die Droge hier«, verkündete Harald lautstark und leerte sein Glas Lambrusco in einem Schluck. »Wein auf Bier, datt rat ich dir.«

»Und«, fügte Harald mit Blick auf Hubertus' Anzug an, »ich hätt gerne mal die Drogen, die dein Schneider nimmt.«

Dietmar kicherte, Hummel ignorierte auch das. »Habt ihr mitbekommen, dass die Frau mit einer Kamera auf dem Campingplatz unterwegs war?«

Harald nickte. »Ich hätte ja lieber sie fotografiert, hä, hä.«

»Stimmt, sie hatte eine Kamera dabei. Aber das haben ja viele«, meinte Dietmar.

Nun mischte sich auch seine Frau ein: »Die Arme: Vielleicht hatte sie auch wegen ihrer Drogenabhängigkeit immer eine Sonnenbrille auf. Ist sie denn an den Drogen gestorben?«

»Vielleicht«, sagte Hummel vage.

»Schlimm«, kommentierte Dietmar. »Aber lasst uns noch was trinken. Wir können ja dann vielleicht auch mal über deine Versicherungen …«

»Hör einfach nich hin, Alter!«, schaltete Harald sich wieder ein. »Ich hab den Dietmar schon mindestens in fünf Urlauben hier getroffen, aber bisher hat er's nich geschafft, mir was aufzuschwatzen! Und datt bleibt auch so!«

Hubertus nickte und wollte sein Heil in der Flucht suchen, doch dann hatte Dietmar ausnahmsweise eine sachdienliche Idee. Erstmals zeigte er nicht mehr seine schnurgeraden, schneeweißen Strahlezähne: »Wenn die Frau wirklich drogenabhängig war, müsste man ja in ihrem Wohnwagen irgendwas finden, das darauf hindeutet. Oder?«

Die Anwesenden stimmten zu.

»Sie wohnte in einem Bungalow«, rekapitulierte Hummel den aktuellen Ermittlungsstand.

»Dann eben dort.«

Hummel nickte nachdenklich und nahm sich vor, den Campingplatzchef um den Schlüssel für den Bungalow zu bitten. Oder noch besser: Winterhalter sollte das tun.

Der musste zunächst aber noch höhere Klippen umschiffen. Zum einen war seine Frau sichtlich erbost. Zum anderen wollten vor allem die Schwarzwälder sich ihren Urlaub nicht durch den Todesfall verderben lassen, sondern über die Liebe zur Heimat philosophieren, über die Musik und die Traditionen.

Winterhalter verkniff sich die Bemerkung, dass es ja auch nicht unbedingt der Traditionspflege diene, Jahr für Jahr auf einem italienischen Campingplatz die schönsten Wochen des Sommers zu verbringen. Denn erstens tat er das ja selbst, wenn auch gezwungenermaßen, und zweitens musste er befürchten, dass seine Frau zuhörte und die Veranstaltung dann endgültig zum Platzen brachte.

Darüber hinaus fielen aber auch Winterhalter drei immer wiederkehrende Hinweise auf: Die Frau war alleine unterwegs gewesen, hatte immer eine Sonnenbrille auf und viel fotografiert. Ansonsten musste er sich vom ein oder anderen potenziellen Zeugen den Vorwurf gefallen lassen, es sei doch recht taktlos, in der Pause eines musikalischen Heimatabends Befragungen zu einem Mord durchzuführen. Dieser Meinung war zweifelsohne auch Hilde Winterhalter. »Wenn du jetzt nit herkummsch, geh ich«, blaffte seine Frau ihn an, nachdem sie die Pause auf fünfundvierzig Minuten gestreckt hatten. »Es sind eh schon einige Leut weg!«

»Es geht weiter!«, rief Karl-Heinz Winterhalter also und beschloss, das restliche Programm relativ kurz zu halten, zumal sein Repertoire eigentlich ohnehin nur drei weitere Lieder umfasste.

Hummel registrierte derweil, dass Marco seine Hand auf den Schenkel seiner Tochter gelegt hatte. Oder umgekehrt.

Auf jeden Fall ging das gar nicht.

Zehn Minuten betrachtete er die immer weiter wandernde Hand des Barkeepers. Dann entschloss sich Hubertus, einzugreifen.

Er merkte, dass er zu viel getrunken hatte. Er merkte aber auch, dass dieser Marco nun eine klare Ansage brauchte.

»Und jetzt, lieber Herr Hummel, kommet Sie auf die Bühne!«

Vielleicht brauchte auch Martina die klare Ansage, überlegte Hubertus. Auf jeden Fall war es nun Zeit, von Reihe 3 in Reihe 2 zu gehen und…

»Auf geht's, Herr Hummel! Bitte Beifall für unseren lieben Freund. Applauso!«

Hummel stand auf – doch dann gab ihm sein Gehirn den Hinweis, dass er jetzt nicht in Reihe 2, sondern ganz nach vorne gehen musste.

Und auch wenn es ungewiss war, wo er sich mehr blamieren würde, trugen ihn seine Beine zur improvisierten Bühne, wo Winterhalter ihm eine Rumbarassel in die Hand drückte.

»Ah, jetzt kommt sicher ein Schlager aus den Siebzigern«, mutmaßte sein Lehrerkollege Hoffmann angesichts des Anzugs. Das nahm ein halbes Dutzend anderer Gäste zum Anlass, scherzhaft, aber vielleicht doch auch etwas im Ernst, Titel vorzuschlagen – von »Ein Bett im Kornfeld« bis zu »Tränen lügen nicht«. Es war nichts dabei, das Winterhalters auch nur halbwegs im Repertoire gehabt hätten. Glück gehabt!

Als Hummel die Bühne betrat, war sein Gesicht so rot wie der Wein, den er im Übermaß zu sich genommen hatte.

»Bravo, Signor Ummel«, rief Marco. Hubertus hasste ihn mittlerweile unbändig.

Er hasste ihn mit jedem Takt von »Ein Schwarzwälder Mädel und ein Schwarzwälder Kirsch« mehr.

Drei Minuten ging das Lied, doch Hummel kamen sie wie dreißig vor.

»Zugabe! Zugabe!«, brüllte Marco euphorisch. Die anderen fielen ein, nicht ganz so enthusiastisch.

Sie spielten also in Ermangelung anderer Lieder noch einmal die »Schwarzwaldmarie«.

Bei Winterhalter war es pure Routine. Er dachte beim Musizieren über den Fall nach. Eine Frau aus seiner Heimatregion war alleine auf diesen Campingplatz gekommen, hatte offenbar auch keineswegs neue Gesellschaft gesucht. Sie hatte viel fotografiert – und zwar weniger die Natur und das Panorama als vielmehr die alltäglichen Urlaubsszenen auf dem Platz.

Eine Fotografin, die einen Bildband über Campingplätze plante?

Unwahrscheinlich.

Und warum hatte sich die Frau unter falschem Namen hier angemeldet?

Weil sie sich schämte, rauschgiftsüchtig zu sein?

Hatte ihre Drogenabhängigkeit möglicherweise zu einer Wesensveränderung geführt?

War sie unzurechnungsfähig gewesen?

So unzurechnungsfähig, dass sie sich nachts an den Strand gelegt hatte?

Mit Einstichen am Arm?

Und die Schleifspuren? Wer hatte die Frau nach ihrem Tod an den Strand geschleppt?

Und weshalb kannte sie keiner hier aus der Heimat, wenn sie doch ihren Wohnsitz in Villingen-Schwenningen gehabt hatte? Keiner der Dutzenden Menschen, mit denen er in der Pause gesprochen hatte und von denen doch ein erklecklicher Anteil aus dem Schwarzwald stammte.

Gut, so klein war der Schwarzwald auch nicht. Aber dass

niemand die Frau gekannt hatte oder hier mit ihr ins Gespräch gekommen war, das mutete seltsam an.

»Kleine, feine Schwarzwaldmarie«, sang neben ihm Hubertus Hummel mit rotem Kopf und seiner Rumbarassel in der Hand pflichtschuldig und gänzlich uneuphorisch mit. »Dir bin ich treu, dich vergesse ich nie.«

Hilde spulte ihr Programm herunter, aber es war zumindest für ihn, ihren Mann, offensichtlich, dass er sich noch auf einiges gefasst machen konnte.

Während Hummel neben ihm immer mehr aus dem Takt kam, machte sich Winterhalter leichte Vorwürfe. Vielleicht sollte er auf seine Gattin doch mehr Rücksicht nehmen. Sie hatte sich diesen Urlaub verdient. Und sie hatte ein Anrecht darauf, dass er sich in diesen wenigen Wochen etwas mehr um sie kümmerte.

Auch Hummel quälte sich. Er wollte nur weg. Allein sein. Ohne diesen Anzug, mit dem Elke ihn zum Gespött des gesamten Zeltplatzes gemacht hatte.

Hörte dieses Lied denn nie mehr auf?

Ausgerechnet Harald brachte die Erlösung. Mit den Worten »Ich hab auch noch ein Lied aus meiner Heimat« sprang er auf die Bühne und begann zu singen.

Akkordeon-Unterstützung bekam er keine – wie auch?

Hilde Winterhalters Stimmung war nun etwa so weit im Keller wie vergangenes Jahr, als sie noch der irrigen Meinung gewesen war, man könne Kriminalhauptkommissar Thomsen mit einer ihrer Freundinnen verkuppeln. Der hatte ihr nach langem Hin und Her und einer nachmittäglichen Hausmusik in Linach schließlich gestanden, er fände sämtliche der drei infrage kommenden Damen »grauenvoll – vom Dialekt bis zum Intellekt«.

Harald hatte sich unterdessen mit Hummels Rassel bewaffnet, was der umgehend nutzte, um von der Bühne zu schleichen und sich in die schon einigermaßen gelichteten Reihen zu setzen. Als er seine Beine zur Seite schob, um einen weiteren Flüchtenden durchzulassen, verschüttete dieser seinen Wein auf Hubertus Sakko.

»Sieht jetzt schöner aus«, meinte der Verursacher nur lallend.

Hummel war ihm nicht einmal böse. Er würde das Ding umgehend entsorgen.

Die wenigen Verbliebenen, die noch die letzten Flaschen Lambrusco leerten, wurden von Harald mit einer A-cappella-Darbietung der Schalke-Hymne »Ein Leben lang – blau und weiß ein Leben lang« belohnt. Es war ein echter Rausschmeißer.

Winterhalter überlegte, ob der Abend sich wirklich gelohnt hatte, wenn man die eingegangenen Informationen mit dem zunehmenden Groll verrechnete, den seine Frau nun gegen ihn hegte.

In diesem Moment wurde die geistige Waagschale mit der Aufschrift »misslungener Abend« noch um einiges beschwert, denn Signor Di Salvo, der Campingplatzchef, stürmte auf die Bühne. In einer Stimmung, die sogar Harald verstummen ließ. Lediglich dessen Sohn applaudierte.

»Signor Winterhalter«, setzte Signor Di Salvo mühsam beherrscht an. »Kommen Sie bitte einmal mit.« Dann zog er ihn unter den staunenden Augen Hildes an die Rezeption und zeigte ihm in seinem Laptop den Artikel im *Schwarzwälder Kurier,* in dem Winterhalter gegen seinen Willen zitiert worden war.

»Wie kommen Sie dazu, über eine Verstrickung der Mafia zu spekulieren?«, fragte Di Salvo ihn.

»Mafia? Mafia – ich … Also …«, stotterte Winterhalter los.

Der Signore nestelte an seiner Krawatte, als brauche er dringend Luft. »Ich dachte, wir wären amici – gute Freunde. Aber Sie …«

»Höret Sie mol«, versuchte Winterhalter zu beschwichtigen. »Der Journalist isch än völlig falsche Fuffziger. Ich hab von Mafia gar nix g'sagt …«

Wenn er aufgeregt war, verstärkte sich seine Dialektfärbung, was zu Lasten der Verständlichkeit ging.

Signor Di Salvo wollte ihm aber ohnehin nicht zuhören. »Wollen Sie meine Arbeit kaputt machen? Es gibt doch die eindeutige Aussage vom Dottore: Die arme Frau hatte einen colpo di calore, Hitzschlag, und ist am Strand gestorben. Tremendo, schlimm, aber warum machen Sie daraus einen Mafiamord?«

»Mach ich jo gar nit«, verteidigte sich Winterhalter schwach. »Aber des eine oder andere in dem Fall isch schon sehr seltsam. Und zumindescht stand des Opfer unter Droge'einfluss. Des hat mittlerweile sogar de Arzt bestätigt. Da muss mer halt als Kriminalbeamter im Urlaub …«

»Urlaub! Vacanza, Signor Winterhalter«, unterbrach ihn der andere. »Genau: Sie haben Urlaub. Und Sie sind in Italia. Dennoch missbrauchen Sie heute Abend während der Kulturveranstaltung die Zuschauer und stellen Fragen!«

»Sie sind gut informiert«, meinte Winterhalter nur. »Und woher wisset Sie eigentlich von dem Zeitungsartikel?«

»Es gibt sehr viele Schwarzwälder Landsleute von Ihnen hier, gente della Foresta Nera. Einige sind jetzt beunruhigt, wenn ein Kommissar solche storie, solche Geschichten, verbreitet.«

»Dann sind Sie von Gästen auf den Artikel aufmerksam g'macht worde?«

Der Signore nickte grimmig. »Si. Ich weiß auch, dass Sie am Telefon in der Rezeption über den Mord gesprochen haben.«

»Habet Sie mich belausche lasse?«, empörte Winterhalter sich nun.

Der Signore, der besser Hochdeutsch sprach als der Kommissar, schaute ihn leicht verächtlich an. »Sie reden nicht am Telefon, Sie schreien. Das kann man gar nicht überhören.«

»Höret Sie«, versuchte es Winterhalter noch einmal. »Ich ermittel gar nit in dem Fall. Ich will auch nit den einheimische Kollege ...«

»Sie sollten Urlaub machen, Kommissar Winterhalter«, fiel der Campingplatzchef ihm ins Wort. »Hören Sie auf Ihre Frau. Genießen Sie sole, camping, vino und mare. Normalerweise müsste ich Sie sogar des Platzes verweisen ...«

Winterhalter war so beeindruckt, dass der Signore auch den Genitiv beherrschte, dass er den Inhalt des Satzes gar nicht richtig registriert hatte.

»Des Campingplatzes verweisen.« So sprach sonst allenfalls Thomsen.

»Im Übrigen hat sich Dottor Bertolucci bei mir beschwert. Sie waren in seiner Praxis und haben ihn über den Todesfall ausgefragt. Versuchen Sie bitte, nicht mehr aus der Geschichte zu machen, als es ist: ein tragischer Todesfall. Capito?«

Winterhalter nickte nun lieber schweigend, auch weil er nicht den Campingstammplatz riskieren wollte. Hilde würde ihm das nie verzeihen.

»Nur weil wir uns schon lange kennen, will ich noch einmal Gnade vor Recht ergehen lassen, Signor Winterhalter. Schönen Urlaub noch, buone vacanze! Und bitte sorgen Sie nicht weiter für Unruhe.«

Di Salvo hinterließ einen weitgehend ratlosen Kommissar.

Dass das Thema für den heutigen Abend noch nicht durch war, merkte Winterhalter beim Blick auf seine Frau, der das Gespräch nicht entgangen war. Kein Wunder, wenn er immer so laut redete ...

18. Im Nashorn

Was man zu Geschäftsterminen anzog, das hatte Klaus Riesle im Verlauf seiner fünfundzwanzig Journalistenjahre allmählich gelernt. Seine Garderobe war zwar nicht vielfältig, aber funktional. Und für fast jede Gelegenheit gab es etwas.

Er besaß die Kombinationen Jeans plus Hemd plus Jackett für Gemeinderatssitzungen oder legere Empfänge. Dann einen Anzug, der jedoch nicht häufiger als zweimal pro Jahr zum Tragen kam. Und ansonsten ein halbes Dutzend Jeanshosen sowie zwei Jeansjacken, die für alle übrigen Termine ausreichten – inklusive der privaten.

Modisch war Riesle in den Achtzigerjahren stehen geblieben.

Für den heutigen Abend musste er sich vermutlich neu orientieren. Er blickte sich in seiner Anderthalbzimmerwohnung um und musterte das unaufgeräumte Ambiente aus alten Pizzakartons, noch älteren Zeitungen, einem umgekippten Weinglas und Kleidungsstücken, die nach einer Waschung lechzten.

Riesle durchwühlte einen Stapel Hosen, unter dem sich irgendwo sein Laptop befinden musste, und entschied sich dann für eine fleckige blaue Jeans, die an den Hosenbeinen bereits ausgefranst war.

Heute bestand ausnahmsweise keine Gefahr, dass er »underdressed« sein könnte, im Gegenteil: Er würde in einer Kaschemme recherchieren, in der er durch zu gute Kleidung nur auffiel.

Das hatte mit einem weiteren Anruf zu tun, der ihn am späten Nachmittag in der Redaktion erreicht hatte. Erneut war keine Nummer auf dem Display zu erkennen gewesen, auch hatte sich die männliche Person nicht die Mühe gemacht, ihren Namen zu nennen. Und treffen wollte sie sich auch nicht mit ihm.

Stattdessen hatte der Mann ihm mitgeteilt, er habe sich getäuscht. Die Tote sei keineswegs ermordet worden, sondern schlicht ein Opfer ihrer Drogensucht geworden.

Auf die Gegenfrage, woher der Anrufer das denn wissen wolle, hatte es geheißen, »das Mädel« sei doch schon seit einiger Zeit völlig fertig gewesen.

»Sie meinen Elena?«, hatte Riesle dann zum ersten Mal den Namen erwähnt, den ihm vorher die angebliche Frau Wagner genannt hatte.

Der Anrufer am anderen Ende hatte das zunächst mit Schweigen quittiert und dann lediglich »Genau« angefügt.

»Welche Drogen?«

»Alles, was man so spritzt...«

Auf die Frage, in welchen Lokalen Elena denn verkehrt habe, hatte Riesle keine präzise Antwort bekommen. Als er wissen wollte, warum sie sich denn mit einem anderen Namen auf dem italienischen Campingplatz angemeldet habe, hatte es lediglich geheißen: »Hat sich wahrscheinlich geschämt. Ist aber jetzt auch egal...«

Dann legte die Person auf.

Riesle dachte nach. Besonders rauschgiftsüchtig war ihm die Frau auf dem Passfoto nicht erscheinen, aber wer wusste, wie alt das Bild wirklich war. Ähnliches galt für die Schnappschüsse der Frau, die er in Unterkirnach im Fotoalbum von Beate Kollmann gesehen hatte.

Riesle sortierte gedankenverloren weiter Hosen, Unterhosen und alte T-Shirts, die an den Achseln eine Mischung aus Schweißflecken und Spuren eines Deorollers aufwiesen.

Dann wählte er die Handynummer von Hubertus. Niemand meldete sich.

Fast zwanzig Uhr.

Sollte er die Polizei anrufen und sich bestätigen lassen, dass es sich um den Tod einer Rauschgiftsüchtigen handelte? Aber der für die Öffentlichkeitsarbeit zuständige Beamte war sicher schon längst zu Hause. Zudem war die Polizeidirektion Villingen-Schwenningen schließlich gar nicht primär zuständig und darum wohl ohnehin schlecht informiert.

Unter der letzten Adresse Elenas in Schwenningen hatte er vorhin niemanden erreicht – weder telefonisch noch vor Ort. Nachbarn hatten ihm mitgeteilt, diese Frau wohne schon eine ganze Weile nicht mehr dort. Wo jetzt? Das wussten sie nicht. Offenbar war sie unbekannt verzogen.

Riesle überlegte, ob er Hummel auf dem Campingplatz ausrufen lassen sollte. Oder Winterhalter? Er musste ihn endlich dazu bringen, ihm das Bild zu schicken, das der Kommissar von der Toten gemacht hatte. Vielleicht war darauf etwas zu erkennen, was auf eine mögliche Drogensucht der Frau hinwies. Riesle entschied aber, damit bis zum morgigen Tag zu warten.

Winterhalter würde ihm wohl so oder so bis auf Weiteres jede Auskunft verwehren.

Heute Abend galt es jedenfalls, selbst zu recherchieren.

Villingen-Schwenningen hatte in den Siebziger- und Achtzigerjahren über eine veritable Drogenszene verfügt und im gesamten Bundesland mit die meisten Rauschgifttoten gehabt.

Einige Dealer hatte Riesle selbst gekannt. Einige Opfer leider auch.

Und er wusste: Wenn diese Elena wirklich in die Drogenszene des Schwarzwalds involviert gewesen war, dann musste man sie wohl im »Nashorn« kennen.

Das »Nashorn« war ein Schuppen in der Villinger Innenstadt, den es seit mehreren Jahrzehnten gab, und in den sich Riesle in nüchternem Zustand nur ein-, zweimal getraut hatte – und das natürlich ebenfalls zu Recherchezwecken.

Es war ein Laden, in dem sich im Normalfall niemand dafür interessierte, wer der andere war – vorausgesetzt, er arbeitete nicht für die Polizei.

Eine Pinte, in der sich die Preise für einen Wodka-Lemon nach dem Bekifftheitsgrad der Bedienung richteten.

Als der Journalist in den alten Jeans und dem kaum neueren T-Shirt in sein Auto stieg, überlegte er, dass die Drogengeschichte der Grund sein konnte, weshalb sich außer diesem anonymen Anrufer und der alten Freundin niemand beim *Kurier* gemeldet und den wirklichen Namen der Toten bekannt gegeben hatte. Mit Rauschgift und Leuten, die auf Droge waren, wollten nur die wenigsten in Verbindung gebracht werden.

Das »Nashorn« hatte sich nicht verändert. Um diese Uhrzeit war es allerdings kaum frequentiert, was auch mit den hochsommerlichen Temperaturen zu tun haben mochte. Der Journalist musterte das halbe Dutzend Anwesender: drei Kiffer, drei Trinker, aber niemand, der härter drauf war.

Die Wände zierten alte Zeitungsausschnitte, vorwiegend sowjetischer Magazine – Relikte der Achtziger. Ansonsten sah er eine gebrauchsunfähige Haschpfeife, zerlumpte Teppiche und matte Funzeln, die nie mehr repariert würden, weil man das fahle Licht genauso haben wollte.

Die Toilette wollte Riesle nicht besuchen, das reichte ihm noch vom letzten Mal. Sie benutzte man eigentlich nur, wenn es gar nicht mehr anders ging. Oder wenn man so voll mit was auch immer war, dass die Hygienehemmungen schwanden. Oder – und das war wohl der Hauptgrund – wenn man dealen wollte.

Vermutlich gab es die altmodisch-grauen, unten offenen WC-Kabinen primär, damit man alles Mögliche von einer Kabine zur anderen weiterreichen konnte.

Soweit Riesle sich erinnerte, waren auf den Türen sowie den Toilettenwänden mit Edding Parolen gegen »Bullen, Staat und Kapital« sowie die Namen irgendwelcher Undergroundbands verewigt. Auf der Damenvariante war Riesle bislang nie gewesen. Er sah keinen Grund, das zu ändern.

Zwei junge Männer mit zotteligen Haaren und in Lederhosen saßen an der Theke und schlürften lustlos etwas, das Riesle zunächst nicht erkennen konnte. Dann bemerkte er, dass es tatsächlich Tee war.

Sein Plan war, allmählich ins Gespräch zu kommen, mit wem auch immer.

Das etwa achtzehnjährige Mädchen hinter der Theke hatte rein optisch Ähnlichkeit mit Martina Hummel – zumindest, wenn man von den fahrigen Bewegungen und dem leicht abwesenden Blick absah.

Riesle atmete durch und bestellte ein Bier.

Die Typen oder die Bedienung zuerst? Er entschied sich für Letztere und zog den Computerausdruck des Passfotos aus der Hosentasche.

»Kennst du sie?«, fragte er und hielt es ihr unter die Nase.

Das Mädchen reagierte erst beim zweiten Versuch.

»Schon so früh am Abend ein Bulle?«

Riesle ließ sie in dem Glauben. Es war zumindest noch ein

klein wenig wahrscheinlicher, dass sie einem Polizisten etwas sagte als einem Journalisten. Bei einem Bullen spürte sie eher den Zwang der Obrigkeit. Oder doch nicht?

»Scheißbullen«, begehrte der eine müde Teetrinker auf.

Vielleicht war es die Hitze, die die Leute von körperlichen Aggressionen abhielt. Zumindest vorläufig.

»Ein Vorschlag«, meinte Riesle unbeeindruckt. »Ihr sagt mir, auf was für Stoff sie war, und ich bin wieder weg.«

»Ey, ich kenn die nicht«, meldete sich nun die Bedienung zu Wort.

Die beiden Typen an der Bar brauchten dafür keine Worte. Sie schüttelten lustlos die Köpfe.

»Die war doch aber ab und zu hier«, versuchte es Riesle weiter, aber wurde nun komplett ignoriert.

Komischerweise glaubte er den Befragten. Keiner zeigte einen Erkennungsreflex. Gut, vielleicht waren sie dazu in ihrem Phlegma auch gar nicht in der Lage.

In der Hoffnung auf eine Eingebung schaute Riesle sich das Bild noch einmal genau an.

»Gib mal her«, setzte sich nun einer der anderen Gäste zu ihm und betrachtete das Foto ebenfalls. Es war einer von denen, die Riesle als Alkoholiker eingeordnet hatte.

Völlig falsch lag er damit wohl nicht. »Noch ein Kristall ohne Zitrone«, bestellte der Typ prompt. »Und der zahlt!« Er zeigte auf Riesle.

Der Trinker mochte Mitte vierzig sein und damit an diesem Abend Alterspräsident im »Nashorn« – sah man einmal von Riesle ab.

Der wollte eben protestieren, als der Typ etwas in seinen Sechstagebart hineinnuschelte.

»Was?«, fragte Riesle.

»Die kannte ich, aber da war sie noch jünger«, wiederholte er. »War auch auf Droge.«

Riesle bestellte ebenfalls noch ein Bier und nahm sich den Hinweisgeber genauer vor.

»Wie viel jünger?«

Der Mann überlegte. »Fünf Jahre? Sieben? Zehn? Keine Ahnung!«

»Und die war früher ab und zu hier?«

Der Trinker nickte und leerte das Halbliterglas mit einem Zug zur Hälfte. »Hab sie aber schon lang nicht mehr gesehen. Kam aus dem Osten. Bulgarien, Rumänien oder so was. Schaut auf dem Foto reifer aus als früher. Aber irgendwie auch gesünder.«

»Warum bist du der Einzige hier, der die kannte?«

Der Trinker leerte mit geübtem Zug auch die zweite Hälfte seines Biers und bestellte nach. »Ohne Zitrone«, betonte er wieder.

Riesle fragte lieber nicht nach, ob er auch dafür aufkommen musste.

»Schau dich doch um«, sagte der Mann dann mit müder Stimme. »Alles junges Gemüse. Haben doch noch in die Hosen gemacht, als das Mädel früher hier war. Außerdem hatte sie damals irgendwie andere Haare. Kürzer.«

Riesle nickte. »Und du?«, fragte er dann. »Auch auf Droge?«

Er wusste, dass die Zahl der Herointoten derzeit stieg und dass nicht wenige von ihnen erst nach vielen Jahren des Konsums elendig an Hepatitis C oder anderen Lebererkrankungen verreckten.

An der Schwelle zum Tod stand der Mann hier aber offensichtlich nicht – auch wenn er alles andere als gesund wirkte.

»Hab umgeschult«, sagte der trocken und widmete sich dem neu eingegangenen Getränk. »Darauf.« Er tippte mit seinen langen Fingernägeln gegen das Weizenglas.

»Weißt du sonst noch was von der Frau? Elena hieß sie übrigens.«

Der Typ schüttelte den Kopf. »Ich sag's ja – Osten. Kannte

ihren Namen nicht. War aber ein heißer Feger, zumindest ehe es mit ihr bergab ging. Scheint sich ja aber dem Foto nach inzwischen wieder erholt zu haben.«

Riesle ließ ihn im Unklaren und stellte erneut fest, dass die Zahl der *Kurier*-Leser eine überschaubare war. Wohl keiner hier drin hatte seine Geschichte gelesen.

Die Tote schien als tatsächlich irgendwann einmal drogenabhängig gewesen zu sein. Doch das musste nicht zwangsweise auch die Todesursache gewesen sein. Und noch immer blieb eine wichtige Frage offen: Warum war die Frau mit einem gefälschten Ausweis auf dem Campingplatz aufgetaucht?

Sollte er seinen Gesprächspartner auch danach fragen?

Während er noch so sinnierte, ertönte hinter ihm plötzlich eine entschlossene Stimme: »Ihren Ausweis, bitte!«

Er blickte in das Gesicht einer Frau, deren Spitznamen er kannte, ohne jemals mit ihr zusammengetroffen zu sein.

»Schwarzwaldmarie« nannte man sie in der Polizeidirektion, und soweit er wusste, vertrat sie derzeit den im Urlaub weilenden Hauptkommissar Winterhalter.

Während der Weizenmann regungslos verharrte, kam nun Leben in die beiden Teetrinker. »Super Trick«, raunzte der eine, der eine braune Lederhose mit Schnürung an der Seite trug, die Schwarzwaldmarie an. »Musst nicht so tun, als würdest du ihn kontrollieren. Wir wissen, dass dein Kollege hier auch ein Bulle ist.«

»Ach, wirklich?«, fragte die Schwarzwaldmarie.

»Hat er doch vorhin selbst gesagt…«, stimmte die Bedienung mit ein.

»Hat er?«, wollte die Schwarzwaldmarie erneut wissen. Sie hatte energische Gesichtszüge, wirkte dabei aber dennoch fraulich. Und sie war dem Dialekt nach eine echte Landbewohnerin. Eigentlich die ideale Vertretung für Winterhalter –

gewissermaßen eine weibliche Ausgabe von ihm in jünger und optisch ansprechender.

»Hab ich nicht«, beteuerte Riesle. »Das haben die Herrschaften nur vermutet!«

»Also: Ihren Ausweis, bitte«, wiederholte die Schwarzwaldmarie. Sie blickte sich im »Nashorn« um und wollte etwas sagen, unterließ es dann aber.

»Wenn Sie den *Kurier* lesen, müssten Sie mich kennen. Riesle. Klaus Riesle.«

»Ein Pressefuzzi?« Jetzt waren die beiden Männer an der Theke ehrlich empört.

Riesle überlegte, was das mittlerweile für Zeiten waren, in denen ein Journalist negativeres Aufsehen in einer Drogenkneipe verursachte als eine Polizistin, die hier kontrollierte.

»Wenn Sie Herr Riesle sind, habe ich tatsächlich schon von Ihnen gehört«, sagte die Schwarzwaldmarie. »Das hilft momentan aber nicht weiter. Also: Ausweis, bitte.«

»Hab ich nicht dabei«, sagte Riesle, der aus gutem Grund, wie er fand, inkognito in diese Pinte gegangen war. Die Betonung lag auf »war«, denn seine Tarnung war nun futsch.

»Was machen wir denn jetzt mit Ihnen?«, fragte die Schwarzwaldmarie sich selbst, als gäbe es hier keine interessanteren Personenkontrollen.

Ihr mittlerweile dazugestoßener uniformierter Kollege hob die Schultern.

»Einsperren«, schlug die Bedienung vor.

Zwei Stunden später trottete Klaus Riesle alleine durch die Villinger Fußgängerzone. Nur noch vereinzelt saßen Menschen in den Außenbereichen der Gaststätten. In einigen Fenstern spiegelten sich die Lichter, und Riesle hörte die Glocke des Münsters.

Es war ein schöner, ein ruhiger Sommerabend inmitten der mittelalterlichen Stadtmauern.

Riesle mochte das Ambiente – er hing an seiner Stadt. Er merkte aber auch, dass er älter wurde. Noch nicht so alt, dass er sich in einen abgeranzten Wohnwagen irgendwo auf einen piefigen Campingplatz nach Italien begeben wollte, aber schon mindestens eine Generation weiter als die Gestalten, denen er im »Nashorn« begegnet war.

Riesle fühlte die Einsamkeit. Er fühlte sie besonders, als er beschloss, nicht noch auf einen Schlummertrunk in eine Kneipe zu gehen, weil er zu müde dazu war. Und vielleicht auch, weil er sich schämte, alleine zu sein.

Es war ein beunruhigendes Zeichen.

Er hätte nach Feststellung seiner Personalien mittels Presseausweis in der Redaktion schon fast die Schwarzwaldmarie gefragt, ob sie etwas mit ihm trinken gehen wollte – und zwar nicht, weil er sie für besonders attraktiv hielt, sondern einfach, weil er Gesellschaft brauchte. Gesellschaft von jemand, der zumindest annähernd in seinem Alter war.

Im konkreten Fall scheiterte das aber schon daran, dass die Schwarzwaldmarie im Dienst war – wenn auch nicht auf derselben Spur wie er, sondern tatsächlich nur auf einer Routinekontrolle durch einschlägige Gaststätten. Mit dem Todesfall in Italien seien sie nicht befasst, hatte die Kommissarin relativ glaubwürdig versichert.

Riesle schnaufte tief durch und versuchte, den spätabendlichen Wind einzufangen. Vielleicht doch noch ein Bier in einem Lokal?

Die Entscheidung wurde ihm abgenommen, denn just sah er einen alten Bekannten über den zentralen Latschariplatz laufen.

Präziser: torkeln.

»Mir geht's schlecht, Klaus«, lallte der.

»Das ist ja auch kein Wunder, Didi«, entgegnete Riesle. »Trink halt weniger.«

»Ich habe Li… Liebeskummer. Was ist, wenn Martina mit diesem Spa… Spaghetti was anfängt?«

Didi Bäuerle war in keinem ordnungsgemäßen Zustand.

»Und außerdem habe ich Sehnsucht nach Ma… Ma…«

»Deiner Mami…? Ach so, Martina?«

»Maximilian.«

Puh. Der hatte Riesle gerade noch gefehlt.

Immerhin war Bäuerle in diesem Moment ein gar nicht so unwillkommener Beweis dafür, dass eine Beziehung auch nicht alle Probleme löste.

Mitunter ganz im Gegenteil.

»Lass uns nach Italien fahren, Klaus«, schlug Didi Bäuerle vor. »Jetzt sofort!«

»Prima Idee«, spottete Klaus mild. »Und wer fährt? Du etwa?«

»Das… Das schaffe ich schon«, meinte Didi. »In acht Stunden sind wir da.«

Riesle hörte schon gar nicht mehr hin. Er fühlte sich müde. Schrecklich müde.

»Und noch… noch was«, lallte Didi weiter. »Ich kenne die Tote…«

»Du kennst waas?« Riesle traute seinen Ohren kaum.

»Deine Tote!«

»Die Drogenfrau?«

»Welche Drogenfrau?«

Riesle zog den nun schon reichlich zerknitterten Ausdruck des Passfotos aus seiner Hosentasche. »Na, die von dem Campingplatz in Italien, wo du die ganze Zeit hin willst!«

»Und das ist eine… Drogenfrau?«

Riesle schaute müde in den dunklen Himmel. Dann ging sein Blick zur einen Seite auf das erleuchtete Riettor, nun nach rechts auf das Obere Tor.

»Also: Du kennst diese Frau hier?«
Bäuerle nickte schlaff.
»Und woher?«
»Schwörst du, dass du es nicht weitersagst?«
Riesle schwor – und staunte.

19. Der Bungalowschlüssel

Hummel hatte den Eindruck, endlich einmal ansatzweise ausgeschlafen zu sein.

So richtig in Form war er bei der Hitze natürlich dennoch nicht. Mehrfach musste er nachrechnen, wie viele Übernachtungen es noch waren, bis er endlich wieder in sein eigenes Bett in Villingen zurückkonnte.

Achtzehn.

Manche Dinge lernte man unweigerlich erst dann zu schätzen, wenn sie einem nicht mehr zur Verfügung standen. Urlaub zu Hause war vor diesem Hintergrund eine ernste Alternative.

Beim Frühstück versuchte Hubertus Martina, die gerade mit ihrem iPad herumhantierte, über die Schulter zu schielen. Sie gab sich so, als würde sie nicht dieses gewöhnliche Stück zeitgenössischer Technik ihr Eigen nennen, sondern die Goldreserven von Fort Knox. Nach wie vor behielt sie das neue Kennwort für sich, obwohl selbst Elke ihr erklärt hatte, das fände sie »irgendwie nicht so total fair«.

»Fast so unfair wie Papas neuer Anzug«, hatte auch Martina ihrer Mutter noch einen mitgegeben.

Immerhin vermochte Hummel beim Spicken zu erkennen, dass Klaus im *Kurier* nun offenbar den richtigen Namen der Toten bekannt gegeben hatte: Elena Ridescu. Die Frau habe »rätselhafterweise« eine falsche Identität bei ihrer Anmeldung auf dem Campingplatz angegeben. Deutsche und italienische Behörden würden in dem Fall weiterermitteln.

Hummel fand es aufschlussreich, dass offenbar auch seine

Tochter sich allmorgendlich zunächst einmal via Internet über das Geschehen in der Heimat informierte. Und natürlich über das Geschehen auf dem Campingplatz.

»Herr Hummel«, sagte Kommissar Winterhalter, der nun regelmäßig vorbeikam, »mir müsset rede.« Er sah aus, als habe ihn seine Frau ohne Decke und Matratze vor dem Zelt schlafen lassen. Als er etwas von einer Unterredung mit der Gattin vom Vorabend nach der Zeltplatzmusik andeutete, sprach noch mehr dafür. Hilde Winterhalters Laune war auf einem neuen Tiefpunkt angelangt, nachdem klar geworden war, dass Hummel und Winterhalter den Abend nur als Vorwand für ihre Befragungen »missbrauchten«, wie sie sich ausgedrückt hatte.

Nichtsdestotrotz wollten die beiden weiterermitteln. Hummel schien für den Kommissar ein allemal angenehmerer Kriminalpartner, als dies der egomanische Thomsen im heimatlichen Schwarzwald war. Im Gegensatz zu Thomsen war Winterhalter der geborene Teamplayer, der es genoss, einer rätselhaften Geschichte nicht alleine auf den Grund gehen zu müssen.

Natürlich war bei Hummel die Gefahr latent, dass er Tipps an seinen Journalistenfreund Riesle weitergab, doch war der Lehrer so begeistert von seiner Rolle als Kriminalkommissar ehrenhalber, dass er in vorauseilendem Gehorsam das Gelübde abgelegt hatte, er werde nur das nach Deutschland weitergeben, was zuvor mit Winterhalter abgesprochen war. Mal ganz abgesehen davon, dass Hummel mangels Kennwort ja gar keinen Zugriff mehr auf das iPad und damit die Verbindung zu Riesle hatte.

Winterhalter hatte dieses Versprechen mit der Aussicht belohnt, Riesle werde vollumfänglich informiert, sobald der Fall gelöst war. Bis dahin allerdings müsse man dem Journalisten den Informationsfluss abdrehen, weil weitere Artikel ihre Ermittlungen behindern oder gar gefährden könnten.

Und auch wenn seine Frau dagegen war: Winterhalter war zu dem Schluss gelangt, dieser rätselhaften Geschichte weiter nachgehen zu müssen.

Das war fast schon eine Frage der Ehre.

Er räumte jedoch ein, sich dafür zum Ausgleich einige Stunden am Tag nur um seine Frau zu kümmern. Alles eine Frage der guten Organisation.

Der im Verlauf der schwarzwaldmusikalischen Befragung aufgekommene Vorschlag, den Bungalow der Toten zu untersuchen, gefiel Hubertus ausgesprochen gut. Es gab nur ein Problem: Den Schlüssel hatte der Campingplatzchef Di Salvo – und der würde ihn wohl kaum herausgeben, schließlich war seine Standpauke gegenüber Winterhalter kaum milder als die von Hilde gewesen.

»Wir können doch in diesen Bungalow nicht einfach einbrechen«, raunte Hummel Winterhalter zu, während Harald dem Kommissar von gegenüber zu seinem »endgeilen« Auftritt am Vorabend gratulierte.

»Ihr Schalke-Lied als Zugabe war auch nit schlecht«, betonte der pflichtschuldig, überhörte dann aber das Angebot des Ruhrpottlers, gleich noch mal an Ort und Stelle das »Blau und weiß ein Leben lang« zum Besten zu geben.

Von nebenan grüßte Dietmars Gattin, die weniger Worte machte als ihr Mann. Eine nicht unattraktive, eher zurückgenommene Frau. So richtig fröhlich hatte Hummel die Frau noch nicht gesehen, und bei Dietmar war das Grinsen wohl auch professionell aufgesetzt.

Überhaupt waren die meisten Leute hier nicht so richtig entspannt. Das Gros, so überlegte Hubertus weiter, achtete sorgsam darauf, dass das heile Familienbild, das die Leute von sich zeichneten, gegenüber den Nachbarn keine Risse bekam.

Im Vergleich dazu waren Haralds durch ihre Dickfelligkeit und mangelnde Rücksichtnahme schon fast authentisch. Harald war der Boss, der unsympathische, dauerfernsehende Sohn der Stammhalter, und Haralds Frau hatte eben irgendwie zu funktionieren. Vermutlich hatte auch das Harald-Ehepaar nicht identische Interessen, aber das war egal, weil sie seit der Hochzeit ohnehin nur als Erfüllungsgehilfin fungierte.

Und wie war das bei Familie Hummel? Hubertus drückte sich um eine wirkliche Analyse, überlegte stattdessen, dass er nicht einmal den Namen von Dietmars Frau kannte.

Elke schon. »Constanze, sollen wir uns dann nachher mal treffen?«, rief sie hinüber und erntete ein interessiertes Nicken.

»Ah, was habet Sie beide denn vor?«, fragte Winterhalter halbwegs engagiert, auch deshalb, weil die beiden Frauen sich ja vielleicht der Hilde annehmen und sie so etwas ablenken konnten.

»Gemeinsam meditieren«, orakelte Hubertus gallig und wunderte sich gar nicht, als die beiden bestätigend nickten.

»Aha, spannend«, setzte Winterhalter das Gespräch mit Elke fort. »Des würd mei Frau sicher au interessiere… Hilft des auch gege Kreuzschmerze? Des isch so ä Berufskrankheit, wenn mer än Bauernhof hät.«

»Aber sicher«, nickte Elke.

»Ich bin Krankenschwester, und bei mir sind die Rückenschmerzen ebenfalls eine Berufskrankheit«, ergänzte Constanze. »Dazu habe ich mich jetzt auch noch an einer Gasflasche verhoben.«

»Das ist ja auch Männerarbeit«, rutschte es aus Hubertus etwas vorlaut heraus. Er ahnte sofort, dass sich das irgendwann rächen würde…

Elke tadelte ihn zunächst nur mit Blicken und wandte sich dann dem Kommissar zu: »Wenn Ihre Frau Interesse hat, darf Sie gerne bei mir vorbeikommen. Ich habe erst jüngst zwei sehr interessante neue Meditationsmethoden kennengelernt. Geheimes Wissen alter Indianerinnen, von denen mir ein ehemaliger Sannyasin berichtet hat.«

»Ich sag's ihr gerne«, meinte Winterhalter schnell, der plötzlich starke Zweifel hatte, ob Hilde sich wirklich dafür begeistern konnte. Möglicherweise war sie selbst im Urlaub viel zu praktisch für so etwas veranlagt. Aber Hauptsache, er hatte den Rücken frei ...

Dann wandte er sich wieder Hubertus zu: »Sie habet recht. Ich kann und will in diesen Bungalow nit einbreche. Aber ich denk schon, dass mir dort etwas herausbekomme könntet. Wir müsset uns allerdings beeile, denn möglicherweise wird des Gepäck der Dote bald ausgeräumt.«

»Sie waren doch schon oft hier, Winterhalter. Kennen Sie denn niemanden außer Di Salvo, der an einen Schlüssel für den Bungalow kommt?«

Winterhalter dachte nach, kam aber nicht so richtig weiter.

Doch nach einer Weile leuchteten seine Augen. »Fräulein Martina«, sagte er.

Die blickte vom iPad auf und drehte sich um. »Nur Martina, bitte. Wir sind schließlich im einundzwanzigsten Jahrhundert.«

»Tschuldigung. Also, Martina. Sie kennet doch diesen jungen Barkeeper von der Strandbar ganz gut ...«

20. City Rondell

Es geschah selten, dass Riesle mal zu einem Termin zu früh kam. Ein Running Gag bei Pressekonferenzen in der Doppelstadt war seit langer Zeit, dass der Gastgeber sagte: »Oh, Herr Riesle ist schon da? Dann wird es ja höchste Zeit, anzufangen.«

Heute saß der Journalist schon zehn Minuten vor seiner Verabredung mit dieser Frau Wagner, die ihn gestern in der Redaktion angerufen hatte, im Café des Schwenninger Einkaufszentrums City Rondell. Das Café befand sich auf einer Ballustrade oberhalb des geschäftigen Treibens und bot unter anderem einen Blick auf zahlreiche große Uhren über der Ladenpassage, die anzeigten, wie spät es gerade in verschiedenen Metropolen der Welt war.

Acht vor acht hatten die Menschen in Peking.

Italienische Orte waren aufgrund des fehlenden Zeitunterschiedes nicht aufgeführt, aber Riesle dachte dennoch an Hummel und Winterhalter.

Er musste den Kontakt zu ihnen halten.

Am besten sofort?

Nein, doch besser später. Erst bedurfte es noch einer Vorbereitung auf das nun folgende Gespräch.

Also: Der betrunkene Bäuerle hatte am Vorabend einen interessanten Hinweis gegeben – und da Didi das Gesagte heute Morgen in nüchternem Zustand noch einmal kurz telefonisch bestätigt hatte, schien etwas dran zu sein.

Er sei, so Bäuerle, vor einigen Jahren ein paarmal in einem bestimmten »Etablissement« verkehrt. Da der Hausmeister sonst nie Fremdwörter benutzte, wusste Riesle ziemlich genau, um welche Art Etablissement es sich handelte, auch wenn er selbst nie dort gewesen war.

Es musste um einen kleinen Teil des durchaus blühenden Rotlichtmilieus von Villingen-Schwenningen gehen.

Ein kleiner Club mit diversen Separees und einer Handvoll Damen, die dort Dienst taten.

Wobei sich der Dienst, wie Bäuerle ungefähr sieben Mal betont hatte, keineswegs nur auf sexuelle Dinge beschränkte.

»Beschränkt heißt, Sexuelles plus gute Gespräche?«, hatte Riesle gegrinst.

»Nicht bei mir. Ich bin nur ein, zwei Mal da gewesen, weil mich ein Kollege mitgeschleppt hatte. Man hat halt Sekt getrunken und in netter Atmosphäre geredet.«

»Du bist allenfalls Martina Rechenschaft schuldig, nicht mir.« Riesle hob abwehrend die Hände.

»Da war ich doch noch gar nicht mit Martina zusammen. Auf jeden Fall war sie sehr nett. Irina nannte sie sich. Eine Osteuropäerin.«

»So weit stimmt's. Also Prostitution«, hatte Riesle nachdenklich vor sich hin gemurmelt. »Und außerdem Drogen …«

»Von Drogen weiß ich nichts«, hatte Bäuerle erschrocken gesagt. »Und seit ich Martina kennengelernt habe, war ich da eh nie mehr. Auf Dauer hätte ich mir das gar nicht leisten können.«

»Was meinst du mit DAS …?«, hakte Riesle nach.

»Den Sekt!«

Riesle hatte sich den Spruch gerade noch verkniffen, dass Didi möglicherweise bald wieder dort hingehen könne, wenn das mit Martina und diesem Italiener …

»Guten Tag. Herr Riesle?« Eine Frau trat an seinen Tisch.

Wenigstens sie kannte sein Foto ganz offensichtlich aus seiner Kommentarsparte im *Kurier*.

»Guten Tag. Frau Wagner?«

Sie zögerte. »Mein Name tut nichts zur Sache. Auf jeden Fall bin ich diejenige, die Sie gestern angerufen hat.«

Riesle schätzte die Frau auf knapp vierzig und als eine von der Sorte, die so wirken wollte, als habe sie Geld.

Sie war schick angezogen, trug Markenklamotten, während Riesle wieder seine Standardkluft aus Jeansjacke und Jeanshose ausgewählt hatte. Auch war sie sorgfältig geschminkt, die silberfarbene Handtasche glänzte. Dem Gesicht der Frau sah der Journalist dennoch an, dass sie schon einiges durchgemacht haben musste.

Sie bestellte einen Cappuccino sowie einen »Hugo«.

»Es geht um Elena«, leitete sie das Gespräch ohne Umschweife ein.

»Oder Irina – wie auch immer sie sich in ihrem Gewerbe nannte«, gab Riesle zurück und erntete ein Staunen, in dem sich wohl auch eine Spur Angst verbarg.

In New York war es jetzt zehn Uhr zehn morgens.

»Das wissen Sie?«, fragte Frau Wagner.

Riesle nickte und trank den zweiten Espresso aus. Sein Magen rebellierte leicht. Die Junggesellenernährung der letzten Jahre und das unregelmäßige, oft nächtliche In-sich-hineinstopfen von Pizza forderten allmählich ihren Tribut.

Mit Schrecken hatte er am Morgen registriert, dass die Knöpfe der Jeansjacke nicht mehr zueinanderfanden. Nicht, dass das bei den derzeitigen Temperaturen nötig gewesen wäre, es war eher ein generelles Problem.

Der Bauch war's.

Riesles Figur war nicht wie die von Hummel insgesamt füllig. Er hatte schlanke Beine, schlanke Arme, aber einen Bier-und-Pizza-Bauch.

Und Magenbeschwerden. Das war in letzter Zeit immer öfter der Fall. Vermutlich kam er mittelfristig um eine Spiegelung nicht herum …

»Ich weiß von der Prostitution, und ich weiß von den Drogen«, nutzte er die Möglichkeit, Frau Wagner noch mehr aus der Fassung zu bringen.

»Aber das ist beides lange her«, lautete deren Einwand nach einigen Schrecksekunden.

»Die italienische Polizei scheint anderer Meinung zu sein«, gab Riesle etwas dramatisch zurück. »Man geht jetzt wohl davon aus, dass Ihre Freundin an einer Überdosis gestorben ist.«

Frau Wagner war gelinde gesagt entsetzt. Sie sah aus, als hätte sie in die Limette ihres »Hugo« gebissen, und Riesle merkte, dass ihre damenhafte Erscheinung nur aufgesetzt war.

Eine ehrgeizige Frau aus einem einfachen Milieu, taxierte er. Was natürlich keineswegs gegen ihre Glaubwürdigkeit sprechen musste.

»Mörder!« Ihre elegante Maske fiel weiter.

»Wer?«, wollte Riesle wissen.

Ihre Miene wandelte sich von Mut in Verzweiflung. »Ich weiß es nicht. Aber Elena hatte schon lange nichts mehr mit Drogen am Hut … Das ist alles sieben oder acht Jahre her!«

Riesle hat das Gefühl, dass sie etwas verbarg. »Wie gut kannten Sie sie?«

»Gut genug. Wir waren Freundinnen. Und ich hätte mitbekommen, wenn sie wieder an der Nadel gehangen hätte.«

»Hm. Und Prostitution?«

Frau Wagner schüttelte den Kopf und leerte den »Hugo« in einem Zug.

Riesle musste unweigerlich an den Weizentrinker vom Vorabend denken.

»Sie war davon weg. War mehrere Jahre Bürokauffrau in einer kleinen, aber soliden Firma. In letzter Zeit klappte es mit dem Job wohl nicht mehr so gut, aber prostituiert hätte sie sich nie mehr.«

»Wieso tat sie es damals?«, fragte Riesle nach.

Frau Wagner zögerte erneut. »Wie das so ist. Jung, aus Osteuropa gekommen, mit falschen Vorstellungen. An die falschen Typen geraten. Und dann noch die Drogen – der Zwang, Geld zu verdienen …«

»Wie kam sie davon los?«

»Durch gute Freundinnen und durch ihren eisernen Willen. Sie hatte auch das Glück, dass sie noch nicht so lange im Drogensumpf war, als dass es zu spät gewesen wäre. Und sie hielt sich fern von den falschen Männern.«

Riesle überlegte, ob es sehr unmännlich aussah, wenn er sich nun eine Latte macchiato bestellte. Oder gar eine Zitronenlimo?

Noch einen Espresso würde er jedenfalls nicht vertragen.

Er entschied sich für ein Mineralwasser. Medium.

Frau Wagner nahm einen weiteren »Hugo«, und Riesle addierte in Gedanken die Rechnung. Natürlich würde er auch hier wieder bezahlen müssen. Die Recherche wurde langsam teuer.

»Ihre Freundin hat in einem kleinen Villinger Club angeschafft?«

Frau Wagner nickte.

»Nur da?«

»Dorthin kam sie erst später. Ins Milieu rutschte sie, weil sie sich mit den falschen Männern eingelassen hatte und für die anschaffte. Dagegen war der Club Gold.«

»Und Sie haben mit ihr angeschafft?«

Jetzt zuckte ihre Hand. Sie sah aus, als würde sie den »Hugo« gleich in Riesles Gesicht schütten.

Ihre Augen blitzten. »Das ist eine Unverschämtheit. Glauben Sie wirklich, ich hätte …? Ich werde jetzt gehen!«

Riesle hielt sie zurück. Prostitution war offenbar weiterhin weit davon entfernt, als normales Geschäft angesehen zu werden.

»Entschuldigen Sie bitte«, versuchte der Journalist die Situation zu retten. »Kennt man denn die anderen Damen, die zur gleichen Zeit in dem Club tätig waren?«

Riesle ahnte die Antwort, ehe sie kam. »Von einer haben Sie gestern irrtümlich den Namen veröffentlicht.«

»Frau Kollmann aus Unterkirnach?«

Frau Wagner nickte.

»Schafft die immer noch an?« Frau Wagner kämpfte mit dem Strohhalm und schüttelte dann den Kopf: »Ich kenne sie nicht gut, kann mir das aber nicht vorstellen. Bei ihr ist das ja ebenfalls etliche Jahre her.«

»Können Sie sich vorstellen, warum Ihre Freundin Elena sich mit Frau Kollmanns Namen auf dem Campingplatz angemeldet hatte?«

Konnte Frau Wagner nicht.

»War vielleicht jemand hinter ihr her? Hatte sie noch Schulden? Von damals?«

Frau Wagner rätselte mit. »Ich denke, die Lösung muss auf diesem Campingplatz liegen …«

»Wissen Sie, wie die Firma heißt, bei der sie zuletzt dieser soliden Büroarbeit nachging?«

Schulterzucken. »Leider nein. Ich glaube auch nicht, dass diese Firma etwas damit zu tun hatte.«

Stattdessen betonte sie ein weiteres Mal: »Ich bin mir aber absolut sicher, dass sie nicht mehr an der Nadel hing. Da stimmt etwas nicht!«

Der Meinung sei auch er, bekräftigte Riesle und bestellte ein weiteres Mineralwasser. Auch wenn es ja eigentlich völlig absurd war, wie er sich schalt, für etwas, das im Laden ein paar Cent kostete, in einem Café das Vielfache zu bezahlen. »Aber momentan sieht es nun mal so aus, als sei sie durch einen Hitzschlag umgekommen, weil ihr Körper durch den Drogenkonsum geschwächt war.«

»Ich glaube nicht an einen Unfall, Herr Riesle. Sie war gesund. Es muss Mord gewesen sein!«

»Können Sie sich einen Grund vorstellen, weswegen sie wieder in die Drogenszene hätte abrutschen können?«

Frau Wagner blieb die Antwort ebenso schuldig wie ihren richtigen Namen oder ihre Telefonnummer.

»Nennen Sie es weibliche Intuition«, fuhr sie stattdessen fort. »Elena ist umgebracht worden.«

»Nur haben wir ein Problem, wenn die Behörden in Italien dabeibleiben, dass es sich um eine natürliche Todesursache handelt. Oder um Selbstmord ...«

Die Frau schlürfte mittlerweile ihren dritten und nach Riesles Vorsatz auch letzten »Hugo« leer. Sie schreckte wieder hoch. »Elena war ganz bestimmt nicht der Typ, der sich umbringt«, sagte sie grimmig. »Sie war eine starke Frau – mit einem ebenso starken Gerechtigkeitsempfinden.«

»Könnte ihr das zum Verhängnis geworden sein?«

»Möglicherweise.« Frau Wagner dachte nach.

»Wussten Sie, dass sie vorhatte, nach Italien zu gehen?«, fragte er.

Sie schüttelte den Kopf.

Riesle überlegte hin und her, kam aber zu keinem klaren Ergebnis. Diese Frau war zwar nicht sein Fall, aber er hielt sie für absolut glaubwürdig.

»Was werden Sie nun tun?«, wollte sie wissen.

Das fragte Riesle sich auch. »Am besten wäre es, wenn Ihre Freundin in Deutschland obduziert würde«, meinte er.

Sie nickte. »Wollen Sie nicht mal auf diesem Campingplatz nach dem Rechten sehen?«, fragte sie. »Irgendwas stimmt da nicht. Vielleicht einer der anderen Bewohner?«

Riesle musste an Hummel denken. Wäre es am Ende wirklich besser, den Fall in Italien zu klären? Schwierig. Ohnehin fühlte er sich von den Informationen dort ziemlich abgeschnitten. Darüber würde mit Hubertus noch zu reden sein.

»Ich weiß nur, dass ich den Tod Ihrer Freundin klären werde«, sagte Riesle.

»Das ist gut – sehr gut. Aber wie wollen Sie das schaffen?«

»Ich denke, man wird vielleicht wirklich vor Ort recherchieren müssen«, meinte er dann. »Wäre es Ihnen denn möglich, nach Italien zu fahren, wenn Ihnen der Fall so wichtig ist?«

Sie erschrak. »Ich bin berufstätig, habe zwei Kinder und kann nicht so einfach von hier weg«, wehrte sie ab. Riesle hörte die Angst in ihrer Stimme. Das sprach dafür, dass Frau Wagner wirklich von einem Mord ausging – denn bei einer natürlichen Todesursache brauchte sie wahrlich keine Angst zu haben. Und sie schien Angst zu haben, dass sie selbst ins Visier des Mörders geraten könnte… »Aber ich würde gern von Elena Abschied nehmen. Und vor allem will ich wissen, was wirklich mit ihr geschehen ist. Werden Sie runterfahren und die Sache aufklären?«, wandte sich die Frau nun fast flehend an ihn.

Riesle schwieg.

Dafür hatte er noch eine andere Frage: »Warum wollen Sie denn nicht, dass die Polizei eingeschaltet wird?«, wollte er wissen. Nicht, dass ihm das nicht recht gewesen wäre – aber warum verließ sich Frau Wagner auf einen Journalisten, wenn ihr so viel an der Aufklärung lag?

Nun blieb sie die Antwort schuldig.

Die Uhr für Rio de Janeiro zeigte 11 Uhr 47 an.

21. Vermächtnis einer Toten

Es war inzwischen schon fast Abend, als sie sich endlich in der Nähe des Bungalows trafen. Marco jammerte: »Isch kann entlassen werden.« Und wenige Sekunden später: »Isch werde ganz sischer entlassen ...«

»Ganz sicher nit«, beschwichtigte Winterhalter in nicht viel klarerem Deutsch.

Hummel sagte gar nichts. Er war mit der Situation leicht überfordert. Einerseits, weil er widerrechtlich in den Bungalow eindringen würde. Andererseits, weil er diesen Typen zum Komplizen hatte, der permanent seine Tochter anbaggerte und dabei nicht lockerlassen wollte.

»Isch tue das nur für Martina«, betonte er nun wieder. »Sie ist eine wunderbare Frau.«

»Sie ist ein Mädchen«, widersprach Hummel. »Und verheiratet.«

»Ich will mich nit einmische, Herr Hummel«, meinte Winterhalter. »Aber wenn sie verheiratet isch, dann isch sie allein schon vom Alter her ä Frau. Und sie isch jo auch schon dreiundzwanzig oder vierundzwanzig, oder?«

Martina hatte ihren gesamten Charme in die Waagschale werfen müssen, um Marco zu überreden – und zuvor wiederum Winterhalter seinen kompletten Charme, um Martina zu überreden, überhaupt mit Marco zu sprechen.

Möglicherweise hoffte sie damit, Marcos Reputation bei ihrem Vater zu verbessern. Das vermutete jedenfalls Hubertus, und er fand es beunruhigend, denn es bedeutete, dass Martina tatsächlich etwas an diesem Typen lag.

Er nahm sich vor, baldmöglichst ein Vater-Tochter-Gespräch mit ihr zu führen. Eines, in dem er an ihr Verantwortungsgefühl als Mutter und Ehefrau appellierte. Er ahnte schon jetzt, dass das Gespräch fürchterlich enden würde…

Auf jeden Fall hatte Marco sich breitschlagen lassen, jedoch betont, er könne erst an den Schlüssel kommen, wenn der Campingplatzchef beim Abendessen sei. Zunächst hatte er auf keinen Fall zum Bungalow mitgehen wollen, es dann aber doch als sinnvoller empfunden.

Er hoffte wohl, auf diese Weise Pluspunkte bei Martinas Vater sammeln zu können.

Der Bungalow lag in einem separaten Areal, in dem sich ausschließlich Mobilheime und kleine Ferienhäuschen befanden. Hier tummelten sich vorwiegend ausländische Urlauber, die weder Wohnwagen noch Zelt hatten. Doch auch etliche Italiener aus Venedig und Umgebung kamen regelmäßig über das Wochenende hierher.

Deutsche fand man hier eher weniger – wohl einer der Gründe, weshalb es am Vorabend für Winterhalter und Hummel keine präziseren Informationen von direkten Nachbarn über die Tote gegeben hatte.

Der Bungalow war etwa vierzig Quadratmeter groß und leidlich aufgeräumt. Sowohl die Einrichtung als auch das, was die Verstorbene hier hinterlassen hatte, war zweckmäßig.

Zwei Fleecepullis, einen Rock, Unterwäsche, Schminksachen, Toilettenartikel, ein, zwei Bücher.

»Snell, bitte, meine Erren«, bat Marco, der an der Tür Schmiere stand und mit der Situation sowie mit dem Sch Probleme hatte.

Winterhalter, der eine solche Durchsuchung nicht zum ersten Mal erlebte, fand schließlich im Badezimmer etwas Auffälliges: »Des isch Spritzenbesteck«, sagte er trocken.

»Also doch Drogen?«, fragte Hubertus. Zum Glück hatte er keine Erfahrung damit – weder als Vater noch als Lehrer.

In der Studienzeit hatten Elke und er zwei-, dreimal gekifft. Das war's.

Härtere Drogen kannte er nur vom Hörensagen, auch wenn es in seiner damaligen Jahrgangsstufe einen Drogentoten gegeben hatte. Und das war dreißig Jahre her.

»Und jetzt?«, fragte Hummel.

»Des fotografier ich«, beschloss Winterhalter, der die Utensilien begutachtete. Spritze, Nadeln und Löffel schienen sauber, lagen aber dennoch so offen herum, als seien sie in der Vergangenheit in Gebrauch gewesen.

»Bitte«, flehte Marco. »Nur gucken, nix anrühren, nix mitnehmen. Ich brauche meine Job.«

»Gehen wir«, sagte auch Hummel, dem allmählich noch unwohler wurde. »Wurde nicht gerade mein Name über den Lautsprecher ausgerufen? Wie auch immer: Wir müssen weg.«

»Nit so schnell«, meinte Winterhalter, der ganz in seinem Element war. »I hab nix g'hört. Übrigens: Die Leute geschtern Abend habet doch von einer Kamera g'sproche, mit der die Dote fotografiert hät. Wo isch die denn?«

Im Schrank, wie sich kurz darauf herausstellte.

»Konfisziert«, sagte Winterhalter wieder trocken, während Marco immer unglücklicher wirkte.

Es war eine einfache Digitalkamera des unteren Preissegments. Winterhalter klickte sich schnell durch die Bilder, konnte auf den ersten Blick aber nichts Auffälliges finden.

»Bitte, signore«, insistierte Marco.

»Jo, jo«, beschwichtigte Winterhalter.

Dann hatte auch noch Hummel seinen Auftritt. Er war von sich selbst erstaunt, dass er sich nicht zu schade war, im Papierkorb des Apartments zu wühlen.

Doch er wurde belohnt. »Sehen Sie mal«, wandte er sich an Winterhalter. Seine Aufmerksamkeit galt dabei weniger der

Schokoriegelverpackung oder der zerknüllten Broschüre des Campingplatzes, sondern zwei handgeschriebenen Zetteln. Der eine zerrissen, der andere zerknüllt.

Die Tote hatte eine große, gut leserliche Schrift gehabt.

»So hat es keinen Sinn mehr – ich halte das nicht aus«, lasen sie. »Sucht ist das Schlimmste, was man sich vorstellen kann.«

Den zweiten Zettel mussten sie aus mehreren Stücken zusammensetzen, was nicht schwerfiel, weil nur sieben Wörter auf ihm standen. »Schöner Strand – ein guter Platz zum Sterben.«

»Oje«, meinte Hummel betroffen. »Sieht alles so aus, als hätte die Frau aufgrund ihrer Drogensucht keinen Ausweg mehr gewusst.«

»Sieht so aus«, bestätigte Winterhalter.

»Slimm«, bestätigte Marco.

22. Bestattungen Kunzmann

Etwa um die gleiche Zeit klingelte das Telefon in der Rezeption des Campingplatzes, und der Vertreter des Bestattungsunternehmens Kunzmann aus dem Schwarzwald meldete sich.

Der Campingplatzchef, der gerade beim Abendessen war, zeigte sich alles andere als begeistert, als er ans Telefon geholt wurde.

Die freundliche Stimme entschuldigte sich für die Störung, doch sei man von den Angehörigen der »so unglücklich verstorbenen« Frau eingeschaltet worden, um den Leichnam zurück nach Deutschland zu bringen.

»Gab es denn eine Versicherung für die Rückführung?«, fragte Di Salvo.

»Ja, das ist alles okay«, bestätigte Klaus Riesle, der sich hinter dem Anrufer verbarg und sich bemühte, seine Stimme zu verstellen, damit sie anders klang als vorgestern, denn da hatte er sich ja bereits als Amtsgericht Villingen-Schwenningen ausgegeben …

Und anders als vor fünfzehn Minuten. Zunächst hatte er noch versucht, seinen Freund Hummel auf dessen Handy zu erreichen, was sich wieder einmal schwierig gestaltete. Dann hatte er ihn auf dem Campingplatz ausrufen lassen, doch auch das war gescheitert. Vor diesem neuerlichen Telefonat war Riesle dann von seinem Handy zum Festnetz der Redaktion gewechselt, damit nicht auffiel, dass der Bestatter vom gleichen Apparat aus anrief wie zuvor derjenige, der Herrn Hummel sprechen wollte. Nur für den Fall, dass das Telefondisplay des Campingplatzes die Nummern anzeigte.

»Können wir Ihnen denn auch die Sachen der Toten mitgeben?«, wollte Di Salvo wissen.

Als Riesle bejahte, war er beruhigt. Er wollte die Sache möglichst schnell vom Hals haben.

»Wir brauchen dafür natürlich eine schriftliche Einverständniserklärung der Angehörigen«, fügte Di Salvo dazu.

»Hm, hm«, stimmte Bestattungsunternehmer Kunzmann alias Riesle zögerlich zu. »Wo befindet sich die Leiche denn derzeit?«

»Soweit ich weiß, bei einem Bestatter in Jesolo«, antwortete der Campingplatzchef. »Mir geht es nur darum, die Kleidungsstücke der Toten an die Angehörigen zu übergeben.«

»Ja, ja, kein Problem«, beschwichtigte Riesle. »Haben Sie eine Nummer des Bestatters?«

Hatte er nicht, dafür aber den Namen: »Er heißt Rossi. Müssten Sie über die Auskunft herausbekommen.«

»Was kann ich denn als Todesursache eintragen?«, wollte der angebliche Bestattungsunternehmer weiter wissen.

»Natürliche Todesursache. Colpo di calore, Hitzschlag. Ein tragischer Unfall.«

»Weil …«, meinte Riesle nun. »Es gibt Informationen, dass es sich um einen Mord handelte.«

»Nein, kein Mord, no crimine«, wiederholte der Italiener. »Rufen Sie in Jesolo an.«

»Aber laut unserer Lokalzeitung hier gibt es diverse Verdachtsmomente. Hat sich die Frau vielleicht gar mit der Mafia angelegt?«

Das war das Stichwort: Di Salvo knallte den Hörer auf die Gabel.

Jesolo. Die Zeit drängte.

Riesle stürmte in die Pizzeria seines Vertrauens in einer schmalen Gasse der historischen Villinger Innenstadt. »Giorgio«, rief er. »Du musst mir helfen!«

Giorgio war alles andere als begeistert, denn in wenigen Minuten würde das Abendgeschäft beginnen.

Von seiner Pizzeria aus nach Italien telefonieren wollte er schon gar nicht.

»Es dauert nur zehn Minuten! Komm bitte kurz mit«, bettelte Riesle.

Der Journalist blickte auf das gerahmte Poster der italienischen Fußball-Nationalmannschaft, summte ungeduldig den Schlager von Toto Cutugno mit, der aus den kleinen Lautsprechern über der Theke kam, und beobachtete den kleinen grünweiß-roten Ventilator.

Als er den Pizzeriabetreiber endlich in die nur einige Meter entfernt gelegene Redaktion bugsiert hatte, sträubte der sich noch immer. Dreimal hatte ihm der Journalist jetzt schon erklärt, dass er beim Bestatter in Jesolo anrufen müsse, um abzuklären, wie und wann die Leiche nach Deutschland kam.

Nachdem er mithilfe einer Übersetzungshomepage die Nummer von »Onoranze funebri Rossi«, Jesolo, ausfindig gemacht hatte, hatte Riesle es zunächst selbst versucht, doch derjenige, der in Italien das Telefon abnahm, war weder des Deutschen noch des Englischen mächtig gewesen. Folgerichtig musste ein waschechter Italiener ran.

Riesle wählte also kurzerhand die Nummer und drückte Giorgio den Hörer ans Ohr, aber der legte auf.

»Giorgio«, drohte Riesle. »Wenn du jetzt nicht mitmachst, bin ich die längste Zeit euer Gast gewesen. Und ich kenne einige Leute, die das genauso handhaben werden …«

Nach einer neuerlichen Instruktion wählte der Journalist erneut die italienische Nummer – und diesmal blieb Giorgio auch dran.

»Si. Si«, hörte er ihn kurz darauf sagen. Dann wieder: »Si.« Schließlich legte er auf.

»Und?«, fragte Riesle gespannt.

»Hm«, machte Giorgio.

Riesle schwante nichts Gutes.

Zu viel »si«, zu wenig Sonstiges.

»Hand aufs Herz: Wie gut kannst du überhaupt Italienisch?«, fragte er ihn schließlich.

Giorgio schüttelte zaghaft den Kopf. »Nicht so ganz gut. Ich verstehe schon viel, aber mit dem Sprechen habe ich Probleme. Ich… eigentlich heiße ich Arbin und bin Albaner. Aber bitte nichts verraten, sonst ist meine Pizzeria erledigt!«

Wortlos griff Riesle wieder zum Hörer, während Arbin bedröppelt neben ihm stand. Mit einer wilden Mischung aus deutschen, englischen und italienischen Brocken, die Winterhalter alle Ehre gemacht hätten, schaffte es der Redakteur schließlich, sein Anliegen zu erklären.

Er sei von der Familie beauftragt, die Leiche nach Deutschland zu überführen, log er wieder. Und er müsse für die Akten wissen, was denn nun die Todesursache sei.

Das italienische Wort verstand er nicht, dafür aber etwas von »heat«. Offenbar blieben sie nach wie vor dabei, dass ein Gewaltverbrechen ausgeschlossen werden konnte.

Als er schließlich nach der Überführung der Leiche fragte, war der Mann am anderen Ende auch auf Englisch überfordert.

Das italienische Wort reichte Riesle aber auch: »crematorio«.

»Frag sofort nach, ob die Tote schon kremiert wurde«, blaffte er Arbin an und reichte ihm den Hörer, während die Redaktionskollegen im Nebenzimmer allmählich neugierig wurden. Als Arbin nicht reagierte, instruierte Riesle ihn weiter: »Du wirst doch wenigstens wissen, was ›wann‹ oder ›morgen‹ oder ›übermorgen‹ heißt.«

Arbin sprach ein wirklich schauderhaftes, aber doch noch

minimal besseres Italienisch als Riesle. Mit reichlich Gestottere hatte er dann aber offenbar tatsächlich etwas herausbekommen.

»Wenn bis übermorgen keine gegenteilige Vereinbarung vorgelegt wird, verbrennen sie die Leiche dort«, sagte er nach dem kurzen Gespräch schließlich völlig erschöpft.

23. Manipulation

Der Abend neigte sich bereits zur Nacht, als Riesle endlich wieder Hummel-Kontakt bekam – erneut via Skype.

Nach einer wilden Suada von Vorwürfen an seinen kaum erreichbaren Freund, machte Riesle Hummel klar, dass er die bereits übermorgen drohende Einäscherung der Toten verhindern müsse, wenn sie diesen Mord aufklären wollten.

»Des war ziemlich sicher kein Mord«, mischte sich zugleich Winterhalter von jenseits der Kamera ein.

Riesle überkam die Eifersucht. Wo Hummel war, war inzwischen jedes Mal auch dieser Winterhalter. Noch schwerer wog, dass sich der Journalist von den Informationen ausgeschlossen fühlte.

»Soso«, sagte Riesle ironisch. »Und was macht Sie da bitte so sicher?« Winterhalter hielt einen Fotoapparat in die Kamera. »Weil de Herr Hummel und ich auch ä bissle nachgeforscht habet. Es spricht viel für eine natürliche Todesursache – und fascht noch mehr für Selbstmord!«

»Ach so«, verstärkte sich Riesles Ironie. »Der Herr Hauptkommissar und sein Hilfssheriff Hummel haben den Fall natürlich schon gelöst.« Er deutete mit seinem Zeigefinger in Richtung Bildschirm. »Ich habe aber auch recherchiert. Und zwar habe ich mich mit einer guten Freundin der Toten getroffen, die Stein und Bein schwört, dass die Frau umgebracht worden sei. Selbstmord schließt sie völlig aus.«

»Klaus«, mischte sich Hummel ein, der genug von den Streitereien der beiden hatte. »Wir waren vorher im Bungalow der toten Frau und haben dort ein Drogenbesteck sowie eine Art Abschiedsbrief gefunden.«

»Die Freundin ist sich aber sicher, dass die Tote seit Jahren clean war und nicht einmal mehr an Drogen gedacht hat«, kam der Einwand aus Deutschland.

»Sieht andersch aus«, gab Winterhalter zu bedenken und klickte die Bilder auf dem Fotoapparat durch.

»Was machen Sie denn da?«, fragte Riesle aggressiv.

»Des isch der Fotoapparat von der Dote«, erläuterte der. »Mir habet g'schaut, ob's irgendwelche Bilder gibt, die auf Mord oder ein Motiv hindeuten. Aber gar nix, Herr Riesle. Sie könnet im *Kurier* getroscht vermelde, dass die Frau än Hitzschlag erlitte hat. Und dass Ihre erschte Meldung schlicht falsch war.«

»Zeigen Sie mal die Bilder«, forderte Riesle.

»Damit morge wieder was anderes im *Kurier* steht? Nein, sicher nit, Herr Riesle. Findet Sie sich damit ab: Es spricht alles gege Mord.«

»Nun zeigen Sie schon her«, meinte der erneut.

»Mit de Bilder könnet Sie nix anfange. Än Sonnenuntergang, Bilder vom Pool, Bilder vom Restaurant, von Mensche ...«

»Von wann sind die Fotos?«, wollte Riesle wissen.

»Natürlich hat die Dote die Bilder g'macht, als sie noch am Lebe war«, antwortete Winterhalter und grinste schief in die Kamera.

Dem Journalisten platzte nun der Kragen: »Hubertus, mir stinkt's gewaltig. Ich kooperiere, recherchiere wie blöd, gebe euch alle – ich wiederhole – wirklich ALLE Informationen, die ich habe. Und von euch kriege ich so gut wie nichts! Keine Fotos, keine Rechercheinfos vom Campingplatz, nur die lapidare Auskunft, es handele sich nicht um Mord. Und sonst nur ein paar Floskeln. Also ...«

Nun hatte Hummel den Fotoapparat der toten Frau in der Hand, starrte gebannt auf das Display. Er beachtete Riesle nicht mehr, was diesen noch mehr zur Weißglut brachte.

»Hubertus Hummel? Hast du gehört, was ich gerade gesagt habe?« Riesle wurde lauter. »Das ist 'ne Riesensauerei, die ihr da abzieht...«

»Herr Kommissar! Schauen Sie sich das mal an!«, rief Hummel, bei dem Riesles Tiraden offenbar nicht angekommen waren.

»Des isch die Poolanlage«, sagte Winterhalter unbekümmert und schaute Hummel über die Schulter. »Wirklich schön und im Vergleich zu andere Campingplätz sauber.«

»Fällt Ihnen da nichts auf?«

»Was soll ihm denn auffallen?«, versuchte Riesle sich vom Schwarzwald aus mit ins Spiel zu bringen.

»Ziemlich überfüllt. Mal wieder zu viele Leut im Wasser«, sagte Winterhalter nur.

»Sie haben doch gerade gesagt, dass die Fotos gemacht wurden, als die Frau noch am Leben war, nicht wahr?«, fragte Hummel nun triumphierend. So musste sich Hercule Poirot fühlen, wenn er gerade einen wichtigen Baustein zur Lösung eines schwierigen Falls gefunden hatte.

»Jo«, sagte Winterhalter nur und hatte keine Ahnung, was Hummel ihm mitteilen wollte. »Alles andere wäre jo auch ein Wunder. Ich hab noch keine Dote fotografiere sehe.«

»Na und, Hubertus? Worauf willst du hinaus?«, kam es ungeduldig vom Bildschirm herüber.

Doch Riesle wurde weiter ignoriert.

»Schauen Sie mal, Herr Kommissar!«, forderte Hummel Winterhalter erneut auf. Dieser beugte sich nun tiefer über das Display. Hummel tippte darauf herum und kostete seine Überlegenheit weiter sichtbar aus.

»In der Mitte der Poolanlage hängt doch an diesem Mast eine Datums- und Uhrzeitanzeige. Ich habe das Foto mal vergrößert, denn sie ist eigentlich nur ganz klein zu sehen. Man kann es wegen der tief stehenden Sonne auch kaum erkennen. Aber wenn man es ordentlich vergrößert, dann...«

Winterhalter runzelte die Stirn und dachte einige Sekunden nach. Selbst Riesle konnte sehen, wie es in ihm arbeitete. Dann explodierte der Kommissar auf gute alemannische Art: »Jo leck mich doch am Fiddle! Des gibt's jo gar nit! Herr Hummel, Sie hät mer auch bei de Kripo einstelle könne. Sie sind genial!« Winterhalter war so begeistert, dass er Hummel kurz umarmte, was wiederum Riesles Eifersucht steigerte.

»Was ist denn nun? Kann mir mal bitte endlich jemand erklären, was mit dieser Datumsanzeige los ist?«, jaulte der fast schon. »Hubertus, jetzt sag mir doch, was du gerade herausgefunden hast!«

Die Antwort war ein Knopfdruck. Kommissar Winterhalter schaltete schon wieder einfach das iPad und damit auch die Verbindung zum Schwarzwald ab. Sie konnten nicht mehr hören, wie Riesle in einem brachialen Wutanfall seine halb volle, neben dem Laptop stehende Bierflasche gegen die Wand schleuderte, wo sie in viele Scherben zerbarst.

»27.7., 16:23. An dem Tag habet mir die Leiche am Strand g'funde. Und um die Uhrzeit war die Frau doch schon längscht dot«, sagte Winterhalter und klopfte Hummel auf die Schulter. Dann kamen ihm Bedenken: »Aber stimmt die Angabe der Poolanlage auch?«

Hubertus nickte langsam: »Ich vermute schon – so korrekt, wie die hier sind ...«

»Da hat sich dann aber jemand sehr viel Mühe gemacht! Die gespeicherten Fotos weisen alle ein Datum von den Tagen vor Eintritt des Todes auf. Auch das Foto mit der Poolanlage und der Datums- und Uhrzeitanzeige. 27.7. steht dort. 25.7. auf dem Display des Fotos. Die Datumsanzeigen stimmen nicht überein. Warum?«, überlegte Hummel und kam dann zu folgendem Schluss: »Da hat jemand manipuliert und Fotos nachträglich geschossen. Aber warum?«

»Gute Frage«, sagte Winterhalter und drückte nochmals auf

dem Fotoapparat herum, um die anderen Bilder zu betrachten. »Sind jo recht langweilige Motive, dät ich sage. Strand, ein paar Leut, spielende Kinder, de Bademeischter. Alles recht unauffällig. Und wer hat die Fotos sozusagen postmortal g'macht?«

»Sie haben ja gesagt, dass die Leiche Schleifspuren aufwies. Außerdem Leichenflecken, die darauf hinwiesen, dass die Frau schon länger tot war und vermutlich nicht am Strand gestorben ist. Und Sie haben daraus geschlussfolgert, dass jemand die Leiche post mortem an den Strand verlegt haben könnte. Diese Person hat vermutlich auch die Fotos geschossen, vorher aber die Datumsanzeige des Fotoapparats umgestellt. Es sollte ja so aussehen, als hätte die tote Frau die Fotos noch zu ihren Lebzeiten geschossen. Die Person, welche die Bilder in Wahrheit postmortal gemacht hat, hat jedoch versehentlich die echte Datums- und Uhranzeige am Pool fotografiert«, entwickelte Hummel weiter seine Hypothese.

»Klingt plausibel, Kollege Hummel.« Winterhalter war das Kollege einfach so herausgerutscht. Er hatte es selbst nicht einmal wahrgenommen. Hummel schon, den die Ansprache wieder mit Stolz erfüllte.

»Aber warum macht sich jemand die Mühe, die Leiche an de Strand zu verlege und dann mit ihrem Foto langweilige Schnappschüsse mit der Datumsanzeige von den Vortagen zu mache?«

»Damit es so aussieht, als habe die spätere Leiche die Fotos selbst geschossen«, schaltete sich Hummel wieder ein. »Vermutlich sollte damit etwas vertuscht werden …« Hubertus fühlte sich in Hochform. Sonne, wenig Schlaf – das war kein Hindernis für Kommissar Hummel. Ach was: Hauptkommissar Hummel. Er rieb sich die Nase wie der Wickingerjunge Wickie, wenn er einen Geistesblitz hatte. Dann schnippte er mit den Fingern und sagte triumphierend: »Es wäre doch denkbar, dass die Frau in Wahrheit ganz andere, vielleicht brisantere Bilder geschossen hatte, die nach ihrem Tod gelöscht und durch diese Bilder ersetzt wurden!«

»Sehr gut, Herr Hummel«, lobte Winterhalter erneut. »Und des Ganze spricht jetzt tatsächlich wieder dafür, dass eine nit natürliche Todesursache vorliegt. Denn warum sollte sich jemand sonscht all die Mühe g'macht habe?«

»Ich denke auch, dass jemand damit etwas verbergen will. Hat die Frau vielleicht irgendetwas fotografiert, was sie nicht hätte fotografieren sollen?«, grübelte Hummel weiter.

»Mir sollte da noch ein paar Befragunge vornehme. Und zwar bei den Campern, die in der Nähe von der Poolanlage wohne. Vielleicht habet die jemand bemerkt, der an dem Tag, als mir die Frau dot g'funde habe, Fotos am Pool g'macht hat.«

»Können wir natürlich mal versuchen. Allerdings erscheint mir jemand, der Fotos im Urlaub macht, nicht gerade verdächtig«, schmunzelte Hummel.

»Warum haben Sie Riesle übrigens vorhin so abrupt weggedrückt? Ich glaube, er dürfte darüber nicht gerade erbaut gewesen sein«, wechselte Hubertus das Thema. Allmählich regte sich bei ihm doch das schlechte Gewissen gegenüber seinem Freund. Das iPad war aus, sodass weitere Kontaktversuche Riesles – und die hatte es sicher gegeben – nicht von Erfolg gekrönt sein konnten.

»Der hätte doch aus der Sach gleich wieder ä Mordsg'schichte g'macht. Herr Hummel, mir könnet momentan keine weitere Publicity brauche.«

Winterhalter sprach das Wort zur klammheimlichen Freude Hummels sehr Deutsch aus: »Publisiti.«

»Sie wisset doch, dass alle hier mittlerweile Internet habe. Des isch nimmer so wie früher, als mer die Zeitung im Urlaub immer erscht ein paar Dag später von daheim geschickt bekomme hat. Die sind alle auf dem Laufende über die aktuelle *Kurier*-Ausgabe, zumal nach dem Vorfall hier …«

Hummel nickte. »Verstehe, aber ich denke, Klaus wird trotzdem wieder eine Geschichte daraus drehen. Auch aus dem wenigen, was er vorhin mitbekommen hat.«

Er nahm noch einmal den Fotoapparat und zoomte die Datums- und Uhrzeitanzeige der Poolanlage bis zum Maximum heran. »Übrigens: Als Sie vorhin zu Riesle sagten, es sei vermutlich kein Mord, haben Sie das tatsächlich so gemeint?«

»Eigentlich nit. Des schien mir alles irgendwie zu einfach. Auch die Situation im Bungalow vorhin. Des fast schon drapierte Droge'besteck, die Zettel …«, sagte Winterhalter und lächelte verschmitzt wie ein Schwarzwaldbauer aus der Feder von Johann Peter Hebel. »Aber gege'über de Presse war des halt meine offizielle Version.«

»Und wie sollen wir jetzt weiter vorgehen?«, wollte Hummel wissen.

»Isch nit ganz einfach. Ich hab hier ja keine ermittlungstechnische Befugnisse«, sagte Winterhalter und beobachtete ein paar Arbeiter, die selbst jetzt, spät am Abend, die Piniennadeln vom Boden aufkehrten. Es war ein wirklich peinlich sauberer Campingplatz. »Aber wenn des stimmt, was de Herr Riesle g'sagt hat, und die Leiche wird übermorge verbrannt, müsset mir uns beeile. Mir müsset irgendwie an die Leiche herankomme, sie untersuche. Wieso wird die eigentlich verbrannt? Italien isch doch katholisch – da isch des doch eher unüblich, oder?«

»Das ist wahrscheinlich billiger, wenn man keine Angehörigen ausfindig machen konnte«, entgegnete Hummel. »Aber Sie haben recht: Wenn die Leiche erst mal verbrannt ist, wären mögliche Beweise, die auf ein Verbrechen hindeuten, vernichtet.«

»Eine Obduktion kriege mir in der kurze Zeit aber nimmer hin. Ich war jo beim Arzt, und der will keinesfalls von der natürliche Todesursache abrücke«, sagte Winterhalter mit ernster Miene.

»Haben Sie ihn mit Ihren Erkenntnissen konfrontiert?«, fragte Hummel.

»Jo, aber des hat ihn nit interessiert. Hat sich gleich angegriffe gefühlt. Götter in Weiß halt.«

»Und wenn wir versuchen, die Behörden in Deutschland einzuschalten? Gäbe es vielleicht eine Möglichkeit, dort noch eine Obduktion hinzubekommen? Sozusagen auf dem offiziellen Dienstweg?« Hubertus gab noch nicht auf.

»Schwierig, Herr Hummel. Des kann dauern, bis die deutsche Behörde sich da einschalte. Da müsst ich über die Botschaft gehe. Die Behörde'mühle mahlen langsam. Und gerade bei so binationale G'schichte sind die Empfindlichkeite groß. Des könnt zu diplomatische Verwicklunge führe, und da bin ich nit grad scharf drauf.«

»Diplomatische was?« Es war das Stichwort für Nachbar Harald, mit drei bereits geöffneten Flaschen Bier herüberzukommen. Hummel fiel auf, dass er diesen verdammten Fernseher, der natürlich wie immer lief, gar nicht mehr bemerkt hatte.

»Gibt et Probleme? Kann ich watt helfen, Oppa Hubertus?«, wollte der Ruhrpottler wissen und fügte an: »In Sachen Diplomatie bin ich ganz weit vorne. Gerade bei Völkerverständigung. Stichwort: Verlorenes Euro-Halbfinale gegen Italien 2012. Da waren wir ja auch gerade hier. Und da hatten einige Deutsche 'n Riesenhals. Auf den Ballodingsda.«

»Balotelli«, half Hummel fußballfachkundig aus. »Hat beide Tore geschossen.«

»Ja, genau, der war datt. Hat beide Buden gemacht. Da waren einige deutsche Camper richtig sauer hier nach dem Public Dingsbums.«

»Viewing«, half Hubertus erneut aus.

»Ja, genau. Ein paar von den Spaghettis haben am laufenden Band den Jubel von dem Ballodings nachgemacht und sich einen abgefreut. Und pass auf, Oppa Hubertus: Da waren die Deutschen so stinkich, datt die gar nich mehr auf den Campingplatz kommen wollten. De Antonio, de Direktor, war dann ziemlich beunruhicht und hat sich ständig entschuldicht. Hat abba nix genützt. Und da musste Harald mal ran, kühlen Kopf bewahren, etliche kühle, deutsche Bierchen spendieren und die deutsche Volksseele beruhigen …«

Hummel überlegte schmunzelnd, wie sich Harald wohl bei einem Spiel zwischen Schalke und Dortmund benommen hätte – vermutlich eher nicht als Friedensstifter … Er prostete Winterhalter zu und war beruhigt, dass Harald offenbar nichts von ihrem Gespräch mitbekommen hatte …

24. Rotlicht

»He, Hausmeister, hier bin ich!«, passte Riesle an der Villinger Benediktinerkirche Didi Bäuerle ab. Der war zuständig für alles, was in der Kirchengemeinde so anfiel. Und das war eine ganze Menge. Gerade war er dabei, das mächtige Eingangsportal abzuschließen. Es war zwölf Uhr – und Didi hatte Mittagspause.

»He, Presseheini, was ist los?«, antwortete Didi halb scherzhaft, halb patzig. Riesle hielt das allerdings nicht davon ab, weiterzumachen: »Komm, Hausmeister, steig ein.« Der Journalist beugte sich über den Beifahrersitz und stieß die Tür auf.

»Keine Zeit, Schmierfink«, verschärfte Bäuerle die Tonart. »Ich muss noch was in der Stadt erledigen.«

»Dafür hast du jetzt keine Zeit mehr!«, johlte Riesle quer über den Vorhof der Kirche, sodass sich ein paar Passanten umdrehten. »Du hast jetzt Urlaub. Wir fahren noch heute an den Lido. Ruf gleich mal den Dekan an und sag ihm, dass du die nächsten Tage freinimmst!«

Didi hatte den Unterarm auf Riesles alten, von Flugrost übersäten Opel Kadett gelehnt und lugte in den Wagen hinein. »Eigentlich liebend gerne. Maxi fehlt mir total, und mit Martina sollte ich auch dringend sprechen. Sie meldet sich nicht. Ich habe schon überlegt, ob ich mich auf dem Campingplatz melde und sie ausrufen lasse. Aber wie stellst du dir das mit der Fahrt konkret vor? Soll ich jetzt einfach abhauen?«

»Genau, Didi. Das hattest du doch selbst vorgeschlagen. Wir müssen los, gleich heute Nachmittag. Die Sache duldet keinen Aufschub mehr. Sie wollen die Leiche kremieren, da muss ich die Recherche nach Italien verlegen. Und bei dir geht es doch auch ums Ganze! Komm, steig ein«, winkte Klaus ihn ins Auto hinein.

»Wieso geht es bei mir ums Ganze?«, fragte Didi nach. »Weißt du was Neues? Hat dir Martina was gesagt?«

»Wenn ich du wäre, würde ich umgehend Urlaub einreichen, Didi. Denk dir irgendeinen Härtefall aus. Dein Kind ist krank, dein Schwiegervater hatte einen Schlaganfall, ganz egal.« Klaus war nun in Fahrt und griff mal wieder zu unlauteren Mitteln: »Ich habe heute Morgen übrigens noch mal mit Italien geskypt. Und was ich da gesehen habe, mein lieber Herr Hausmeister, das hat mir überhaupt nicht gefallen. Dieser schmierige Italiener, wie hieß der gleich noch, der hat doch die ganze Zeit den Arm um deine Martina gelegt. Mir schien das schon reichlich intim …«

»Intim?«

Riesle nickte und schaute dabei so ernst, wie er nur konnte.

Bäuerle schnaufte tief durch. »Okay. Aber ein paar Sachen kann ich noch mitnehmen, oder?«

»Ich habe schon einen Plan«, sagte Riesle, während sie zu Fuß in Richtung der »Hausmeisterwohnung« aufbrachen, wie er sie nannte. Diese befand sich oben im Gemeindezentrum, nur wenige Schritte von der Kirche entfernt.

»Hast du zufällig ein Zelt? Und vielleicht noch zwei Schlafsäcke oder so was? Luftmatratzen oder Isomatten und was man halt sonst noch beim Camping benötigt.«

»Zufällig, ja«, meinte Bäuerle, der als alter Pfadfinder in dieser Hinsicht gut ausgestattet war.

»Also«, setzte Riesle an, »du packst schnell dein Zeug und denkst dir irgendetwas für den Dekan aus, damit er dich ziehen lässt. Ich muss gleich noch was recherchieren, das wird etwa zwei Stunden dauern.«

»Und was mache ich dann so lange?«, fragte Bäuerle, als sie dessen Wohnung erreichten.

»Für dich hätte ich noch einen wichtigen Job«, sagte Riesle.

»Wir sollten ja nun wirklich keine Zeit verlieren. Während ich also die Recherche mache, wirst du mit meinem Wagen in die Wöschhalde fahren, und in meiner Wohnung das Nötigste zusammensuchen, damit wir dann gleich startklar sind.«

»Wie? Ich soll für dich packen?«, fragte Didi entgeistert.

»Hast du eine andere Idee?«, entgegnete Riesle, schnappte sich ungefragt ein Bier aus dem Kühlschrank und ließ sich aufs Sofa fallen. »Wenn wir heute noch loswollen, dann geht das nicht anders.«

Er nahm zwei kräftig Schlucke und fiel dann in einen tiefenentspannten Fünfzehn-Minuten-Schlaf. Fünfzehn Minuten, in denen Bäuerle nicht nur seine Kleider, sondern auch das notwendige Campingutensil zusammengepackt hatte. Eine sportliche Leistung, wie auch Riesle anerkennen musste.

»Gut gemacht, Hausmeister«, grinste Klaus und streckte sich.

»Hör endlich mit diesem Hausmeister-Getue auf.« Didi war etwas verschnupft, weil er den Packesel für Riesle spielen sollte, zumal es ihm bei dem Gedanken an dessen schmuddelige Wohnung graute.

»Sollen wir nicht lieber mit meinem Auto fahren?«, schlug Bäuerle dann vor. »Bei deiner alten Kiste weiß man ja nicht, ob wir überhaupt in Italien ankommen …«

»He, he, Vorsicht! Du weißt, dass ich Experte auf dem Gebiet bin. Mein Kadett ist bestens gewartet. Von mir selbst als renommiertem Renn- und Stockcarfahrer. Außerdem: Wenn du uns mit deinem Alter-Opa-Fahrstil runtertuckerst, sehen wir dieses Jesolo nie.«

Wobei für Riesle außer ihm selbst praktisch jeder wie ein alter Mann fuhr. Und so sehr der Journalist seinen Rennfahrerstil pflegte, so sehr hatte er Angst, wenn er bei anderen Beifahrer war. Je langsamer und defensiver derjenige fuhr, umso schlimmer war es für Riesle. Hubertus Hummel war in dieser Hinsicht der personifizierte Albtraum.

Die nächste Fahrt dauerte keine fünf Minuten. Als Riesle den Wagen ruckartig abbremste, wurde es Bäuerle schlagartig mulmig.

»Du ... du erwartest aber nicht, dass ich da mit hineingehe?«, fragte Didi zögerlich. Auch wenn es schon einige Jahre her war, erkannte er das Etablissement. Es war das, in dem Elena gearbeitet hatte.

»Nein, natürlich nicht. Du musst doch jetzt mein Zeug packen«, grinste Riesle und drückte Didi die Schlüssel in die Hand. »Viel Spaß, und pass auf mein schönes Auto auf, ja?«

»Hm«, sagte Bäuerle noch leise. »Erwähne doch, äh, bitte sicherheitshalber da drin nicht meinen Namen. Ja?« Er war nun tatsächlich froh, sich um Riesles Gepäck kümmern zu dürfen.

»Keine Sorge«, grinste Klaus.

Entgegen seines Fahrstils nutzte Didi die Beschleunigung des Kadetts beim Wegfahren voll aus. Klaus hätte es nicht besser vollführen können.

»Hallo du«, hauchte die Dame hinter dem Tresen, als Riesle das Etablissement betrat. Sie war Mitte vierzig, hatte müde Augen, war viel zu stark geschminkt und trug einen seidenen Bademantel. »Was können wir für dich tun, Herzchen?«

»Ich wollte mich ein bisschen entspannen.« Klaus machte erst mal auf Kunde. Er blickte sich um und war wieder einmal beeindruckt, dass solche Einrichtungen immer alles taten, um dem Klischee zu entsprechen. Es war plüschig. Extrem plüschig. Die unvermeidlichen weinroten Sofas mit Goldverzierung. Es hätte den Journalisten nicht gewundert, wenn Stephan Derrick und Harry Klein zu den Klängen von Frank Duval hinter ihm in den Schuppen eingelaufen wären.

»Entspannung ist unser Spezialgebiet«, hauchte die Dame derweil weiter. »Was darf's denn sein? Eine Massage mit Öl für den Anfang? Die Mädchen sitzen dort hinten. Wenn du sie kennenlernen möchtest ...?« Sie zeigte auf eine ebenfalls weinrot gepolsterte Sitzgruppe, wo offenbar die Kundschaft erwartet wurde.

»Ich würde gerne gleich zu Elena gehen«, sagte Riesle ohne Umschweife. »Ist die heute da?«

»Elena? Elena haben wir leider keine. Aber du darfst jede von uns gerne Elena nennen, wenn du das möchtest.« Die Empfangsdame blieb unbeeindruckt.

»Ein Freund hat euch mir empfohlen. Und vor allem die Elena. Und nur zu der will ich«, tastete sich Riesle weiter vor.

»Hör mal, Schätzchen. Hier gibt's keine Elena. Und hier gab's auch bisher keine.«

»Es mag schon eine Weile her sein«, blieb Riesle beharrlich, »aber eine Elena Ridescu müsste hier doch mal gearbeitet haben, nicht wahr?«

»Hör mal, Herzchen!« Auch wenn die Ansprache verniedlichend blieb, so änderte sich nun doch der Ton der Empfangsdame, wurde härter: »Wir Mädchen arbeiten nicht unter unserem richtigen Namen. Wir geben uns schon gerne mal einen, na ja, Künstlernamen. Und die, von der du sprichst, hieß mal Irina.«

»Stimmt«, fiel es Riesle wieder ein.

Die Dame runzelte die Stirn. »Die arbeitet aber schon lange nicht mehr hier. Also, willst du dich nun entspannen oder suchst du nur deine Irina? Dann muss ich dich leider enttäuschen, und du solltest mir nicht länger meine Zeit stehlen. Verstanden, Herzchen?«

Riesle reagierte auf das »Herzchen« ähnlich erfreut wie sein Kumpel Bäuerle auf den »Hausmeister«, doch blieb er äußerlich unbeeindruckt.

»Vielleicht könnten wir uns ja etwas über Irina unterhalten«, sagte der Journalist und zückte einen Fünfzigeuroschein. Innerlich verfluchte er sich dafür. Weizenbier im »Nashorn«, »Hugo« im »City-Rondell«, später noch die Fahrt nach Italien. Und nun bezahlte er auch noch dafür, um mit der Bediensteten eines zwielichtigen Etablissements sprechen zu können. Und das auch noch ohne weitere Dienstleistung.

Na ja, vielleicht könnte er den Betrag von der Steuer absetzen, überlegte Riesle weiter.

Die Frau hinter dem Tresen verstaute den Schein sorgfältig in ihrem Bademantel, der dafürsprach, dass sie sich nicht nur als Empfangsdame betätigte.

»Bevor ich dir irgendwas über Elena erzähle, möchte ich wissen, warum du so an ihr interessiert bist«, sagte sie und nahm nebenbei den Handkuss eines Stammkunden entgegen.

Riesle wählte die Überfallstrategie, achtete dabei genau auf das Gesicht der Frau und ihre Reaktion: »Sie ist tot.«

Doch die Taktik schlug fehl. Im Rotlichtmilieu wurde offenbar tatsächlich noch Zeitung gelesen.

»Bin im Bilde. Schlimme Sache. Sie war ein liebes Mädel. Weiß man schon was Neues, wie sie…?«, fragte die Empfangsdame mit einem angemessen betroffenen Gesichtsausdruck, wie es Klaus erschien.

»Lesen Sie den *Kurier*?«

Sie nickte. »Manchmal. Die Sache mit Elena habe ich verfolgt.«

»Dann wissen Sie ja, dass sich Elena unter anderem Namen auf dem Zeltplatz angemeldet hatte. Sie nannte sich Beate Kollmann. Hat die auch mal hier angeschafft? Vielleicht ebenfalls unter anderem Namen?«

Sie zog die Schultern hoch. »Kann schon sein. Wenn, dann ist's aber lange her. Zu lange, um dir Auskunft zu geben – zumal die ja noch lebt. Warum willst du das denn alles wissen, Herzchen?«

»Ich bin Privatdetektiv«, log der Journalist und zeigte einen seiner gefälschten Ausweise. »Zurück zu Elena: Können Sie etwas über eine mögliche Drogensucht von ihr sagen?«

»Unsere Mädchen sind sauber! Zumindest habe ich bei ihr

nichts davon mitbekommen. Elena war eine ganz Liebe. Aber es ist schon einige Jahre her, dass sie hier gearbeitet hat.«

»Wie lange genau?«, hakte Riesle nach.

»Fünf vielleicht«, entgegnete sie und rümpfte fragend die Nase.

»Wo kam sie ursprünglich her?«, fragte Riesle weiter.

»Aus Osteuropa. Ich glaube, Rumänien. Sie lebte schon eine Weile hier in der Gegend, sprach fast perfekt Deutsch«, gab die Puffmutter, wie Riesle sie inzwischen gedanklich nannte, weiter Auskunft.

»War sie schon Prostituierte, als sie nach Deutschland kam?«

»Das weiß ich nicht. Aber sie arbeitete auf jeden Fall schon im Rotlichtmilieu, bevor sie zu uns gekommen ist. Wir sind ein seriöses Haus. Ich weiß nur, dass der Anbieter, für den sie vorher gearbeitet hat, das nicht unbedingt war.« Ohne viel Aufhebens begrüßte sie einen weiteren Besucher.

Es war wieder nicht Derrick.

»Nicht seriös? Was soll das heißen?«, hakte Riesle nach.

»Hör mal, Herzchen, Zeit ist bei uns Geld. Ich müsste mich mal langsam wieder um meine Arbeit kümmern«, antwortete die Dame hinter dem Tresen.

Für einen Augenblick überlegte Klaus, ob man sich nicht besser bei einer Massage unterhalten könnte. Sozusagen als vertrauensbildende Maßnahme. Er verwarf den Gedanken aber. Keine Zeit. Sie sollten nicht später als notwendig in Richtung Italien aufbrechen.

Doch der Journalist hatte verstanden und zückte einen Zwanziger, den die Dame erneut schnell verschwinden ließ.

»Sie sagten, Elena habe für einen nicht seriösen Anbieter gearbeitet?«, nahm Riesle die Befragung wieder auf.

»Ja, aber sie hat nicht so gerne darüber gesprochen. Eigentlich gar nicht. Sie hat nur gelegentlich was angedeutet. Ich hatte jedenfalls den Eindruck, sie hat schon einiges mitgemacht«, gab sich die Dame nun wieder auskunftsfreudig.

»Einiges mitgemacht? In welcher Hinsicht? Straßenstrich?«, setzt Riesle in seiner gewohnt unsensiblen Art die Unterhaltung fort.

»Es gibt in unserer Branche leider auch schwarze Schafe«, sagte die Dame, bevor sie einen Stammkunden verabschiedete, dessen Mittagspause offenbar beendet war.

»Was für Leute waren das denn?«, bohrte Riesle weiter nach, der mit dem Gesprächsverlauf zunehmend unzufrieden war. »Werden Sie doch mal bitte konkreter!«

»Du hast doch sicher noch mehr Scheine dabei, Herzchen …« Mit einem koketten Lächeln beugte sie sich zu Klaus über den Tresen, sodass er einen tiefen Einblick ins Dekolleté und eine Nase voll süßlichen Parfums abbekam. Der Journalist musste einen weiteren Zwanziger springen lassen.

»Ich sag mal so«, fuhr sie dann fort, »einige Frauen in der Branche machen das hier freiwillig. Und sie tun es, weil man in relativ kurzer Zeit gutes Geld verdienen kann. Elena aber hat für Typen gearbeitet, die sie sehr schlecht entlohnt haben. Um nicht zu sagen, gar nicht.«

»Zwangsprostitution?«, fragte Riesle.

Sie nickte.

»Und wer waren diese Leute?«

»Wie gesagt, sie sprach nicht gerne darüber. Und sie hat auch nie Namen genannt. Sie wird dafür gute Gründe gehabt haben. Vielleicht war ja anfangs sogar Liebe im Spiel, das ist häufig der Fall. Liebe, die brutal ausgenutzt wird. Es gibt richtig schlechte Menschen, Herzchen …«

»Gibt es ein Register der Bordellbetreiber, wo man das nachschauen könnte?«, fragte Riesle etwas naiv.

»Schätzchen«, beugte sich die Dame wieder zu Riesle hinüber. »Wenn du Mädchen zwangsweise beschäftigst, würdest du dafür ein Gewerbe anmelden?«

Der Journalist nickte. »Ja, Sie haben recht. Haben Sie vielleicht einen Tipp, wie ich mehr über diese Leute herausbekommen könnte?«, unternahm Riesle einen letzten Versuch, zumal Didi gerade eine SMS geschickt hatte:

»Bin da. Hab dein Zeug. Komm raus.«

Den Tipp hatte die Dame hinter dem Tresen nicht. Auch nicht, nachdem Riesle einen weiteren Zwanziger zückte, den sie offenbar als Trinkgeld verbuchte und wortlos in ihrem Bademantel verschwinden ließ, um dann abermals ihrem Bedauern über Elenas plötzlichen Tod Ausdruck zu verleihen.

»Hier ist unsere Karte. Vielleicht möchtest du mal privat bei uns reinschauen«, sagte sie zum Abschied und gewährte als Appetithappen noch mal einen Einblick in ihren Ausschnitt.

»Riesle, du bist ein Schwein!« Didi Bäuerles Begrüßung fiel deutlich weniger freundlich aus als die Verabschiedung der Gewerblichen eben.

»Na hör mal, was ist denn in dich gefahren?«, protestierte der Journalist und fügte theatralisch an: »Ich hab in dem Puff nichts gemacht, ich schwöre, nur recherchiert.«

»Das meine ich nicht. Eigentlich hätte ich noch mal duschen müssen, nachdem ich deine Schränke durchwühlt habe. Die stehen ja vor Dreck. Was frische Wäsche war und was nicht, konnte ich, ehrlich gesagt, nicht unterscheiden. Und auf nähere Geruchsproben habe ich verzichtet. War eh alles völlig muffig«, beklagte er sich. »So eine Aktion mache ich nie wieder. Hörst du? Nie wieder!«

»Jetzt reg dich ab, Hausmeister. Das ist eine Ausnahmesituation. Danke jedenfalls, dass du den Butler für mich gespielt hast«, streute Riesle noch weiter Salz in die Wunde.

»Bäh«, spuckte Bäuerle aus. »Du solltest schauen, dass du unter die Haube kommst, Klaus. Das würde deinem Haushalt und deiner Wäsche guttun.«

»Und du solltest schauen, ob du noch unter der Haube bist«, zahlte Riesle es ihm derb zurück.

Riesle steuerte den Wagen in Richtung Schweizer Grenze. Da die Temperaturen auch im Schwarzwald nach wie vor über dreißig Grad lagen, mit weit geöffneten Fenstern, weshalb eine Unterhaltung nur noch schreiend möglich war. »Abgesehen davon: Dein Wäscheschrank mag in Ordnung sein, dein Gefühlshaushalt scheint mir eher etwas durcheinander. Auf Eifersuchtsszenen, wie du sie zuletzt Martina gemacht hast, kann ich jedenfalls ganz gut verzichten«, brüllte Riesle.

Bäuerle verzichtete seinerseits auf eine Antwort und wechselte das Thema: »Und? Was hast du in dem Laden rausbekommen?«

»Dass Elena mal Zwangsprostituierte war, bevor sie dort gearbeitet hat. Allerdings konnte ich nicht rausfinden, wo.«

»Und was machst du mit der Info?«, rief Didi nur beiläufig interessiert und suchte vergeblich nach einem elektrischen Fensterheber.

»Ich muss noch etwas im Umfeld der Toten recherchieren. Das mache ich aber telefonisch von unterwegs. Ich muss ihre Freundin aus alten Tagen anrufen, die in Unterkirnach wohnt und erst für die Tote gehalten wurde – diese Beate Kollmann. Vielleicht hat Elena ja in letzter Zeit wieder als Zwangsprostituierte gearbeitet. Möglicherweise sogar in Italien. Und sie wollte aus der Geschichte herauskommen …«, mutmaßte Riesle.

25. Elkes Meditationsseminar

Ganesha konnte zufrieden sein. Seine Anhängerin Elke hatte vor dem Wohnwagen immerhin ein Dutzend Camperinnen versammelt, die unter ihrer Anleitung und im Antlitz der Gottesstatue gemeinsam Meditationsübungen machten. Dass sogar Hilde Winterhalter sich neugierig unter die Teilnehmerinnen von »Elkes Meditationsseminar« mischte, wie diese ihre Veranstaltung an der Pinnwand des Campingplatzes angekündigt hatte, konnte Ganesha mit besonderer Genugtuung erfüllen.

Direttore Di Salvo war es recht gewesen. Jede Aktion, die er nicht selbst organisieren musste und die vor allem kein Geld kostete, war ihm willkommen. Das Ganze war jedenfalls mal etwas ganz anderes als der alljährliche Sandburgenwettbewerb.

Zumal dieses Seminar nicht wieder eine Veranstaltung unter falschem Vorwand zu sein schien. Dieser leicht abgehobenen, aber sehr freundlichen Deutschen ging es wohl kaum darum, andere Kunden wegen des Todesfalls zu befragen. Er würde allerdings ein Auge darauf haben, ob ihr dicker Ehemann auch mitmischen würde.

Also hatte Di Salvo das mit fein geschwungener Schrift versehene und von Hand angefertigte Plakat genehmigt.

Elke hatte zudem einen Rundgang über den Platz gemacht und einige Camperinnen mehr oder weniger direkt auf ihr mögliches seelisches Ungleichgewicht angesprochen.

»Und watt muss ich jetzt machen?«, fragte Haralds Frau Mathilde etwas ungeduldig. Sie hatte neben Hilde Winterhalter die meisten Schwierigkeiten, mit den Übungen zurechtzukommen. Dietmars Ehefrau Constanze hingegen ging in der Meditation auf. »Meine Rückenschmerzen sind schon viel besser«, strahlte sie.

»Nur die Ruhe, Mathilde. Du brauchst vor allem Geduld und solltest versuchen, dich in dich zu kehren«, flüsterte Elke und schlug mit einem hölzernen Klöppel gegen ein Keisu, eine Standglocke in Form einer Klangschale. Elkes Seminar war, Ganesha hin oder her, keineswegs eine hinduistisch ausgerichtete Veranstaltung, sondern ein bunter Religionsmischmasch, wie man ihn in Esoterikshops inzwischen auch in Kleinstädten fand – selbst im bodenständig-katholischen Schwarzwald.

Ganesha werde ja auch im Buddhismus verehrt, erklärte Elke nun, doch der das Ganze beobachtende Hubertus Hummel war ob dieses Synkretismus reichlich skeptisch.

»Versuchen wir es doch erst mal mit einem Omm«, probierte es Elke weiter.

»Omm«, antworteten die Kursteilnehmerinnen brav.

»Sehr gut, ihr Lieben«, lächelte Elke die Frauen an, unter die sich auch ein einzelner Mann geschmuggelt hatte. Für Hummel war klar, wie er diesen Kauz einzuordnen hatte: entweder ein Spinner oder aber ein Alleinreisender, der auf diese Art eine Urlaubsliaison suchte. Er würde auch ihn im Auge behalten.

Eine Stunde später war die Gruppe auf drei Frauen zusammengeschmolzen. Einige hatten aufgegeben, und Harald hatte seine Frau zum Kochen abkommandiert. Er selbst bediente unterdessen den mechanischen Rasenmäher, den er natürlich aus dem Ruhrpott mitgebracht hatte. Elektrische Rasenmäher waren auf dem Campingplatz streng verboten, aber auch dieser hier machte genug Lärm, um das aus Elke, Hilde Winterhalter und Dietmars Ehefrau Constanze bestehende Meditationstrio durchaus zu behindern. Während die beiden anderen Frauen genervt dreinblickten, lächelte Elke verzückt.

»Ganesha ist als Gott auch für Hindernisse zuständig«, erklärte sie. »Er nimmt Hindernisse aus dem Weg, mitunter baut er aber auch neue auf – wenn es denn gut für euch ist.«

Sie nickte verständnisvoll in Richtung Rasenmäher.

Nachdem der einzige männliche Meditierende gemeinsam mit einer Mittfünfzigerin im Jogginganzug der Veranstaltung Lebewohl gesagt hatte, hatte Hubertus sich zu Winterhalter auf ein Strategiegespräch begeben, da er wegen Hildes Teilnahme an der Meditation gewissermaßen »sturmfreies Vorzelt« hatte. Der Kommissar und der Lehrer waren sich schneller einig, als es sonst zwischen Winterhalter und Thomsen der Fall gewesen wäre. Die nicht mit dem Todeszeitpunkt übereinstimmende Datumsanzeige am Pool sowie die Frage, wer einen Schlüssel zum Bungalow der Toten gehabt haben könnte, schien ihnen für die weiteren Ermittlungen entscheidend. Winterhalter wollte die Bediensteten befragen, Hummel derweil Marco.

»Was glauben Sie, aus welchem Land die Tote stammte?«, fragte Hummel den Kommissar.

»Ha, aus Deutschland«, antwortete Winterhalter. »Oder meinet Sie ursprünglich? Hm, Elena... wie war der Nachname? Irgendwas mit Escu?«

Hummel konnte sich noch weiter profilieren: »Elena Ridescu – das ist ein rumänischer Name, würde ich meinen. Vermutlich war sie Rumänin. Das könnte doch bedeuten, dass sie mit ihrem rumänischen Pass gar nicht von Deutschland nach Italien gekommen wäre – und deshalb einen anderen gebraucht hat. Vielleicht hat sie sich deshalb als Beate Kollmann ausgegeben!«

»Nit schlecht, Herr Hummel«, lobte Winterhalter. »Es isch aber niemandem aufg'falle, dass die irgendwie mit Akzent g'sproche hat. Vielleicht war sie jo aus Siebenbürgen oder was es do so gibt. Hat's do nit auch ä größere deutsche Minderheit?«

»Ihrem Abschiedszettel nach, den wir gefunden haben, schrieb sie jedenfalls ein geradezu perfektes Deutsch«, überlegte Hummel weiter, dem das als Lehrer natürlich auffiel.

»Wenn der Zettel überhaupt von ihr war ...«, meldete Winterhalter Zweifel an.

Als Hubertus zurück zu seinem Wohnwagen kam, verabschiedete sich Hilde Winterhalter gerade von Elke. Sie nahm den »brutalen Lärm« des Rasenmähers als Vorwand, war aber doch ehrlich genug, um sich und der Gastgeberin einzugestehen: »Des war jetzt sehr interessant, Elke. Ich glaub, ich bleib aber lieber katholisch. Da weiß mer doch, was mer hätt.«

Elke lächelte wieder milde und rief gegen den Rasenmäherlärm möglichst sanft an: »Ich finde es toll, dass du da warst, Hilde. Es wäre total schön, wenn du morgen noch einmal mitmachen würdest. Und du darfst nie vergessen: Jesus, Buddha und Ganesha – sie alle sind Propheten und verheißen Glück.«

»Genau«, mischte sich Hubertus grimmig und sarkastisch ein. »Eh alles eins – aber je exotischer, desto besser ...«

Er unterließ es, Harald zurückzuwinken, der seinen Mäher millimetergenau an den Grenzen seines Grundstücks entlangschob.

»Huby«, meinte Elke gutmütig, »Offenheit für Neues ist sehr wichtig. Offenheit für Grundlegendes. Offenheit für Aufrichtigkeit.«

»Wer für alles offen ist, ist nicht ganz dicht«, gab Hubertus barsch zurück, der es – nicht zuletzt auch vor der noch übrig gebliebenen Constanze – sich nicht verkneifen konnte zu widersprechen.

Dabei hätte er wissen müssen, dass Elke ihn in solchen Fällen meist noch weiter auf die Palme brachte.

»Aufrichtigkeit bedeutet auch, mit den eigenen Schwächen umzugehen. Und mit den Schwächen des Partners. Mitunter hilft es auch, darüber zu reden – mit dem Partner, aber auch mit Freundinnen.« Sie legte Constanze den Arm auf die Schulter. »Lass uns heute oder morgen Abend einen Wein zusammen trinken. Ich merke, wie nahe sich unsere Seelen sind.«

Hummel erwog, seinen Kopf gegen den Wohnwagen zu schlagen. Es war immer dasselbe mit Elke und ihrem Meditationsfimmel. Alle Menschen waren Brüder – nein, Schwestern. Und mit etwas Meditation ließ sich in ihren Augen binnen Minuten der Weltfrieden erreichen.

Constanze nickte dankbar. »Ich finde Aufrichtigkeit ebenfalls sehr wichtig«, sagte sie. »Und es ist immer schön, jemanden zu haben, mit dem man gute Gespräche führen kann.«

Oje. Da hatten sich ja die beiden Richtigen gefunden.

Nun nickte wieder Elke. »Genauso sehe ich das auch. Offenheit. Ehrlichkeit. Das ist entscheidend. Wir werden sicher ganz tolle Gespräche haben.«

»Ja«, mischte sich Hummel noch einmal ein – zu laut, denn Harald hatte in dieser Sekunde den Rasenmäher weggestellt. »Trefft euch nur und führt gute Gespräche über Ganesha und die Welt...«

»Und über unsere Ehemänner«, ergänzte Elke und warf ihm einen finsteren Blick zu.

Das war ein echter Tiefschlag.

Hummel hatte nun noch eine neue Aufgabe: Solche Gespräch mussten verhindert werden – notfalls im Zusammenspiel mit Nachbar Dietmar. Das Problem: Hubertus hatte sich zwar inzwischen überlegt, dass er wohl tatsächlich unterversichert war, sah aber während seines Urlaubs keinen Anlass, das zu ändern. Bei Dietmar hieß es also, die richtige Mischung aus Distanz und Freundlichkeit zu finden.

»Morgen machen wir einen Ausflug nach Venedig«, erzählte nun Constanze weiter. »Wollt ihr da nicht mitkommen?«

»Au ja«, sagte Elke. Hubertus wurde nicht gefragt.

Dessen Laune gelangte kurz darauf an ihrem völligen Tiefpunkt an, als Elke ihm mitteilte, dass das Chemieklo im Wohnwagen dringend geleert werden müsse.

»Kannst du gerne selber machen.« Hubertus war gerade auf Krawall gebürstet. »Ich hab das Ding ja nicht benutzt.«

Und das aus gutem Grunde. Denn er hatte von Anfang an den Moment gefürchtet, in dem der Abwasserbehälter voll war.

Wenn Elke auch sonst immer gerne auf Gleichberechtigung pochte, bei Schwerstarbeit war sie dann aber doch für die traditionellen Geschlechterrollen. »Aber Hubertus, das ist jetzt wirklich Männersache. Ich habe hier noch keine Frau gesehen, die das macht.«

»Könnt ihr nicht die Sanitäranlagen des Campingplatzes benutzen? Die sind doch angeblich so sauber«, fluchte Hubertus, als er den Toilettenbehälter aus seiner Halterung wuchtete.

Als er die Entsorgungsstelle betrat, stand Hummel kurz vor einer Ohnmacht. Es roch nach einer gewagten Mischung aus Kloake und Chemielabor, und es kam, wie es kommen musste: Er leerte einen Teil der Flüssigkeit über seine Flipflops!

Der Tag war für Hummel endgültig gelaufen. Er unterzog sich einer ausgiebigen Dusche und schlich unter leisen Flüchen zum Wohnwagen zurück. Die Flipflops landeten im Mülleimer.

»Wo warst du denn so lange?«, fragte Martina.

»Das Chemieklo nur noch im äußersten Notfall benutzen, klar?«, gab Hubertus grimmig zurück.

Sein Enkel Maximilian ignorierte die strikte Anweisung des Großvaters augenblicklich und machte es sich glucksend auf der Klobrille bequem …

26. St. Gotthard

Didi Bäuerle schaute nervös zu Klaus Riesle hinüber. »Soll ich vielleicht doch mal ans Steuer?«

Es war schon beeindruckend, wie der Journalist gleichzeitig den Wagen steuerte, mit der einen Hand an seinem Handy herumhantierte und mit der anderen Schweizer »Nugatstängli« aus dem Silberpapier pulte und sich in den Mund schob. Die Stängli liebte er seit seiner Kindheit, als er mit seinen Eltern in den Sommerferien immer wieder die Schweiz in Richtung Mittelmeer durchquert hatte. Früher waren sie allerdings streng rationiert gewesen. Diesmal hatte sich Riesle am ersten Rasthof nach der Grenze gleich mit zwei großen Packungen eingedeckt.

Es war eine lange Fahrt, und die Schokolade beruhigte seine Nerven etwas.

Zumal mehrere neuerliche Versuche, Beate Kollmann telefonisch zu erreichen, erfolglos geblieben waren. Was wusste die Zeugin aus Unterkirnach? Sie kannte Elena – aber war sie mit ihr anschaffen gegangen? Und wo war sie jetzt?

Auch der Versuch, die Schwarzwaldmarie telefonisch zur Zwangsprostitution im Schwarzwald-Baar-Kreis und einer möglichen Verwicklung der Damen Kollmann und Ridescu zu befragen, war zum Scheitern verurteilt gewesen.

»Herr Riesle, vor Ihnen bin ich von allen Seiten gewarnt worden: Nehmen Sie's mir nicht übel, aber dazu krieget Sie von mir keinen Kommentar«, hatte die Kripobeamtin gesagt und aufgelegt.

Nun hatte er seinen neuesten Artikel eben ohne diese Informationen abgesetzt – dafür aber durch ein paar Spekulationen zur Zwangsprostitution, in die das vermeintliche Mordopfer verwickelt gewesen sein könnte, ergänzt. Schließlich war in Italien Prostitution strengstens verboten. Riesle hatte diese Tatsache dankbar mit dem Fall Elena verknüpft, obwohl er zugeben musste, dass eine Zwangsprostituierte auf einem Familiencampingplatz doch etwas dick aufgetragen war. Aber im Dickauftragen war Riesle eben gut.

Die Vor-Ort-Recherche in Italien duldete auf jeden Fall keinen Aufschub mehr. War die Leiche verbrannt, war es der Fall auch. Und das würde bedeuten: keine Geschichte.

Riesle überlegte weiter. Vielleicht war Beate Kollmann, die er nun schon fünf- oder sechsmal vergeblich versucht hatte zu erreichen, etwas zugestoßen. Nicht mal die Nachbarn wussten etwas. Das würde dann mindestens noch für eine weitere Geschichte reichen. Pech für Beate Kollmann, gut für Riesle.

In solchen Kategorien dachte er mittlerweile.

Dann wandte er sich an Didi, dem er noch immer eine Antwort schuldete: »Geht schon«, mampfte er und verteidigte so das Steuer. Er schaute auf die Uhr und war nun wenigstens im Hinblick auf das Vorankommen in Richtung Italien gut gelaunt. »Wenn das so weiterläuft, sind wir vor zweiundzwanzig Uhr auf dem Campingplatz. Das wird eine schöne Überraschung für die ganze Bande.«

»Wenn du so weiterrast, gibt's für dich obendrauf noch eine böse Überraschung bei deiner Rückkehr nach Hause. Dann kriegst du noch mehr Post von der Schweizer Polizei«, ermahnte ihn Bäuerle. Riesle war bereits kurz nach der Grenze in eine der berüchtigten Schweizer Radarfallen getappt. »Bei der letzten warst du sicher dreißig Stundenkilometer zu schnell. Das wird teuer, Klaus. Mehrere Hundert Franken. Die Schweizer greifen sehr gerne tief in deine Geldbörse.«

»Auch in deine. Klar ist ja wohl, dass wir halbe-halbe machen«, grinste Riesle und beschleunigte den Wagen weiter unbeeindruckt in Richtung St. Gotthard.

»Was hast du jetzt eigentlich dem Dekan gesagt, warum du so schnell Urlaub nehmen musstest?«, wollte er dann wissen.

Bäuerle zögerte und murmelte etwas.

»Wie bitte?«

Er druckste herum, dann meinte er: »Ich habe gesagt, Maxi sei schwer krank, und ich müsse ihn in Italien abholen…«

Riesle lachte gehässig. »Einen Pfarrer anlügen – dafür kommst du in die Hölle!«

Bäuerle grinste schief. »Da bin ich schon – nämlich in diesem Wagen mit dir am Steuer.«

Das herrliche Alpenpanorama, das Richtung Süden immer schroffer wurde, beachteten die beiden kaum.

Zwanzig Kilometer weiter bekam Riesles Laune einen herben Dämpfer, denn sein Zeitplan war durchkreuzt.

»Siebzehn Kilometer Stau vor dem Gotthard-Tunnel. Verdammt! Das kostet uns mindestens zwei Stunden. Wofür zahlen wir die teure Autobahngebühr, frag ich mich da. Und wir Deutschen lassen die alle schön umsonst auf unseren Straßen rumgurken«, kam Klaus zumindest verbal wieder in Fahrt und schob sich zur Beruhigung ein weiteres Stängli in den Mund. »Immerhin: Schokolade machen können sie.«

»Du hättest wohl vorher besser den Verkehrsfunk abgehört, als ständig mit dem Handy und der Schokolade herumzuhantieren«, kritisierte Bäuerle.

Klaus ignorierte den Einwand seines Sozius. »Hallo Chef«, rief er stattdessen ins Handy. Es war höchste Zeit, sich die Auslandsrecherche absegnen zu lassen. »Melde mich ab zum Sondereinsatz Lido. Schon im Abmarsch begriffen in Richtung Italien.« Riesle setzte wieder mal auf die bewährte Überrumpelungstaktik. Mit der militärischen Sprache glaubte er, den richtigen Ton zu treffen und somit nachträglich Zustimmung für seine Aktion zu finden.

Die Antwort des Redaktionsleiters kam ebenso im Kasernenhofton:

»Wollen Sie mich verarschen? Und wer macht jetzt hier die Arbeit?«

Sogar Bäuerle konnte gut mithören.

»Okay, okay«, wurde Riesle nun kleinlauter. »Ich räume gerne ein, dass meine Handlungsweise vielleicht etwas eigenmächtig war. Aber ich sage Ihnen, Chef, das ist eine brandheiße Story. Es eilt wirklich! Gefahr im Verzug! Und es macht sich für unser Blatt doch gut, wenn wir direkt von dort berichten. Von unserem Auslandskorrespondenten Klaus ...«

»Wir sind nicht die *Zeit*«, fiel der Redaktionsleiter ihm blaffend ins Wort und drohte mit einer Abmahnung.

Vielleicht hätte Riesle besser auch etwas von einem kranken Kind faseln sollen. Aber das wäre dem Chef sicher genauso herzlich egal gewesen. Riesle bot schließlich sogar an, einen Teil seines Jahresurlaubs für die Aktion zu opfern, um dann entsetzt ins Telefon zu rufen:

»Was? Unbezahlten Sonderurlaub? Chef, das kann doch wohl nicht Ihr Ernst sein!«

Kurz darauf hatte er sich etwas beruhigt und einen Deal mit seinem Redaktionsleiter gemacht. Sollte Riesle tatsächlich den richtigen Riecher beweisen, ein Mord vorliegen und er entsprechend gute Geschichten vom italienischen Campingplatz liefern, deren Beurteilung natürlich ausschließlich dem Redaktionsleiter oblag, könnte er dafür bezahlten Urlaub nehmen. Sollte er jedoch danebenliegen, würde es auf unbezahlten Sonderurlaub hinauslaufen. Und zusätzlich müsste er ein Jahr lang die Terminvorschau der Vereine machen.

»Und die Spesen?«, jammerte Riesle noch vergeblich ins Telefon.

Doch diese Frage ignorierte der Chef einfach: »In zwei Tagen wieder hier. Sonst werden Sie ausgemustert!«

Riesle stand gewaltig unter Druck: Er hatte erklärt, nicht nur zwei, drei Titelgeschichten zum rätselhaften Mord zu generieren, sondern auch eine Serie über Zwangsprostitution im Landkreis und deren Auswirkungen sowie eine weitere Serie über die Urlaubsfreuden der Schwarzwälder, die sich alle auf diesem italienischen Zeltplatz trafen. Das, so hatte Klaus seinem Chef erklärt, würde bei den Abonnenten des *Kurier* besonders gut ankommen, weil es zeige, wie sehr man sich für die Leser interessiere. Und schließlich müsse man um jeden einzelnen kämpfen.

Kämpfen, das war der Terminus, den der Chef verstand. Und so hatte er nach langem Hin und Her verfügt, dass ein Praktikant Riesles Aufgaben in der Redaktion übernehmen würde. Für zwei Tage. Am dritten Tag, so hatte er laut überlegt, würde er den preiswerten, aber engagierten Praktikanten zu einem weitaus niedrigeren Gehalt als dem Riesles fest einstellen – und Klaus nach drei Abmahnungen feuern. Gründe dafür fänden sich genug…

»Was? Wo bist du? Am Gotthard?«, rief kurz danach Hubertus Hummel durchs Handy. »Klaus, du spinnst ja! Und das wird Kommissar Winterhalter natürlich überhaupt nicht gefallen.«

»Tolle Begrüßung, Mann! Von meinem ehemals besten Freund hätte ich da schon was anderes erwartet. Du scheinst ja mittlerweile nur noch gemeinsame Sache mit diesem Winterhalter zu machen. Ein bisschen hättest du dich ja schon über meine Ankunft freuen können«, schimpfte Klaus. »Übrigens habe ich auch eine Überraschung für euch dabei.«

Die Überraschung saß auf dem Beifahrersitz, schnaufte schwer und döste vor sich hin. Didi hatte die Gunst der

Staustunden genutzt. Während einer rasanten Autofahrt mit Riesle wäre an ein entspanntes Schläfchen nicht zu denken gewesen.

»Hör mal, Hummel«, setzte Riesle seine Verbalattacke fort. »Ich hab ein paar brandheiße Informationen für euch. Die werde ich aber erst rausrücken, wenn ich mit dir und diesem Hinterwäldlerkommissar ein Abkommen habe. Und das heißt: Informationsaustausch. Hörst du, Hummel. A u s t a u s c h«, sprach er das Wort langsam und gedehnt.

»Klaus«, versuchte Hummel zu beschwichtigen. »Wenn wir den Fall lösen, bekommst du alle Informationen, die du brauchst. Du solltest aber besser umdrehen. Du kannst hier nichts ausrichten. Und Winterhalter ist nach deinem letzten Artikel nicht gerade gut auf dich zu sprechen.«

Hubertus fühlte sich unwohl in seiner Rolle. Einerseits freute er sich über die Zusammenarbeit mit Winterhalter, den er für einen sehr guten Kriminalisten, einen angenehmen Menschen und vor allem für einen bodenständigen Schwarzwälder Landsmann hielt. Andererseits hatte er Klaus gegenüber ein schlechtes Gewissen.

»Umdrehen, ha, ha! Dass ich nicht lache. Ein schlechter Witz. Abgesehen davon, dass ich gerade auf der Autobahn in einem scheiß Stau stehe und nicht umdrehen kann: Es kommt nicht infrage, dass ich dir und diesem Bauernkommissar die Lösung des Falls allein überlasse. Basta!«

Diesmal beendete Riesle die Verbindung.

27. Osservazione – unter Beobachtung

Die Augen, die gerade auf Hubertus und Kriminalhauptkommissar Winterhalter gerichtet waren, schauten argwöhnisch. Warum steckten diese beiden Figuren schon wieder so konspirativ die Köpfe zusammen?

Warum machten sie hier nur so viel Wind und sorgten für Unruhe?

Die frühe Abendsonne, die zwischen den Pinienzweigen kräftig hindurchschien, blendete. Die Person setzte sich eine spiegelnde Sonnenbrille auf, den Blick fest auf Hummel und Winterhalter gerichtet.

Was hatten die beiden nur vor? Würden sie die italienische Polizei einschalten können? Das wäre nicht gut.

Nein, das wäre überhaupt nicht gut.

Diese Elena hatte sterben müssen, es hatte letztlich keine Alternative mehr gegeben. Ein schlechtes Gewissen tat daher nicht not.

Die Frau hatte sich das selbst zuzuschreiben.

Dabei war alles glattgegangen – ein offiziell natürlicher Tod.

Niemand hatte auch nur den leisesten Zweifel daran gehabt.

Doch dann waren diese zwei aufgetaucht, die sich nun in den dunklen Gläsern der Brille spiegelten, und wühlten in der Sache herum.

Natürlich hatte man nicht ahnen können, dass ausgerechnet ein deutscher Kommissar am Strand des Lido Urlaub machte und sich dann auch nur wenige Meter vom Leichenfundort aufhielt. Und ebenso wenig, dass dieser Kommissar es wagen würde, sich einfach so einzumischen. Der hatte hier doch eigentlich gar keine Kompetenzen, spielt sich aber mittlerweile auf, als wäre er ein Commissario mit Zuständigkeit speziell für diesen Campingplatz. Gemeinsam mit dem übergewichtigen Lehrer, der auf Platz A 18 seinen ramponierten Wohnwagen stehen hatte. Und diese lächerlichen Badeshorts mit Blümchenmuster …

Dann wandte die Person ihren Blick ab in Richtung Strand, von wo eine angenehme, frühabendliche Brise wehte. Dieser Kommissar, der zu den grässlichen Shorts ein völlig unpassendes Feinrippunterhemd trug, das das üppige Brusthaar nicht ganz zu verdecken vermochte, schien gerade hierher geblickt zu haben. Die beiden sollten keinesfalls bemerken, dass sie observiert wurden.

Die Hände griffen also zu einem Rechen und begannen, die Piniennadeln aufzuhäufen. Das war gut, das war unauffällig.

Was hatten die beiden weiter vor? Gab es eine Möglichkeit, den Kommissar und seinen Gehilfen auf eine falsche Spur zu bringen?

Dafür musste man ihnen irgendeine scheinbar stichhaltige Information zukommen lassen.

Aber das war schon einmal schiefgegangen. Sie hatten Verdacht geschöpft, recht schnell realisiert, dass der Bungalow präpariert und der Fotoapparat manipuliert worden war. Sie hatten begriffen, dass Elena sich nicht mit einer Überdosis Rauschgift das Leben genommen hatte.

Das war nicht gut. Gar nicht gut!

Wenn diese zwei Figuren so weitermachten, würde es noch großen Ärger geben. Schnelles Handeln war erforderlich. Die Leiche musste so bald als möglich verschwinden.

Und falls das nicht klappte?

Ausschalten! Vielmehr: ausschalten lassen. Oder?

28. Rotweinflecken

Hubertus hatte große Mühe, seine müden Augen offen zu halten. Er saß im Campingstuhl vor dem Wohnwagen, hatte schon das vierte Glas Rotwein vor sich stehen und blickte immer wieder abwechselnd in den sternenklaren Nachthimmel und auf den Wecker. Kurz vor ein Uhr war es mittlerweile. Und noch immer keine Spur von Martina und diesem Marco. Würde seine Tochter gar nicht mehr nach Hause kommen? Sofern man bei diesem klapprigen, stickigen Wohnwagen von einem Zuhause sprechen konnte …

Verbrachte sie nun schon die Nacht bei diesem Italiener, den sie ja streng genommen kaum kannte?

Für einen Augenblick überlegte er, ob er nicht doch noch mal an der Strandbar nach dem Rechten schauen sollte. Vor zwei Stunden war er schon einmal da gewesen. An Urlaubern kein Mangel, auch an jungen Italienern nicht, die sich den Touristinnen nähern wollten. Marco hatte er aber genauso wenig angetroffen wie Martina.

Falls sie dort noch immer nicht sein sollten, würde er einfach den Strand absuchen. Vielleicht waren sie da irgendwo. Womöglich käme er ja gerade noch rechtzeitig, um zu verhindern, dass Martina Ehebruch beging!

Genau genommen musste er dann ja sogar an den Strand – das war er schon seinem alten Kumpel Bäuerle schuldig.

Und zwar gleich! Also, gleich nach diesem Gläschen …

Die Entscheidung wurde ihm wenig später abgenommen. Denn nachdem der Nachtwächter bereits die dritte Runde mit seinem reparaturbedürftigen Fahrrad über den Platz gedreht und jeweils Hubertus' Straße passiert hatte (vermutlich weil er ihn im Verdacht hatte, er könne als einer der wenigen Wachgebliebenen doch noch für eine Ruhestörung sorgen), hörte er eine männliche Stimme, gefolgt von einem Kichern.

»... sei bellissima. Mi piacciono le tue lentiggini. Deine Sommersprossen mir gefallen. Du mir überhaupt gefallen. Du wunderschön«, lancierte Marco gerade wieder mal einen Schwall von Komplimenten.

»Grazie, Marco«, antwortete Martina vergnügt. »Du bist wirklich süß.«

Für so etwas Abgedroschenes wurde der belohnt, dachte sich Hubertus und verdrehte die Augen, was die beiden zum Glück nicht sehen konnten, da er im Mondschatten des Vorzelts saß.

»Auf was dann noch warten? Die Nackt ist wundersön. Du bist wundersön. Wir jung. Carpe diem, carpe noctem«, machte Marco nun einen auf Lateiner. »Und isch abbe ... abbe meine Herz verloren. An disch!!« Es folgte eine bedeutungsschwangere Pause. »Du biste meine Traumfrau.«

Hubertus verdrehte abermals die Augen und kippte den restlichen Rotwein in einem Zug hinunter.

»Ich weiß, Marco! Ich brauche aber dennoch etwas Zeit. Ich muss nachdenken ...«

»Das kannst du jetzt am besten im Wohnwagen tun«, erhob sich Hubertus knarzend aus dem Campingstuhl und trat aus dem Schatten des Vorzelts hervor.

Das Paar, wenn es ein solches war, erschrak. Ruckartig zog Marco den Arm wieder zurück, den er gerade um ihren Nacken gelegt hatte.

»Papa! Was machst du denn noch um diese Uhrzeit ...? Kontrollierst du mich etwa schon wieder?« Martina war sofort auf Hundertachtzig. »Das ist doch wirklich ...«

Mit ihrer hochschnellenden Stimme rief sie den Nachtwächter auf den Plan, der gerade zum vierten Mal den Hummel'schen Wohnwagen passierte, kurz anhielt und ein zischendes Geräusch machte, um damit in internationaler Lautsprache unmissverständlich klarzumachen, dass die Unterhaltung leiser zu führen sei. Dass sein klappriges Fahrrad beim Durchstreifen des Campingplatzes fast genauso viel Lärm machte, spielte dabei offenbar keine Rolle.

»Silenzio«, schob er flüsternd, aber mit Nachdruck hinterher, erkannte dann Marco und wechselte mit ihm kurz ein paar Worte.

»Si, si«, machte Hubertus. »Scusi.« Damit war sein italienischer Wortschatz auch schon wieder erschöpft, und er wandte sich in möglichst sachlichem Tonfall Martina zu: »Ich konnte nicht schlafen und saß einfach hier draußen. Drinnen war es mir zu heiß. Aber wo ihr schon da seid: Ich wollte mich noch kurz mit Marco unterhalten.«

»Was willst du von ihm? Ihm einen Vortrag halten? Dass er mich in Ruhe lassen soll? Das geht dich nichts an, Papa«, wurde Martina schon wieder lauter und provozierte damit ein weiteres »silenzio« des Nachtwächters.

»Scusi«, entschuldigte Hubertus sich erneut für seine Tochter, der er sich sogleich wieder zuwandte: »Erstens bleibe ich auch im Urlaub dein Vater. Zweitens bleibst auch du im Urlaub eine Ehefrau und Mutter. Die Mutter des Kindes, das nun übrigens wieder einmal bei Elke statt bei dir im Arm schläft. Aber drittens ...« – er sah, dass seine Tochter erneut zu explodieren drohte – »... vertraue ich dir. Und viertens wollte ich mit diesem jungen Herrn über etwas anderes sprechen.«

»Isch bewundere Ihre Frollein Tockter«, beeilte sich Marco zu versichern.

»Über etwas ANDERES«, verdeutlichte Hummel nun wieder etwas lauter und schaute sorgenvoll dem Nachtwächter nach, der gerade um die nächste Ecke bog.

Martina sagte nichts mehr, aber ihre Sommersprossen leuchteten gefährlich im Licht des Halbmonds.

»Ich spreche mit Marco nur über unsere Leiche«, fügte Hubertus an und bemerkte, dass seine Aussage etwas unfreiwillig Komisches hatte.

»Buonanotte, Marco«, verabschiedete sich Martina einsichtig.

»Buonanotte, principessa«, raspelte Marco ein letztes Mal Süßholz.

»Principessa, tststs«, brummelte Hubertus leise und schob ein staksiges »Buonanotte, Kleines« hinterher.

»Hör mal, Marco! Der Commissario und ich recherchieren doch in diesem Fall der Toten vom Strand. Wir bräuchten da noch mal deine Hilfe!«

»O, bitte nix nock mal nach de Slüssel von de Bungalow fragen«, bat Marco, der aber wenigstens erleichtert darüber war, dass Hubertus wohl tatsächlich nicht mit ihm über seine Tochter reden wollte. »Isch will nix verliere meine Arbeit.«

»Nein, nein, keine Sorge. In den Bungalow wollen wir nicht mehr. Ich habe nur ein paar Fragen. Aber auch, was den Bungalow anbelangt.« Hubertus bedeutete Marco, sich auf einen der klappkrigen Campingstühle zu setzen. Dann schenkte er ihm ein Glas von dem Zwei-Liter-Rotwein »con gaz« ein, den er sich im Supermarkt besorgt hatte. Zu Hause hätte Hubertus nie Rotwein mit Kohlensäure getrunken, doch hier bei der Hitze mochte er das Gesöff irgendwie – vorausgesetzt, es war eisgekühlt. Er goss sich selbst ein weiteres Glas davon ein und stellte die Flasche in die Kühlbox.

»Also, Marco! Wer hat denn hier alles einen Schlüssel zu dem Bungalow der Toten?«, fragte er dann und prostete ihm kurz zu.

»Cincin«, sagte Marco vorsichtig und hob das Glas. »Wieso Sie fragen?«

»Weil wir glauben, dass jemand bereits vor uns in dem Bungalow war – nach dem Tod der Frau.«

»Si, si, von die Campingplatzrezeption war sischer jemand son drin«, antwortete Marco und nippte an dem Rotwein.

»Schon möglich. Das meine ich aber nicht. Sagen wir mal so: Es sah in dem Bungalow aus, als ob jemand ein bisschen … manipuliert hätte.«

Hubertus forschte in Marcos Gesichtszügen, die im Licht der Gaslampe nur schwer auszumachen waren, erkannte aber nichts Verdächtiges.

»Also, wer hatte noch einen Schlüssel außer dir?«, wurde Hubertus eine Spur forscher und leerte das sechste Glas, wieder in einem Zug.

»Isch abbe doch gar keine Slüssel. Ängen in de Interzimmer von de Rezeption. Slüssel verwaltet de Cheffe«, beteuerte Marco.

»Gibt es denn noch weitere Schlüssel außer dem in der Rezeption?«

»Isch glaube, de Direttore abben Slüssel. Generalslüssel für alle Bungalow«, sagte Marco.

»Dann sollten wir vielleicht doch mal den Signor Di Salvo befragen«, meinte Hummel.

Marco, der gerade einen weiteren Schluck Rotwein nehmen wollte, verschüttete das halbe Glas auf seinen weißen Anzug. »Porca miseria!«, rief er und erntete ein »Ruhe« aus der Nachbarschaft. Vermutlich kam es aus der Ecke von Dietmar.

Hubertus reichte ihm ein Geschirrtuch. Hilflos tippte Marco damit auf den Flecken herum und schien verzweifelt. Ob Hummels Aussage oder des Anzugs wegen, war nicht recht auszumachen. Vermutlich beides.

»Bitte nix de Direttore fragen. Und vor allem nix sagen, dass isch euch geben Slüssel. Isch sonst verliere meine Arbeit«, flehte Marco. Er rieb nun mit dem Tuch wild auf dem Rotweinflecken, wodurch er sich eher noch vergrößerte. Hubertus stellte ihm ein kleines Fässchen Salz auf den Tisch, das er aus einem Klappschränkchen im Vorzelt gezogen hatte.

»Streu das drauf und lass es einwirken, das hilft«, sagte Hummel. Marco begann damit, sein Sakko mit Salz zu bestreuen, und erwischte dabei mehr, als er eigentlich wollte, woraufhin ihm noch mal ein zischendes »porca« herausrutschte. Das »miseria« verkniff er sich diesmal. Er wollte nicht auch noch Ärger mit dem Nachtwächter bekommen.

Hubertus wurde klar, dass im Falle einer Befragung von Di Salvo vermutlich nicht nur Marco seinen Job, sondern sie auch augenblicklich ihren Stellplatz los wären. Wobei das im Grunde ein ganz verlockender Gedanke war. Bei den immer noch anstehenden siebzehn oder achtzehn Tagen (nach sechs Gläsern Wein Rechenaufgaben zu lösen war zu viel verlangt), bei dieser Bullenhitze und den überteuerten Preisen!

»Keine Sorge, ich frage ihn schon nicht«, sagte Hummel und brachte die Tote vom Strand ins Spiel. »Kanntest du die Frau eigentlich? Hast du sie die Tage vor ihrem Tod mal gesehen und bewusst wahrgenommen?« Dann fügte er giftig hinzu: »Oder sie vielleicht so belagert wie nun meine Tochter?«

»Aber ... aber nein«, tat Marco empört. »War vielleicht einoder zweimal in de Strandbar. Ganz allein, mit niemand sprecken, irgendwie unglucklich.«

»Sprechen und unglücklich«, begann Hubertus – ganz Lehrer –, Marco zu korrigieren. Nur so würde der sein Deutsch verbessern können. Wobei Hummel inständig hoffte, dass dies nicht im Hinblick auf Martina notwendig wäre.

Auch wenn er Didi Bäuerle nicht gerade für die beste Partie hielt, er passte allemal besser zu Martina als dieser Barkeeper mit seinem weißen, nun weinbefleckten Anzug.

»Und sonst ist dir nichts an der Frau aufgefallen?«, fragte Hubertus.

»Sie immer Sonnenbrille auf. Weiß nischt, ob krank oder

wegen Drogen. Und immer irgendwelche Fotos macken«, sagte Marco und gab damit das Stichwort für die weitere Befragung. »An ihrem Fotoapparat gab es auch eine, sagen wir mal, kleine Auffälligkeit. Sie hat zum Beispiel an der Poolanlage fotografiert«, fuhr Hubertus fort.

»Poolanlage isse de ganze Stolz von de Direttore. Er viel Geld investieren«, sagte Marco und leerte den Rotwein, der ihm noch im Glas geblieben war.

»Auch in die Datums- und Uhrzeitanzeige?«, nahm Hubertus den Ball auf.

»Wieso fragen, Signor Ummel?«

Ummel hörte sich irgendwie an wie Urmel.

»Wir haben ein Foto von der Poolanlage gefunden, auf dem das Datum vom Todestag angezeigt wurde.«

»E allora? Ja und?« Marco zuckte mit den Schultern und tippte vorsichtig an seinem Glas herum. Hubertus nahm es als dezente Aufforderung, nachzuschenken. Er holte die Pulle mit dem Kohlensäurewein, machte das Glas diesmal aber nur halb voll.

»Ja, aber zu der Uhrzeit, die angezeigt wurde, war die Frau schon längst tot.«

»Come? Wie bitte?«

Hummel erläuterte das Problem genauer.

»A si, questi giorni c'era un difetto tecnico. Da war eine tecknise Defekt. Seisse Tecknik«, sagte Marco und grinste.

»Scheiß Technik, heißt das«, korrigierte Hubertus auch dies und war zugleich ein wenig enttäuscht. »Bist du sicher, Marco?«, fragte er nach.

»Ja, ganz sisser. Aber Bademeister sagen nix. Cheffe immer sauer, wenn die Anzeige kaputt«, sagte Marco. »Deshalb bitte auch hier nix Direttore sagen, ja?«

»Ja, ja«, sagte Hubertus und kam noch zu einem letzten Punkt:

»Und, Marco, noch etwas...«

»Si?«

»Lass die Finger von meiner Tochter!!«, schrie Hummel, bevor er aufstand und sich in den Wohnwagen zurückzog. Marco hatte seinen Rotwein abermals vergossen, nun über seine weiße Hose.

»Porca miseria!«

29. Lange Schlange

Die letzten zwanzig Kilometer waren der reinste Albtraum. Mehr als die Müdigkeit setzte Riesle die Erkenntnis zu, dass er nicht jünger wurde. Früher hätte er eine durchgefahrene – oder auch durchgefeierte – Nacht locker weggesteckt. Jetzt war es 4 Uhr 30 und er völlig am Ende. Dieser verdammte Stau vor dem Gotthard hatte sie mindestens fünf Stunden gekostet! Fünf Stunden! Und jetzt gurkte er hier in der italienischen Dunkelheit auf der Landstraße herum und suchte diesen unsäglichen Zeltplatz. Ein schwieriges Unterfangen, zumal es nicht viel weniger Campingplätze gab als Sand am Meer. Gegenseitig überboten sie sich mit riesigen Plakaten, bedruckt mit knalligen deutsch-italienischen Werbeslogans.

Von Didi Bäuerle war schon direkt nach dem Grenzübergang am Comer See nichts mehr zu hören gewesen außer unregelmäßiger Schnarchgeräusche, die den Journalisten zunehmend aggressiver machten.

Unwirsch schlug er ihn mit der rechten Faust in die Seite: »Hilf mir mal suchen! Diese Dreckszeltplätze heißen fast alle gleich: Camping Laguna, Laguna Camping, Sole di Venezia, Laguna di Venezia und sonst was – aber dieser Paradiso di Venezia ist nicht dabei!«

Bäuerle grunzte.

Riesle war sich im Klaren, dass er nach der Ankunft dort und maximal drei Stunden Schlaf, gleich morgens mit der Recherche auf dem Zeltplatz beginnen musste. Am sinnvollsten war es, dem Redaktionsleiter einen ersten Zwischenstand zu liefern, sobald dieser im Büro eingetroffen war. Und danach würden sie diesem Bestatter einen Besuch abstatten.

Zehn Minuten später hatten der Journalist und der Hausmeister den richtigen Campingplatz gefunden. Das war die gute Nachricht. Die schlechte: Eine Schlange von mindestens zwanzig Autos mit Wohnwagen sowie einigen Wohnmobilen war vor ihnen, denn – und das war die noch schlechtere Neuigkeit – eine große Schranke machte die Befahrung des Campingareals unmöglich. Zumindest um diese Uhrzeit.

Erschwerend hinzu kam das an der Schranke befestigte Schild »Belegt – occupato«. Würden sie überhaupt einen Platz bekommen? Zur Not müssten sie halt den von Familie Hummel teilen. Oder gleich mit im Wohnwagen schlafen, überlegte Riesle in der ihm eigenen Dreistigkeit.

Die meisten der vor ihnen Stehenden waren vermutlich ebenfalls Stauopfer, die jetzt erschöpft in ihren Autos eine Mütze voll Schlaf nahmen.

»Verdammt!« Riesle war plötzlich wieder hellwach, hupte einige Male und lieferte sich anschließend die ersten Wortgefechte mit anderen, ebenfalls übermüdeten Wartenden.

»Lass uns schlafen, Klaus!«, war das Einzige, das Bäuerle herausbrachte.

»Ja«, richtete sich Riesles Wut nun gegen seinen Beifahrer. »Wahrscheinlich macht Martina das auch gerade – mit diesem Italiener!«

Immerhin brachte diese Bemerkung Didi dazu, mit Riesle das Auto zu verlassen und die Schranke zu Fuß zu umgehen.

Weit kamen sie nicht, denn dort standen zwei breitschultrige, in Schwarz gekleidete Männer mit der Aufschrift »Security« auf der Rückseite ihrer Kurzarmhemden. Sie sprachen Riesle und Bäuerle gleich auf Deutsch an – man sah es ihnen offenbar an.

»Wo iste Ihre Bändschen?«

»Mein was?«, fragte Riesle konsterniert.

»Sind Sie vonne unserem Campingplatz?«, fragte einer der beiden Sicherheitsleute.

»Ja, natürlich«, antwortete der Journalist schnell.

»Ihre Bändschen. Sie haben doch bekommen bei de Anmeldung diese Bändschen.«

»Aber wir haben uns doch noch gar…«, setzte Bäuerle träge an.

Riesle schaltete schnell und unterbrach ihn. »Ach, die Bändchen«, sagte er. »Oh, die haben wir leider in unserem Wohnwagen vergessen.«

Der kleinere der beiden Securitymänner schaute ihn misstrauisch an. »Ihr Name?«

»Hummel«, sagte Riesle. »Hubertus Hummel.«

»Und Ihre Stellplatz?«

O weia. Jetzt den richtigen zu erraten war so gut wie unmöglich: »Dreitausendzweihundertzwölf«, sagte der Journalist aufs Geratewohl.

»Come?«

»Irgendwas mit Dreitausend«, wiederholte Riesle ärgerlich. »Wir wollen jetzt zu unserem Platz! Man kann doch die Nummer des Standplatzes nicht immer im Kopf haben.«

»Sie sind Signor Ummel?«, bohrte der Angestellte weiter. »Seit wann sind Sie hier auf unsere Platz?«

»Drei Tage«, nuschelte Riesle.

Nun mischte sich der andere Sicherheitsangestellte ein – er war etwas größer und hatte ebenfalls pechschwarzes Haar, sofern man das im fahlen Licht erkennen konnte. »Abben Sie da gerade so gehupt?«

Die beiden blieben die Antwort schuldig.

»Bitte, Err Ummel, wenn Sie sind drei Tage da, Sie sicher wissen: Welsche Farbe hat denn Ihre Bändschen?«

Mist, dachte Riesle und überlegte schnell. Welche Farbe hatten solche Armbändchen wohl? In seinen längst vergangenen

All-inclusive-Club-Urlauben mit Journalistenrabatt hatte er alles von Rot bis Regenbogenfarben gehabt.

»Grün«, riet er dann mit großer Zielsicherheit.

»Wir abben gar keine grüne Bändschen«, sagte der Kleinere triumphierend.

»Hören Sie«, rief Bäuerle, der allmählich die Nerven verlor. »Wir wollen zu Herrn Hummel! Hubertus. Und zu seiner Frau Elke und seiner Tochter Martina. Und zu Maximilian. Ich bin der Vater.«

»Sie sind der Vater von Errn Ubertus Ummel?«, wollte nun der Größere wissen.

»Es tute mir leid, aber de Campingplatz öffnet erst umme 7 Uhr 30. Sie müssen warte, wie alle andere hier. Dann Sie können Ihren Sohn besuchen.«

»Hubertus ist mein Freund«, erklärte Bäuerle verzweifelt. »Maximilian ist mein Sohn. Und Martina meine...«

»Das ist doch ein RIESENMIST!«, drehte nun der übermüdete Riesle mittelschwer durch. »Jetzt passen Sie mal auf: Hier ist mein Presseausweis. Sie haben kein Recht, meine Recherche zu behindern!«, schrie er.

Der Kleinere schaute sich die Karte sehr gut an und sagte dann nur: »Sie eißen ja gar nischt Ummel, sondern Ries... Riesel.«

Drei Minuten später saßen Riesle und Bäuerle wieder in ihrem Kadett. Immerhin hatten die Wachmänner ihre Drohung, die Polizei zu rufen, nicht wahr gemacht.

»Noch knapp drei Stunden«, sagte Bäuerle matt. »Lass uns pennen.«

Er kippte die Lehne weiter nach hinten, fuhr aber sofort wieder nach oben, als er hörte, wie Riesle den Motor startete und versuchte, aus der Reihe auszuscheren, die hinter ihnen inzwischen durch zwei weitere Autos verstärkt worden war.

»Diese Idioten!«, fluchte Riesle – und erst beim nächsten

Satz war seinem Beifahrer klar, dass er nicht die anderen Autofahrer, sondern die Securitys meinte. »Die sind ja korrekter als die Deutschen. Von wegen lockere Südländer!«

»Und was machen wir jetzt?«, fragte Bäuerle, der die unberechenbaren Launen des Freundes fürchtete.

»Was ganz anderes!«, kündigte der an und brauste mit Vollgas davon, sodass der Kies nur so aufspritzte.

30. Frühstück in der Bar

Hummel verfluchte sich. Da hatte er nun einmal tief geschlafen – außer aufgrund seines Schlafdefizits sicher auch wegen der sieben Gläser Rotwein vom Vorabend –, und dann klingelte zum ersten Mal in diesem Urlaub der Wecker.

Warum mussten sich Winterhalter und er denn schon um 7 Uhr 30 zu einer Frühbesprechung in der Bar neben der Rezeption treffen?

Die Antwort war ebenso einfach wie vielfältig: Weil Winterhalter passionierter Frühaufsteher war. Und: Weil möglicherweise »Gefahr im Verzug« war, wie der immer mehr in den Fall verbissene Kommissar gemutmaßt hatte. Außerdem: Weil Winterhalter nachher mit seiner Frau auf den Markt nach Treporti fahren musste. Weil um diese Uhrzeit weder Hilde noch Elke, Martina oder Maximilian wach waren, und weil man demnach ungestört war.

Hubertus schlurfte also in T-Shirt und Turnhose recht lustlos durch die noch kaum bevölkerten Campingplatzstraßen, traf aber immerhin wieder – »Mooorgen« – drei Schwenninger Männer um die vierzig, die in Richtung der sanitären Anlagen unterwegs waren. Das Trio, so hatte er in einem weiteren ihm aufgezwungenen Gespräch erfahren, war in einem gemeinsamen kleinen Zelt hier.

Abgesehen davon, dass er ohnehin nie wieder campen würde, erschien es Hummel schwerst inakzeptabel, dies in einem Zelt statt in einem Wohnwagen zu tun. Und die Duschen waren hier zwar einigermaßen sauber – aber wie konnte man denn so verrückt sein, sie ohne Badeschlappen zu betreten, wie die drei es offensichtlich vorhatten? Das war schließlich, als versende man vergoldete Einladungskarten an sämtliche Fußpilze der Region.

Gut, wäre er noch Schüler oder Student, würde er das wahrscheinlich auch alles pragmatischer sehen. Wie die zwei verlodderten jungen Kerle, die ihm nun entgegenkamen. So, wie sie schwankten, waren sie wahrscheinlich noch betrunken vom Vorabend.

»Ach ne! Hallo, Herr Hummel!«

Hubertus traute seinen Ohren nicht. Und wenig später verließ ihn auch das Vertrauen in seine Augen.

»Ne, echt, der Hummel. Oje … mir is' schlecht. Ich kotz' gleich!«

Im Gegensatz zur Lufttemperatur, die schon wieder bei weit über zwanzig Grad lag, sank die der Hummel'schen Laune endgültig unter null. Daniel und Dominik, elfte Klasse – und das auch im nächsten Schuljahr, denn die beiden hatte er jüngst durchfallen lassen. Durchfallen lassen müssen.

»Was … was macht ihr denn hier?«, stammelte Hummel.

»Ja, was wohl? Erholung von der Schule – Urlaub halt«, gab Daniel zurück, der eine Badehose und ein schwarzes T-Shirt mit dem Aufdruck einer Death-Metal-Gruppe anhatte.

»Und saufen«, fügte Dominik hinzu, der seinen muskulösen Oberkörper zur Schau stellte.

Hummel überlegte pikiert, wie er wohl reagiert hätte, wenn er als Siebzehnjähriger seinen Lehrer auf einem Zeltplatz getroffen hätte. Ziemlich sicher höflicher als diese beiden hier. Andererseits hatte er auch keinem seiner Lehrer eine schulische Ehrenrunde zu verdanken.

»Und Sie?«, fragte nun Daniel wieder.

»Ich?«, fragte Hummel und blickte sich verstohlen um.

»Ja, Sie«, entgegnete Dominik ruppig. Offenbar waren beide nicht gewillt, durch übertriebene Freundlichkeit schon einmal gut Wetter für ein eventuelles Wiedersehen im Klassenzimmer zu machen. »Und noch mal danke für das Zusatzjahr an dem Scheiß-Gymi!«

»Dasselbe«, antwortete Hummel möglichst gelassen.

»Dasselbe wie wir?«, lachten sie dämlich. »Urlaub und saufen? Hä, hä!«

»Ich muss weiter«, murmelte Hubertus, wünschte noch einen »schönen Aufenthalt« und beeilte sich, dass er Richtung Bar kam.

»Wir sehen uns«, meinte Dominik halblaut, und Hubertus fand, dass es wie eine Drohung klang.

Er beschleunigte seine Schritte. Die beiden Schüler blieben zurück und riefen ein weiteres Dankeschön für ihre Noten hinterher.

Vielleicht sollte er mal mit ihren Eltern reden. Falls die überhaupt auf dem Zeltplatz waren. Welcher Siebzehnjährige fuhr heute noch mit seinen Eltern in den Urlaub? Teilweise praktizierten das ja nicht einmal die Ehepartner miteinander, wie er an seiner eigenen Tochter sah.

7 Uhr 30. Gerade öffnete sich quietschend die große Schranke, und das erste wartende Auto rollte auf den Campingplatz.

»Fascht pünktlich«, kommentierte Winterhalter gnädig, als Hummel sich in der Bar niederließ, um schon ziemlich erschöpft einen »Espresso doppio« zu bestellen. An die italienische Barkultur könnte sich Hubertus gewöhnen. Morgens erst mal auf eine Zeitung, einen Schwatz sowie eine gute Tasse starken Kaffee in die Bar. Und natürlich auf eines dieser Tramezzini, die mit allerlei Zutaten und Mayonnaise bestrichenen Sandwiches. Wobei die seine Figur vermutlich vollends ruinieren würden.

Nach dem ersten Schluck berichtete Hummel von der nächtlichen Vernehmung Marcos und musste sich nicht einmal große

Mühe geben, seine Stimme zu senken. Sie waren die einzigen Deutschen zu dieser frühen Stunde und hatten sich in die hinterste Ecke verzogen.

»Also«, meinte Winterhalter dann, »der Marco sagt, die Anzeige am Pool sei defekt g'wese?«

Hummel nickte.

»Interessant. Ich hab zwei andere Bedienschtete g'fragt, und die waret sich sicher, dass sie in Ordnung war.«

»Die wollen eben keinen Ärger mit ihrem Chef und vertuschen das«, erläuterte Hummel.

»Ich hab aber auch noch geschtern Abend mit Nachbarn von mir g'sproche, die immer am Pool rumhänge«, wandte Winterhalter ein. »Eine Familie mit drei kleine Kinder.«

»Und?«

»Und die sind schon zehn Tag da und schwöre Stein und Bein, dass die Anzeige in der Zeit immer in Ordnung war – sowohl vom Datum als auch von de Uhrzeit her. Die brauche die nämlich, weil sie anhand der Anzeige immer ihre Ablösung organisieren, wer jetzt g'rad auf die Kinder aufpasst. Einmol der Vater, einmol die Mutter.«

»Aber die werden doch nicht das Datum …«, wollte Hummel widersprechen, doch Winterhalter, der seinen zweiten Cappuccino bestellte, ließ sich davon nicht beirren.

»Jetzt komme wir zum Schlüssel für den Bungalow von de Dote: Also, de Herr Di Salvo hat Zugriff, und wer noch?«

»Wenn er es darauf anlegt, vermutlich jeder Bedienstete, schätze ich«, meinte Hummel.

»Gut«, nickte Winterhalter. »Wer aber konkret?«

Hummel kapierte nicht so recht, worauf der Kommissar hinauswollte, und zuckte mit den Schultern.

»Wer isch definitiv schon einmal an den Schlüssel gekomme?«

Bei Hummel wollte der Groschen noch immer nicht fallen. »Marco?«, fragte er dann.

»Exakt«, bestätigte Winterhalter zufrieden. »Und genau den sollte mir im Auge behalte. Am beschte heute schon. Am beschte sogar bald. Die Ausrede mit der Poolanzeige isch verdächtig.«

Hubertus stimmte nach einigem Nachdenken und der Bestellung eines weiteren Cappuccino inklusive Thunfischtramezzino zu. »Meine Frau will heute allerdings mit unseren Wohnwagennachbarn nach Venedig. Und ich fürchte, da muss ich mit. Können Sie ihn beschatten?«

»Prinzipiell gerne«, sagte Winterhalter. »Aber ich muss gleich nachher mit meiner Frau auf diesen bekannte Markt da nach Treporti.«

Hummel überlegte, ob er sich einfach unter irgendeinem Vorwand vor Venedig drücken sollte. Die Aussicht, dass Elke und Constanze sich dann in aller Ruhe über ihre Beziehungen austauschen konnten, missfiel ihm aber.

»Vielleicht könnt Ihre Tochter jo den Marco im Auge behalte?«, schlug nun Winterhalter vor. »Die kann doch sehr gut mit ihm. Nit umsonscht hat sie ja jetzt sogar seinen Name als Kennwort vom iPad!«

Hummel ließ beinahe die Tasse fallen. »Was hat sie?«

Die Tatsache, dass Winterhalter ganz im Gegensatz zu ihm selbst offenbar einen konstanten Zugang zu Martinas Passwörtern hatte, empörte ihn zusätzlich.

»Des neue Passwort vom iPad ...«

»Marco?«

»Marco.«

Hummel grummelte noch, als Hilde Winterhalter schon angelaufen kam, um ihren Mann an Ort und Stelle abzuführen.

»Jetzt schon?«, fragte der.

»Natürlich jetzt. Sonst gibt's nix G'scheit's mehr dort«, erläuterte sie.

Winterhalter erhob sich schnaufend. »Machet Sie's also?«, fragte er möglichst unverdächtig.

Hummel nickte grimmig. Er würde Marco beschatten – und wie!

»Um was geht's denn?«, fragte Hilde. Hubertus bildete sich ein, dass sie gerade nicht so gut auf ihn zu sprechen war. Vermutlich lag es daran, dass er – zumindest offiziell – die Bilder von der Toten am Strand gemacht hatte, die die harmonische Urlaubsanordnung auf Winterhalters Fotoapparat zerstörten. Der Kommissar hatte Hummel darum gebeten, das im Notfall auf seine Kappe zu nehmen.

»Ich erklär's dir auf dem Weg«, meinte Winterhalter zu seiner Frau und musste sich nun schon wieder eine neue Ausrede einfallen lassen.

»Also, Ade dann, Herr Hummel.«

»Ade«, sagte Frau Winterhalter kurz angebunden.

Hummel blieb gedankenverloren noch auf einen Espresso sitzen und bestellte sich ein weiteres Sandwich.

Auf dem Rückweg schaute er am Pool vorbei, doch der war noch geschlossen.

Plötzlich fühlte er etwas Nasses, Kaltes. Erst im Rücken, dann sogar an seinen spärlichen Haaren. Erst nach einigen Sekunden war ihm klar: Da beschoss ihn jemand mit einer Wasserspritzpistole!

Hummel sah sich nicht um und lief eiligen Schrittes, doch möglichst würdevoll davon. Im Augenwinkel entdeckte er ein Death-Metal-T-Shirt.

31. Kadavergehorsam

Klaus hatte sich im Internet schon vor ihrer Abfahrt die Adresse des Bestatters besorgt. Jesolo war ein Ferienort mit siebzehn Kilometer langem Strand. Zu den gut zwanzigtausend Einwohnern gesellten sich im Sommer noch mal etliche Tausend Touristen. Ohne Adresse und Navigationssystem hätte er den Bestatter in dem lang gezogenen Ferienstädtchen wohl niemals gefunden. Es war acht Uhr. Lediglich ein paar mürrisch dreinblickende Einheimische waren unterwegs.

»Klaus, wir haben noch nicht mal gefrühstückt, und du willst dir auf nüchternen Magen jetzt wirklich die Leiche ...?«, fragte Didi zögerlich. Gerade mal gut zwei Stunden hatten sie im Auto in irgendeiner Seitenstraße gepennt. Er fühlte sich hundeelend. »Und überhaupt: Um diese Uhrzeit wird der Bestatter wohl noch nicht arbeiten.«

»Von wegen«, triumphierte Klaus und zeigte auf den Leichenwagen, aus dem zwei schwarz gekleidete Männer gerade einen Sarg zogen. »Der Sensenmann richtet sich nicht nach Arbeitszeiten, der schlägt manchmal ganz unvermittelt zu.«

»Und was hast du jetzt vor?«, fragte Didi mit einer Spur Beunruhigung in der Stimme.

»Was haben *wir* vor, müsste die Frage lauten«, grinste Klaus, bei dem das Jagdfieber die Müdigkeit besiegt hatte. »Wir gehen jetzt rein, reden mit den Typen und schauen uns die Leiche mal etwas genauer an.«

Wie Riesle das schaffen wollte, verriet er Bäuerle noch nicht; nur, dass er unbedingt mit hineinmüsse. »Mach dir keine Sorgen, Didi, ich habe alles organisiert.«

Was Klaus sonst noch mit der Leiche vorhatte, verschwieg er Bäuerle ebenso. Der würde sich sonst glatt weigern …

»Warum muss ich denn überhaupt mit rein? Ich könnte doch derweil hier im Auto ein Nickerchen …«, sagte Bäuerle nun schon leicht verzweifelt.

»Didi, wir sind doch vom Bestattungsunternehmen Kunzmann. Und Bestatter sind nun mal zu zweit. Der Bandle in Villingen schleppt seine Leichen ebenfalls nicht alleine. Da kann ich doch nicht ohne Kompagnon auftauchen. Also komm schon! Ich hab dich runter nach Italien gefahren, jetzt tu mir den Gefallen und geh wenigstens mit rein. Du musst ja gar nichts sagen!«

Didi erhob sich schnaufend.

Da Bestatter Rossi offenbar nur bedingt mit deutschen Touristen zu tun hatte – und wenn, dann vermutlich eher mit verblichenen –, hielt sich sein entsprechender Wortschatz deutlich in Grenzen.

Klaus ignorierte das allerdings stoisch. »Guten Morgen«, begrüßte er die Männer in Schwarz, die den Sarg gerade im Vorraum abgestellt hatten, um die Heckklappe des Leichenwagens zu schließen.

»Buongiorno«, brummelten beide.

»Desidera?«, fragte der Jüngere.

»Wir sind vom Bestattungsunternehmen Kunzmann in Villingen-Schwenningen, Deutschland, und sollen im Auftrag der Angehörigen die Leiche von Elena Ridescu abholen. Überführung nach Deutschland«, sagte Riesle und zückte seine gefälschte Visitenkarte, die er, wie er selbst fand, durchaus kreativ vor der Abreise am Villinger Bahnhofsautomaten gestaltet hatte. Das entrückt lächelnde Engelchen auf einer rosa Wolke war ihm dabei als besonders passend erschienen.

Den Italienern mit ihrem Hang zu Kitsch müsste so etwas gefallen.

Doch die Mienen der beiden Bestatter hellten sich keineswegs auf. Sie musterten abwechselnd die Visitenkarte, dann wieder die beiden komischen Figuren. Der eine in einem ranzigen T-Shirt und mit schlabbrigen Bermudashorts, der andere in Jeanshose und mit Jeansjacke. Wie Bestatter sahen sie nicht gerade aus. Doch vielleicht liefen die ja in Deutschland so herum. Stil hatten die »crucchi« bekanntlich ohnehin nicht.

Die italienischen Bestatter blieben weiter wortkarg, wenn auch jetzt immerhin auf Deutsch: »Leiche deutsche? Du abolen?«, fragte der Ältere der beiden. Das musste wohl Herr Rossi sein, der Chef des Bestattungsinstituts, der von dem Vorhaben keineswegs angetan war.

»Sisisi«, nickte Riesle begeistert. »Wir abholen Leiche von Deutsche. Wo finden?« Klaus probierte es nun im plumpsten Ausländerdeutsch.

»Ma il cadavere è previsto per il crematorio domani. Il trasporto per la Germania è previsto dopo.« Riesle verstand kein Wort, doch es sah aus, als wäre der Bestatter keineswegs mit ihren Plänen einverstanden. »Ce l'ha detto il dottore e il direttore del Camping.«

Riesle schwirrte der Kopf. Er versuchte, sich die Wortfetzen sinnhaft zusammenzusetzen. Kadaver und Krematorium bekam er noch zusammen. Transport Deutschland auch. Aber wie passte das alles zusammen?

Bäuerle, der früher mehrfach mit der Kirchengemeinde in Savona, der ligurischen Partnerstadt Villingen-Schwenningens, gewesen war, schien dafür einen hellen Moment zu haben. »Wenn ich's recht kapiert habe, wollen die die Leiche erst nach der Verbrennung für den Transport nach Deutschland rausrücken, Klaus. Und ich glaube, die Anweisung kommt vom Arzt und vom Campingplatz.«

»Wusste ich doch, dass ich dich gebrauchen kann«, klopfte Riesle seinem Ko-Bestatter auf die Schulter. »Du kannst tatsächlich Italienisch? Dann sag ihm doch bitte, dass wir die Leiche jetzt sehen möchten.«

Doch Bäuerle musste passen. »Verstehen geht noch einigermaßen, aber sprechen nicht. Schon gar nicht ohne Schlaf.«

»Wir Kadavere gucken«, probierte Riesle es selbst – unterstützt von Zeichensprache. Er richtete Zeige- und Mittelfinger auf die Augen und schob dann ein »Lookie, lookie« hinterher.

Die beiden echten Bestatter schauten sich mürrisch an und tuschelten etwas. Dann sagte der Ältere: »Va bene. Andiamo.«

»Andiamo, andiamo«, versuchte Riesle die Gesprächsatmosphäre etwas aufzulockern. Doch die Italiener schüttelten nur den Kopf.

Sie gingen in einen größeren Raum, in dem offenbar die Kühlzellen aufgereiht waren. Das Ganze wirkte wie ein großer Kühlschrank mit kleinen Türchen.

»Ich geh dann mal an die frische Luft. Ruf mich, wenn du fertig bist, Klaus.« Bäuerle wurde es unheimlich.

»Hiergeblieben«, befahl Riesle nun seinem angeblichen Angestellten. »Was macht das sonst für einen Eindruck auf die!«

Der jüngere Italiener öffnete eine der Kühlboxen und zog die mit einem weißen Tuch abgedeckte Leiche heraus.

Der ältere schaute auf den am Zeh angebrachten Zettel. »Elena ... Ridescu?«

»Si, si«, bestätigte Klaus. »Ridescu.«

»Vuole vedere?«, fragte Rossi.

Riesle zog die Schultern hoch. Auch Bäuerle konnte diesmal nicht helfen.

»Lookie, lookie cadavere?«, fragte er und grinste feist.

»Si, si.« Riesle war erleichtert.

»No, no«, beeilte Bäuerle sich zu sagen.

Doch Didi war zu langsam, die Leiche bereits abgedeckt. Sie war kein schöner Anblick, hatte eine gelbliche Haut. Und selbst dem Laien Riesle fiel auf, dass die Frau von Leichenflecken übersät war.

»Hilfe!«, sagte Bäuerle spontan, was die beiden Italiener aber zum Glück nicht recht deuten konnten.

Riesle versetzte ihm einen Hieb in die Seite.

»Du mutest mir ganz schön was zu, Klaus! Was hab ich bitte mit der Leiche zu tun?«, jammerte Didi.

»Mehr, als du denkst«, sagte Klaus vielsagend, ohne weiter darauf einzugehen.

»Allora«, setzte nun Rossi an. »Lei vuole trasportare la signora morta per la Germania. Ha un permesso?«

»Puh! Was hat er gesagt?«, fragte Didi.

Klaus hatte eine Idee. »Momento«, sagte er und fragte nach einem »telefono?«. Sie gingen in ein Nebenzimmer. Riesle sparte sich die Frage, ob er nach Deutschland telefonieren dürfe, und setzte auf die bewährte Überrumpelungstaktik. Er wählte die Handynummer von Giorgio, seinem Stamm-Italiener. Oder besser gesagt die von Arbin, seinem – wie er mittlerweile wusste – Stamm-Albaner. Dessen Italienisch war zwar bekanntlich nicht das Gelbe vom Ei, aber wenn Riesle blutiger Anfänger und Bäuerle etwas mehr als das war, konnte man Arbin als Fortgeschrittenen unter den Amateuren bezeichnen. Für jemanden, der sich als Italiener ausgab, war das zwar erbärmlich, aber in diesem Fall mochte er dennoch von Nutzen sein.

»Ciao, Giorgio!« Riesle war erleichtert, als er nach dem achten Klingeln endlich ranging.

»Ja, ich weiß, wie viel Uhr wir jetzt haben. Tut mir leid, dass ich dich geweckt habe«, musste der Journalist erst mal beschwichtigen. »Aber es ist wirklich wichtig. Lebenswichtig, hörst du? Ich brauche deine Übersetzerdienste. Wir sind beim Bestatter in Italien und wollen eine Leiche mitnehmen. Frag ihn, was er von uns will.«

»Klaus, wir wollen die Leiche doch gar nicht mitnehmen!«, fiel Didi ihm ins Wort, wurde aber ignoriert. Ebenso Arbin alias Giorgio, der erst mal wissen wollte, ob Riesle noch alle Tassen im Schrank habe. Doch der drückte Herrn Rossi den

Hörer in die Hand. Sein jüngerer Kollege setzte sich an einen Schreibtisch und begann, Papierkram zu erledigen.

Dann hielt der Bestatter Riesle den Hörer wieder hin.

»Wenn ich ihn recht verstanden habe, möchte er von euch irgendeine Genehmigung sehen, die euch berechtigt, die Leiche nach Deutschland zu überführen. Außerdem wohl was von der Familie der Toten«, berichtete Arbin.

»Frag ihn, welche Behörde er meint. Sag ihm doch, dass wir die Genehmigung umgehend zufaxen lassen. Und plauder ein bisschen mit ihm über seine Arbeit«, instruierte Riesle und ignorierte erneut die Zwischenfrage von Arbin, ob er eigentlich komplett verrückt geworden sei und was zum Geier er mit einer Leiche vorhatte.

Riesle hielt Rossi den Hörer unbeeindruckt wieder hin.

Dann schob er Bäuerle unauffällig in den Nebenraum, während der Bestatter tatsächlich von Arbin in ein längeres Gespräch verwickelt wurde – hauptsächlich deshalb, weil dessen Italienisch so mies war.

Der andere schien weiter am Schreibtisch beschäftigt zu sein.

Irgendwie entwickelte sich das Telefonat nicht nach Plan, wenn Riesle die Stimme des Bestatters richtig deutete. Er würde ihnen die Herausgabe der Leiche vermutlich verweigern – oder?

Dann ging alles blitzschnell.

»Los, pack an!«, flüsterte Riesle. »Nimm du die Füße!«

Bäuerle war so baff, dass er nicht zum Widerspruch imstande war.

Mit dem weißen Bündel unter den Armen huschten sie durch die Gänge und standen kurz darauf vor Riesles Kadett …

32. Überraschungsbesuch

»Du wirst sehen«, sagte Constanze, »Venedig ist einfach immer wieder zauberhaft. Wann warst du denn das letzte Mal da?«

Elke überlegte, bohrte ihren rechten großen Zeh tief in den Sand und blickte auf das weite Meer.

Hubertus zählte vier Kreuzfahrtschiffe – und das morgens um halb neun.

»Das ist mehr als zwanzig Jahre her«, sagte Elke dann und rieb sich Sandkörner von ihren Batikshorts, die sie vor einigen Jahren selbst gefärbt hatte. »Hubertus ist mehr so der Typ, der Urlaub daheim im Schwarzwald machen will. Manchmal denke ich aber, dass da die Erweiterung des Horizonts auf der Strecke bleibt.«

Hummel verdrehte die müden Augen. Dietmar und seine Frau waren offenbar schon mittendrin in den »guten Gesprächen«, die Privates selbstverständlich nicht ausklammerten.

Er war nach dem Barbesuch mit Winterhalter nur auf diesen morgendlichen Strandspaziergang mitgekommen, weil er wissen wollte, was sie über ihn redeten. Oder um zu verhindern, dass sie es überhaupt taten. Und weil er sich nachher absetzen würde, um Marco zu beschatten. Sollten die anderen ruhig ihren Venedigausflug durchziehen, er war raus.

»Dietmar war früher beruflich überall in Europa unterwegs«, berichtete Constanze, die spätestens durch die Meditation ein inniges Vertrauen zu Elke gewonnen hatte. »Das war aber vor meiner Zeit. Jetzt sind wir regelmäßig hier – und in Venedig kennt er sich aus wie kein Zweiter.«

Auch Constanze nahm nun das Meer in den Blick. »Ist es bei euch auch so schwierig, Familie und Beruf unter einen Hut zu bekommen und dabei genug Zeit für sich zu haben? Dietmar ist wirklich fleißig, und dafür bewundere ich ihn. Aber manchmal wünschte ich, er könnte zumindest im Urlaub komplett entspannen. Er hat mir aber versprochen, dass es jetzt besser werden soll.«

Hubertus überlegte sich, dass das wohl auch in seinem Sinne wäre – keine Angst mehr vor Versicherungsgesprächen.

»Also bei uns…«, begann er, doch Elke redete einfach. Er störte hier ganz offensichtlich, fühlte sich eher wie ein hinterherkeuchender Hund statt wie ein vollwertiger Teilnehmer dieses Spaziergangs.

»Wir sind ja Lehrer«, erklärte Elke und monologisierte über die psychosozialen Auswirkungen, über die gestiegenen Anforderungen, über die »armen Schüler« und deren Stress – hier schnaufte Hubertus vernehmlich – und dann auch darüber, dass es ihrem Mann etwas an beruflichem Ehrgeiz fehle, was sie prinzipiell sogar gut fände. Allerdings nur dann, wenn er sich stattdessen »spirituell oder sozial engagieren« würde. Dies sei allerdings nicht der Fall.

Hummel blieb entmutigt zurück und dachte wieder über den Fall nach. Was wusste Marco? Lohnte es sich wirklich, ihn zu observieren?

Es lohnte sich jedenfalls definitiv mehr, als mit Dietmar und diesen beiden Psychosozialtanten durch Venedig zu gondeln, so interessant die Stadt zweifelsohne auch war.

Als er zehn Minuten später zu den beiden aufschloss – Elke hatte vertrauensvoll den Arm um Constanze gelegt –, ging es tatsächlich um viel zu intime Dinge, darunter die Frage, ob die Ehepartner zu Hause noch in einem Bett schliefen. Elke setzte gerade an, dass das nicht der Fall sei, denn einerseits schnarche Hubertus sehr, aber das sei nicht der einzige Grund. Denn …

»Was macht Dietmar denn im Versicherungsgewerbe genau?«, fragte Hubertus so laut, dass man ihn nicht mehr ignorieren konnte.

Constanze stellte augenblicklich – schon genauso milde lächelnd wie Elke – vom Gute-Freundinnen-Gespräch um und erklärte: »Er ist bei der Vici. Du weißt schon, die große Agentur. Vor allem Lebensversicherungen. Und da ist er einer der Vertriebsleiter in der mittleren Führungsebene.« Seit einiger Zeit sei er glücklicherweise fest in Freiburg tätig und müsse nur noch selten auf Dienstreise.

»Oh«, machte Elke. »Lebensversicherung – das ist auch ein wichtiges Thema. Da sollte ich vielleicht auch mal mit ihm sprechen.«

»Er würde sich freuen«, ermutigte Constanze sie. »Und solange er Freunde berät, habe ich auch kein Problem damit, wenn er im Urlaub arbeitet.«

Hubertus geriet in mittlere Panik. Elke würde es fertigbringen, sich sämtlichen unnützen Quatsch andrehen lassen. Möglicherweise müsste doch er mit Dietmar verhandeln, ehe Elke es tat …

»Ihr wohnt in Furtwangen, da braucht man nach Freiburg aber schon fast eine Dreiviertelstunde, oder?«, erkundigte sich Hubertus nun, um weiter zu verhindern, dass über seine und Elkes Intimitäten geredet wurde. Und um zu verhindern, dass Constanze gleich einen Beratungstermin vereinbarte.

»Dietmar schafft es in fünfunddreißig Minuten«, antwortete Constanze. »Ich sage ja immer, du musst doch nicht so rasen. Entschleunige dich. Aber so sind halt die Männer, oder?«

Elke nickte, Hubertus nicht. »Stimmt, Dietmar wird ja ohne Wohnwagen ins Büro fahren«, redete er weiter. »Schöner Wagen übrigens. Kann man den mal von innen sehen?«

Nicht, dass er wirklich Interesse gehabt hätte …

»Ich spreche gerne mal mit Dietmar«, sagte Constanze. Um dann wieder auf das große Ganze zu kommen: »Ist das bei euch auch so? Männer brauchen ihren Rückzugsraum, den sie dann verteidigen.«

»Also bei uns …«, setzte Elke an und Hubertus gab es auf. Zum Glück waren sie weg vom Versicherungsthema und gleich wieder beim Campingplatz.

Er würde noch eine Zeit lang so tun, als nähme er an der Venedigtour teil, und sich dann in letzter Minute eine Ausrede einfallen lassen.

Schon von Weitem sah er, dass etwas nicht stimmte. Erst fiel ihm auf, dass zu viele Menschen rund um ihren Stellplatz standen, und sofort machte sich die Panik des Großvaters breit. Maximilian war ja mit Martina am Wohnwagen geblieben – wenn da nur nichts passiert war!

Dann sah Hubertus, dass es nicht nur mehr Menschen waren, es war auch ein weiteres Auto. Und ein weiteres Zelt – auf SEINEM Stellplatz. Ein grün-oranges, offenbar so ein neueres, sich selbst aufbauendes Zweimannzelt. Direkt vor SEINEM Wohnwagen.

Und jetzt erkannte er auch das Auto.

»Halloo!«, rief sein Freund Klaus Riesle bemüht locker, ohne damit die bereits offensichtlich vorhandene Anspannung überbrücken zu können.

Diese war sicher auch dem Ehepaar Didi/Martina geschuldet, dem man ansah, dass etwas nicht stimmte. Didi hatte Maximilian auf dem Arm, aber es wirkte fast schon so, als hole da der Vater sein Scheidungskind auf ein gemeinsames Wochenende ab.

»Was macht ihr denn da?«, fragte Hummel einen Tick zu aggressiv, und Riesles Tonfall passte sich an.

»Urlaub«, entgegnete er frostig.

»Auf meinem Platz?«

Klaus war kurz davor, Hubertus so laut zu beschimpfen, dass der omnipräsente Wachdienst dieses Spießerzeltplatzes bestimmt innerhalb von Sekunden angelaufen käme – um sie am besten beide in hohem Bogen hinauszukatapultieren.

Doch er zwang sich, vorerst ruhig zu bleiben. Er hatte einen Auftrag…

»Wo ist denn dein Kompagnon Winterhalter?«, fragte er stattdessen patzig.

»Auf dem Markt«, gab Hummel im gleichen Tonfall zurück.

Als dann auch Elke und Constanze eintrafen, die ein gutes Stück hinter Hummel zurückgeblieben waren, und die Besucher in angemessenerem Tonfall begrüßten, mischte sich eine weitere Person ein.

»Oppa Hubertus' Freunde sind auch meine«, erklärte Harald und hatte schon gekühlte Bierdosen in den Händen.

»Ich weiß gar nicht, ob Hubertus und ich überhaupt noch Freunde…«, setzte Riesle an, bekam aber gewissermaßen das Bier in den Mund geschoben.

Bier vor neun Uhr morgens? Das hatte Hubertus allenfalls ein-, zweimal in seinem früheren Leben als Student gemacht.

Immerhin hatte der Wahnsinn den Vorteil, dass Klaus sich wieder ein wenig beruhigte.

»Wir machen heute einen Ausflug nach Venedig«, sagte Hummel. »Kommt doch mit!«

»Eigentlich gern«, warf Harald ein, »aber die Mathylde, der Gordon Harald und ich wollen…«

Was sie vorhatten, erfuhr Hubertus nie, aber es interessierte ihn auch gar nicht, denn Harald war selbstverständlich nicht gemeint gewesen.

»Ja«, nickte Bäuerle. »Ich komme mit. Oder, Martina?«

»Didi …«, sagte sie. »Eure Ankunft war so … überraschend. Ich muss mir erst über meine Gefühle klar werden. Lass mich heute einen Tag für mich allein sein. Ein langer Strandspaziergang wird mir guttun.«

Didis Miene verfinsterte sich entschieden. Ohnehin wirkte er reichlich nervös und zerzaust. »Ich will auf jeden Fall von hier weg«, sagte er mit einem schnellen Seitenblick auf den Kofferraum von Riesles Kadett. »Maxi darf ja wohl aber mit mir nach Venedig, oder?«

Martina nickte und zog Didi dann weg. Sie schien dringend noch ein Vier-Augen-Gespräch mit ihm führen zu wollen.

Kurz darauf komplettierte Dietmar die Runde – allgemeine Vorstellung, nicken, lächeln.

»Kommst du mit auf den Ausflug?«, wandte sich Hubertus an Riesle.

Der gähnte demonstrativ. »Ich bin völlig kaputt von der Nachtfahrt. Muss mich erst mal ausruhen.« Dann überlegte er kurz. »Könnte ich das vielleicht bei euch im Wohnwagen machen?«

Elke hatte wie immer keine Probleme, aber Hummel war es unangenehm.

»Du hast doch ein Zelt«, wandte er ein.

»Da ist doch noch gar nichts drin«, suchte Riesle nach einer Ausrede. »Ich brauche ein richtiges Bett. Außerdem ist es in dem Zelt so heiß.«

»Ha!«, machte Hummel. »Und im Wohnwagen? Da ist eine Mörderhitze!«

Riesle zuckte zusammen.

»Männer und ihr Rückzugsraum …«, wandte sich Elke nickend an die teilnahmslos dastehende Constanze. »Nun gib Klaus schon den Ersatzschlüssel, Huby. Wir müssen bald los.«

Hubertus gehorchte widerstrebend.

Riesle hatte aber noch eine weitere Bitte: »Habt ihr Eis?«

»Eis?«, fragte Hummel fassungslos. »Erst Bier, dann Eis? Willst du dir den Magen endgültig ruinieren?«

»Kein Speiseeis«, beschwichtigte der Journalist ihn. »Eis zum Kühlen!«

»Was hast du denn? Fieber?«, wollte Hummel wissen.

Riesle blieb die Antwort schuldig. Stattdessen ging er ein paar Schritte auf Harald zu, der mit seiner Familie schon wieder vor der Glotze saß. »Das Bier hatte eine Spitzentemperatur, vielen Dank! Wie kühlst du das denn?«

33. Venezia

Hubertus bestellte sich noch eines dieser köstlichen Tramezzini und einen weiteren Cappuccino. Sie warteten in der Bar neben der Anlegestelle Treporti auf das Vaporetto, eine Art Wasserbus, und frönten dem italienischen Brauch der merendina, einem zweiten Frühstück.

Hubertus liebte das zweite Frühstück, auch in der Schule im Schwarzwald, wusste allerdings, dass es nicht gerade im Sinne einer ernährungsbewussten Lebensweise war. Aber im Urlaub wollte er sich darüber nun wirklich keine Gedanken machen.

Das sah Harald, der sich samt Familie kurz vor der Abfahrt der Reisegruppe angeschlossen hatte (»Ihr habt doch nix dagegen, oder?«), wohl ganz ähnlich: »Ich nehm auch noch eines von den Dingern da. Ach, watt soll der Geiz: Machse drei, für die Mathylde und Gordon Harald auch noch eins. Und auch noch 'nen Cappu für mich«, rief er begeistert der Bedienung zu. »Ausflüge machen immer gleich so hungrich, nä, Oppa Hubertus?«

Dietmar schaute gequält. Ihm schien die Gesellschaft von Harald ähnlich lästig wie Hubertus, der den Ruhrpottler aber ausnahmsweise begeistert in die Reisegruppe aufgenommen hatte (»Super, da trinken wir auch noch das eine oder andere Blonde in Venedig zusammen, nich wahr, Vatter Harald?«).

Schließlich wusste er ja, dass er sich kurzfristig absetzen würde, um Marco auf dem Campingplatz weiter zu observieren, und da kam ihm jede Ablenkung gelegen. Zudem war es ihm ganz recht, wenn Harald ihn bei seinen Plänen nicht auf dem Campingplatz störte. Die Gefahr, dass er sich einmischte, war zu groß, denn er steckte ja in so ziemlich alles seine Nase – ob es ihn etwas anging oder nicht. Noch dazu gefiel Hummel der Gedanke daran, dass der Ruhrpottcamper ein Störfeuer nach dem anderen auf die »guten Gespräche« zwischen Elke und Constanze abfeuern würde.

Zuerst hatte Hubertus noch überlegt, ob er sich krankmelden sollte, war jedoch zum Schluss gekommen, am besten erst mal so zu tun, als würde er die Fahrt mitmachen. Schließlich sollte auch Klaus keinen Verdacht schöpfen. Hätte Hummel sich krankgemeldet, wäre Elke außerdem vielleicht auf die Idee gekommen, bei ihm zu bleiben, um ihn mit alternativen Heilmethoden zu kurieren. Womöglich hätten auch Constanze und Elke gemeinsam mit, neben oder über ihm meditiert…

Also blieb nur, sich beizeiten unauffällig von der Gruppe zu entfernen. Unerlaubt sozusagen.

Hubertus hatte alles genau durchgeplant…

Er biss in das mit Thunfisch und Tomaten belegte, dick mit Mayonnaise bestrichene, dreieckig zugeschnittene Weißbrot und schaute auf die weite Lagune. Es hatte gerade einen kurzen Schauer gegeben. Den ersten, seit sie hier Urlaub machten. Abkühlung hatte er zwar nicht gebracht, aber dafür eine völlig klare Sicht auf die Lagune. Man sah sogar die Türme Venedigs und der benachbarten Inseln sowie in der Ferne das weite Panorama der italienischen Alpen.

»Ich glaube, da kommt unser Schiff«, bat Elke zum Aufbruch. Hubertus und Harald schlürften ihre Cappuccinos eilig herunter, dann bewegte sich die Reisegruppe über den Holzsteg auf die Mole, wo bereits zwei Dutzend Einheimische und Touristen auf das Boot nach Venedig warteten.

Hummel stellte seinen Rucksack auf eine der Sitzbänke, nahm seinen Enkel auf den Arm und zeigte auf das Vaporetto, das eine Art kleine Barkasse war.

»Venezia« stand auf der gelblichen Leuchtanzeige über dem Führerstand.

»Dat is ja mal 'ne Nussschale«, kommentierte Harald.

Beim Anlegen herrschte ein ziemlicher Trubel. Die Mole füllte sich weiter, und auch auf dem Schiff wartete bereits eine Menschentraube am Ausstieg. Hubertus war das ganz recht. Unter einigem Gedränge schaffte es die Gruppe auf das Boot. Dann setzte er seinen Plan in die Tat um: »O je, mein Rucksack! Ich habe ihn an der Anlegestelle vergessen«, sagte er plötzlich und versuchte einen authentisch entsetzten Gesichtsausdruck aufzusetzen. »Hier!« Er drückte Didi seinen Enkel auf den Arm.

»Aber Huby …«, setzte Elke noch an. Doch da war Hubertus schon davongeeilt. Er entwischte auch dem Fahrkartenkontrolleur, der nach seinem Arm, aber ins Leere griff. Hummel war in diesem Moment für sein Gewicht erstaunlich schnell und wendig. Und sogar sprungkräftig.

Gerade in der Sekunde, als das Vaporetto im Ablegen begriffen war, machte er einen Riesensatz und landete gerade noch mit den Fußballen auf der Anlegestelle. Dann drehte er sich um, winkte und rief:

»Macht euch keine Sorgen, ich komme mit einem der nächsten Boote nach! Wir sehen uns dann später!«

Harald redete noch auf den Fahrkartenkontrolleur ein, vermutlich, um ihn zur Umkehr zu bewegen. Aber hier hatte er nun wirklich keine Befugnisse.

Das Schiff gab volle Kraft voraus in Richtung Venedig.

Hubertus bekam den Anflug eines schlechten Gewissens. Nicht gegenüber Elke, auch nicht gegenüber den anderen, nur gegenüber seinem Enkel. Maximilian schrie herzergreifend und streckte seine Hände nach dem Opa aus.

Hummel war wirklich gerührt und zugleich etwas beunruhigt, dass Maxi sich im Arm seines Vaters offenbar nicht so wohlfühlte. Über diese Ehe würde auch noch zu sprechen sein – schlimmstenfalls sogar mit Elke …

Dann konzentrierte sich Hubertus wieder auf seine anstehende Aufgabe, »Observation Marco«, besorgte sich ein weiteres Tramezzino zur Stärkung – diesmal mit Schinken und Pilzen –, verabschiedete sich von dem hoch aufgeschossenen Barkeeper und fuhr mit dem Auto zurück zum Campingplatz.

34. Leichenschau

Puh, war das warm. Riesle schwitzte. Hubertus hatte nicht übertrieben: In diesem verdammten Wohnwagen war es tatsächlich noch heißer und stickiger als in dem Zweimannzelt, in dem Bäuerle und er von nun an schlafen sollten.

Die drückende Wärme sorgte dafür, dass Riesles Bewusstsein allmählich seltsame Wege ging. Er überlegte plötzlich, wie wichtig es doch sei, dass sich Bäuerle und Martina wieder miteinander versöhnten – und wenn er persönlich dafür sorgen musste.

Weniger wegen der beiden oder wegen Maximilian. Vielmehr bestand dann die realistische Chance, dass er alleine in dem Zelt übernachten konnte. Sollte der Hausmeister nur mal – wie es sich gehörte – in einem Bett mit seiner Frau schlafen.

Schweißtropfen rannen über seine Schläfen und tropften auf den Boden des Wohnwagens. Immer wieder schaute Riesle durch das Fenster nach draußen, ob dort nicht jemand etwas bemerkt hatte.

Nein. Alles ruhig.

Es musste gerade Mittagspause sein. Und auch die wurde in diesem Urlaubsknast peinlich genau überwacht – was wiederum den Nachteil hatte, dass vermutlich jemand vom Personal durch die Straßen des Zeltplatzes strich.

Bis auf die Strandgänger und die Ausflügler hatten sich aber wohl alle Urlauber zur Siesta zurückgezogen.

Na ja, zumindest diejenigen, die eine Klimaanlage in ihrem Wohnwagen hatten. Das sollte ja eigentlich im zweiten Jahrzehnt des einundzwanzigsten Jahrhunderts ein Mindeststandard sein – außer natürlich bei der Mühle, die Hummels erwischt hatten …

Das Wasser floss Klaus Riesle nun in Strömen von der Stirn. Sein T-Shirt war klatschnass und klebte an seiner Haut wie eine Wurstpelle. Er zog es sich vom Leib.

Dann nahm er vier Eiswürfel und rieb sie sich über das Gesicht sowie über seinen Oberkörper.

Das tat vielleicht gut!

Ein Hoch auf Harald und seine Riesenkühltruhe! Der hatte ihm nämlich nicht nur ein paar, sondern gleich eine Blechwanne voller Eiswürfel mitgegeben, in der er immer sein Bier kühlte. Dreißig Flaschen gingen da normalerweise sicher hinein … Kühlakkus sorgten dafür, dass das Eis langsamer schmolz.

Harald. Schien ein netter Kerl zu sein. Außerdem hatte sein Wohnwagen definitiv eine Klimaanlage. Schade, dass er nicht ihn um den Schlüssel dafür angehauen hatte.

Nun lag die Eiswanne also neben dem Bett, in dem sonst wohl Martina schlief, und tat Riesle gute Dienste. Immer wieder nahm er sich einen Würfel und fuhr damit über das Gesicht. Sein Gehirn machte allerdings weiterhin ungewöhnliche Sprünge und überlegte nun, wann sein Besitzer eigentlich zum letzten Mal neben einer Frau im Bett gelegen hatte.

Riesle überlegte, schwitzte, fuhr sich mit einem weiteren Eiswürfel über den Schädel. Und plötzlich hatte er einen neuen, glasklaren Gedanken – den vermutlich treffendsten seit Langem: Klaus, du musst verrückt sein, das hier zu machen!

Er schaute sich dann in der vermutlich von Elke fein säuberlich aufgeräumten rollenden Behausung um. Und dann, für einen kurzen Moment, grauste ihm vor sich selbst.

Der Journalist überbrückte diesen ungewöhnlichen Gedanken mit einem Griff in die Wanne. Er öffnete eines der Biere, die ihm Harald mit dem Eis aufgenötigt hatte, nahm einen tiefen Schluck, zwang sich dann aber, nicht weiterzutrinken.

Er hatte noch etwas zu tun. Und das würde er auch tun – gerade nach dem ganzen Aufwand, den er nun schon betrieben hatte.

Riesle schnaufte tief durch und schlug die Bettdecke wieder auf. Er wusste wirklich nicht mehr, wann zum letzten Mal eine Frau neben ihm im Bett gelegen hatte.

Er wusste aber eines ganz sicher: Die damalige Frau war lebendig gewesen …

Schnell schlug er die Bettdecke wieder zurück, sodass er die Leiche nicht mehr sehen musste. Er hatte sie – sorgfältig in ein Leintuch eingewickelt – vom Kofferraum des Kadetts möglichst unauffällig in den Hummel'schen Wohnwagen verfrachtet.

Zwei Bier und ungefähr fünfzehn Eiswürfel später entschied er: Decke auf. Er machte ein knappes Dutzend Fotos.

Vor allem dank der Unmengen Eis, die das Bett inzwischen beinahe in einen See verwandelt hatten, konnte man konstatieren, dass sich die Leiche in den letzten Stunden gut gehalten hatte. Noch nicht einmal die Zeit im Kofferraum hatte ihr wirklich zugesetzt.

Riesle machte noch einmal ungefähr zehn Bilder, diesmal von der Armbeuge der Toten, in der auch ihm die Einstiche aufgefallen waren.

Der Journalist musste an seinen Besuch im Villinger »Nashorn« denken. Demnach war die Frau früher auf Droge gewesen. Früher … Sahen die Arme aber dann nach einigen Jahren noch so aus? Die linke Armbeuge war ziemlich zerstochen.

Dann deckte er sie wieder zu.

Er würde die Leiche lieber auf den Fotos untersuchen, als den nunmehr vom Eiswasser glitschigen Körper anzufassen.

Riesle drehte die Bilder auf der Kamera hin und her, zoomte rein, zoomte raus, klickte sich zu den Fotos der Halspartie durch, dann zu den großen Leichenflecken.

Sein Problem war, dass er nicht wusste, wie er diese medizinisch beurteilen sollte. Kannte er einen Arzt in Deutschland, den er telefonisch um eine Ferndiagnose bitten konnte? Später am Tag sollte ja auch noch ein Artikel für den *Kurier* via Mail abgesetzt werden. Er brauchte dringend neue Erkenntnisse.

Dann drängte sich eine weitere Frage in sein Bewusstsein: Was machte er später mit der Leiche? Er konnte sie schlecht irgendwo ungekühlt im Wohnwagen verstecken. Allein des Geruchs wegen würden Hummels wohl bald Verdacht schöpfen.

Er musste sich beeilen und die Tote zügig wieder in den Kofferraum schleppen.

Möglicherweise sollte er ohne Rücksicht auf Bäuerle einfach losfahren, um sie in Deutschland auf Mordmerkmale untersuchen zu lassen?

Doch zuvor brauchte er weiteres Eis. Viel Eis! Die tote Elena hatte definitiv einen höheren Verschleiß an Kühlungsmittel als das Bier.

Harald. Er würde neues Eis aus dessen Kühltruhe holen. Vielleicht konnte er sich dort auch ein paar Minuten aufs Ohr legen. Riesle war erschöpft.

Allmählich war schon wieder erhöhtes Verkehrsaufkommen rund um den Hummel-Stellplatz. Jetzt die Leiche nach draußen zu schleppen erschien ihm viel zu riskant.

Unauffällig verließ er den Wohnwagen in Richtung des Stellplatzes gegenüber.

Wo konnte der Schlüssel sein? Riesle durchsuchte in Windeseile so ziemlich alles, was sich an dem und rund um den blau-weißen Ruhrpott-Wohnwagen befand. Nachdem er Schalke-Mützen, Schalke-Schals (und das im Hochsommer!), Schalke-T-Shirts und Schalke-Unterhosen durchwühlt hatte, drückte er auf dem Schalke-Wecker herum, doch auch da befand sich der Schlüssel nicht. Stattdessen löste er den Alarm aus: »Steht auf, wenn ihr Schalker seid«, dröhnte es in unbotmäßiger Lautstärke. Er schlug wie wild auf alle Tasten des Weckers ein und sah sich dann vorsichtig um. Puh, niemand schien in der Nähe. Noch nicht einmal einer der Securityleute. Fragte sich nur, wie lange es noch ruhig blieb …

Nachdem er auch den festgeschraubten Fernseher einer raschen Untersuchung unterzogen hatte, war ihm klar: Haralds hatten den Schlüssel dabei und dessen Ersatz, sollte es einen geben, vermutlich im Wohnmobil.

Als Riesle wieder zu seiner Leiche zurückwollte, warf er noch einen letzten Blick auf den Radkasten, das dümmste aller Schlüsselverstecke. Und tatsächlich: Da, auf dem Rad, lag er! Dass Harald einfach gestrickt war, hatte er gleich bemerkt, aber das hatte Riesle selbst ihm nicht zugetraut.

Der Journalist klatschte sich auf die schweißnasse Stirn, nahm den Schlüssel und trat einen Moment später in Haralds Wohnwagen ein. Seine erste Amtshandlung war das Anstellen der Klimaanlage, deren Regler sich direkt neben der Eingangstür befand. Nach kurzer Zeit strömte ihm eine herrliche, angenehme Kühle entgegen. Er warf sich auf das nächstbeste

Bett und döste einige Minuten, ehe er sich seines Vorhabens entsann.

Wo war die Kühltruhe?

Haralds hatten wirklich den kompletten Hausstand dabei. Sogar Eierlikör. Bäh!

Mit so einem Campingmobil, musste Riesle allerdings einräumen, war ein derartiger Urlaub aber tatsächlich nicht ganz so abwegig, wie er bislang geglaubt hatte.

Die Einrichtung war scheußlich, klar, aber immerhin vollständig.

Sogar ein gefülltes Bücherregal gab es. Wenig hochkarätige Literatur, aber immerhin wohl alles, was es über Schalke auf dem Buchmarkt gab, dazu ein paar Liebesschnulzen für Mathylde und Comics für den entwicklungsverzögerten Sohn. Sogar drei Fotoalben hatten sie von Zuhause mitgenommen.

Riesle blätterte sie ähnlich schnell durch wie wenige Tage zuvor diejenigen von Frau Kollmann in Unterkirnach. Schnappschüsse von vergangenen Campingurlauben, ganz offensichtlich ebenso hier, auf demselben Campingplatz.

Laaangweilig!

Riesle blätterte immer schneller, nahm das zweite Album, dann das dritte und älteste. Ha, da war tatsächlich ein Schnappschuss von Kommissar Winterhalter! Er mochte etwa zehn Jahre alt sein – der Schnappschuss, nicht Winterhalter. Großartig.

Er blätterte weiter.

Plötzlich stutzte Riesle. Wenn das Bild von Winterhalter zehn Jahre alt sein mochte und hier auch nur einigermaßen eine Chronologie bestand, dann waren die folgenden Fotos vielleicht sieben, acht Jahre alt.

Der Journalist schaute genauer hin. Die Klimaanlage stärkte

sein Denkvermögen, und plötzlich war er wieder hellwach. Diese Frau da – die kannte er!

Die Frisur, die Haarfarbe, der Leberfleck auf der linken Wange, alles schon einmal gesehen: Es war die Frau, die er gerade in Hummels Wohnwagen zwischengelagert hatte!

Die Frau war demnach schon früher einmal auf diesem Campingplatz gewesen!

Und eine Person hatte ganz besonders mit ihr zu tun gehabt. Eine Person, die Elena auf einem der Bilder vertrauensvoll ihren Arm um die Schultern gelegt hatte. Jemand, der ihm ebenfalls sehr bekannt vorkam…

Riesle blätterte rasch die letzten Seiten durch, machte jedoch keine weiteren interessanten Entdeckungen. Schließlich riss er das Foto aus dem Album. Er musste die Frau auf dem Bild mit der Toten vergleichen.

Realistisch betrachtet gab es auch die Option, dass die Kombination aus Schlafmangel, Anstrengung, Hitze und Bier ihn seines Denkvermögens beraubt hatte und er sich alles nur einbildete. Dagegen sprach diese herrlich kühlende Klimaanlage.

Er stellte die Alben zurück in den Schrank, vergaß die Kühltruhe und das Eis, deponierte den Schlüssel wieder im Radkasten und schlich zurück in den Hummel-Wohnwagen, wo er das Foto aus dem Album zunächst mit den vorhin gemachten Digitalbildern verglich.

Dann – Bettdecke wieder hoch – mit der Leiche in natura.

Es waren einige Jahre seit dem Schnappschuss vergangen, außerdem war die Frau inzwischen vom Leben zum Tode befördert worden. Aber das war sie, zweifellos. Er musste handeln!

Aber wie?

In diesem Moment ertönten vor dem Wohnwagen Stimmen.

Er verhielt sich still. Die Leiche ebenso.

Dann hörte er ein weiteres Geräusch.

Da machte sich jemand am Wohnwagen zu schaffen!

Panisch suchte Riesle nach einem Versteck.

Unter dem gegenüberliegenden Bett! Rasch!!!

Ein Schlüssel drehte sich im Schloss. Es ging um Zehntelsekunden …

35. Beschattung mit Sonnenbrand

Als er sich dem Campingplatz näherte, entschied Hummel, dass er sein Auto vorläufig nicht wieder auf seinem Stellplatz parken würde. Denn dort, in seinem Wohnwagen, lag Klaus Riesle – und falls der aufwachte, hatte er ihn am Hals, und die Verfolgung Marcos würde noch schwieriger werden.

Ein bisschen drückte Hummel wieder einmal das schlechte Gewissen. Klaus und er standen diesmal gewissermaßen auf unterschiedlichen Seiten.

Hummel und Winterhalter waren nun mal angesichts der Umstände ein Team. Riesle hingegen, man musste es schon so deutlich denken, störte dabei etwas.

Er war nun mal Journalist, und – das wusste Hummel besser als jeder andere – er ging für eine Story über Grenzen. Auch im wörtlichen Sinne.

Es war zwar nicht ganz fair, ihn hier auszubooten, nachdem Klaus eigens eine Nachtfahrt aus dem Schwarzwald über zwei Grenzen an den Lido angetreten hatte, aber was sollte Hubertus denn machen? Er hatte sich Winterhalter verpflichtet. Zu Recht.

Vielleicht gelang es ja später irgendwie, dass sie alle noch gemeinsame Sache machten. Dass Klaus noch zu seiner Exklusivgeschichte käme – aber eben nach der Klärung des Falls.

Die Verfolgung von Marco jedenfalls war alleine einfacher zu praktizieren. Sollte sich Riesle mal in Ruhe ausschlafen.

Hummel parkte den Wagen vor der großen Schranke und marschierte locker grüßend am Sicherheitspersonal des Campingplatzes vorbei. Die beiden Männer blickten auf sein »Paradiso di Venezia«-Armband, grüßten – und schon war er drin.

Einige Schritte weiter zögerte Hubertus und ging etwas langsamer. Er räumte gegenüber sich selbst ein, dass die Beschattung nicht gerade hundertprozentig durchdacht war. Sollte er einfach aus der Ferne beobachten, mit wem Marco sich während seines Dienstes an der Strandbar unterhielt?

Er würde versuchen, in der Masse der Urlauber am Strand unterzutauchen.

Das würde am ehesten gelingen, wenn er entsprechende Utensilien bei sich hatte. Handtücher, Sonnencreme – irgendwas eben.

Also doch noch einmal zurück zum Wohnwagen?

Nein. Riesle würde hundertprozentig aufwachen, wenn er da hereinplatzte. Noch schlimmer: Er würde Klaus wecken müssen, um überhaupt Einlass zu finden, denn der hatte ja den Schlüssel und die Tür vermutlich verriegelt. Und der Ersatzschlüssel war entweder bei Elke oder bei Martina.

Hummel verwarf den Gedanken und schlich betont unauffällig an den Strand, der jetzt zur Mittagszeit gut besucht war.

Er setzte sich in sicherer Entfernung zur Strandbar, aber mit guter Sicht darauf, in den Sand – ohne Handtuch und ohne rechten Plan.

Marco tat Dienst und plauderte in der ihm eigenen Art charmant mit Männlein wie Weiblein. Daran war zunächst einmal nichts Verdächtiges. Das einzig Verdächtige war er selbst, Hubertus Hummel, denn er verhielt sich keineswegs wie ein üblicher Sonnenanbeter, sondern saß einfach nur da in seiner kurzen Hose, dem Hemd und den Sandalen, die er nun auszog.

Zweimal kamen jeweils zwei gut angezogene Italiener an der Strandbar vorbei, die auf Marco einredeten. Dabei schien er seine Lockerheit etwas zu verlieren.

Einmal gestikulierte er sogar wild. Vielleicht war das eine Spur!

Beim zweiten Mal zog einer der Italiener etwas aus seiner Tasche.

Es war … etwas Rosafarbenes.

Hummel erkannte es: Es war die *Gazetta dello Sport*. Der fremde Italiener schlug sie auf und tippte wütend darauf herum. Die Männer ereiferten sich ganz offensichtlich über Fußball.

Es war überall auf der Welt das Gleiche – nur dass fußballbegeisterte Italiener oftmals besser angezogen waren als ihre deutschen Entsprechungen. Harald war ein gutes Beispiel.

»Was machsch du denn da, Huby? Hasch du deine Badesachen verloren?«

Auch das noch: Frau Seiler, die ihn schon am ersten Tag auf seinem Weg in den Supermarkt belästigt hatte, lag mitsamt ihrer Familie in der Nähe. Seilers berichteten ihm ohne Punkt und Komma alle möglichen unwichtigen Dinge über das Campen im Allgemeinen und die Italiener im Besonderen. Immerhin war aber wohl nicht eingeplant, dass auch er einmal zu Wort kam – noch nicht einmal, um zu erklären, wieso er hier im Hemd und seiner schicksten kurzen Hose saß.

Hubertus wechselte unter einem Vorwand (»Ganz schön warm – ich glaube, ich muss in den Schatten«) den Platz. Er setzte sich wieder etwa fünfzig Meter von der Bar entfernt an den Strand, aber diesmal auf der anderen Seite.

Er schaute sich vorsichtig um, ob er von weiteren Schwarzwäldern belästigt werden könnte, doch soweit er das beurteilen konnte (am Strand mit Badekleidung und Sonnenbrillen ähnelten die Menschen einander), bestand die Gefahr hier nicht.

Immer wieder legte er sich nun mal zur Tarnung in den Sand, setzte sich wieder auf und beobachtete das Meer, legte sich dann wieder hin und fixierte zwischendurch die Bar.

Verdammt, war dieser Sand heiß!

Er hatte plötzlich einen unglaublichen Durst.

Fünfzig Meter entfernt, an eben jener Strandbar, gab es allerhand Getränke – doch Hummel legte keinen Wert darauf, sich dem Observierten Aug in Aug gegenüber zu präsentieren.

Er überlegte, ob er in den Supermarkt auf dem Campingplatz gehen sollte. Zum einen sprach sein Durst dafür, zum anderen nicht minder der Kopfschmerz, der ihn allmählich plagte. Kein Wunder: Er saß nun schon eine Stunde in der prallen Sonne, und plötzlich spürte er, wie ein Sonnenbrand der Güteklasse A seinen Körper heimsuchte.

Wenn er es sich genauer überlegte, war das Vorhaben hier ohnehin ein nutzloses.

Vielleicht sollte er erst etwas trinken, sich dann die Sonnencreme aus dem Supermarkt oder dem Wohnwagen besorgen und anschließend einen Strandspaziergang machen. Irgendwann würde Marco eine Mittagspause einlegen, das wusste Hummel von Winterhalter. Dann kam möglicherweise Bewegung in die Sache, und bis dahin wäre er sicher wieder hier.

Wenige Sekunden später vergaß Hubertus seinen Plan wieder, denn schon jetzt tat sich etwas. Marco wurde tatsächlich abgelöst. Vielleicht zahlte sich nun die mit dem Sonnenbrand bezahlte Wartezeit aus, und der Barkeeper traf sich tatsächlich mit einem Komplizen.

Hummel klopfte sich den Sand von der Hose und ging Marco im Abstand von etwa zwanzig Metern hinterher.

Der hatte eben auf die Uhr geschaut – und das hieß doch wohl, dass er etwas vorhatte …

Der Barmann durchquerte den Campingplatz. Hubertus hatte den Eindruck, es gehe in Richtung Verwaltung. Fast hoffte Hummel darauf, denn dort befand sich eine Klimaanlage – und nebenan der Supermarkt, in dem er etwas zu trinken bekommen würde.

Marco blickte sich nicht um und ging zügigen Schrittes. Immer wieder sah er auf seine Uhr.

Nun, um die Mittagszeit, war der Platz fast leer.

Hummel hatte Mühe, ihm hinterherzukommen.

»Ja, Huby, servus – habt ihr euren Mörder jetzt g'fange?«

Schon wieder ein Villinger. Verflixt.

Hubertus brummelte etwas, das er selbst nicht verstand. Als der Mann sich nicht abschütteln ließ, probierte es Hummel mit einem patzigen »Ich hab einen Hitzschlag« und ließ den Verfolger stehen.

Das wirkte.

Derweil hatten sich Hubertus' Erwartungen, es gehe zur Verwaltung, zerschlagen, denn Marco bog in eine andere Straße ein.

Links, rechts, links – Hummel wurde noch wärmer. Das Hemd klebte an seinem Körper, der Sonnenbrand schmerzte, der Kopf nicht minder.

Und plötzlich hatte er einen schlimmen Verdacht …

36. Unter siebzig Brücken

»Watt, hundert Steine will der haben? Und für einmal ›O sole mio‹ trällern zusätzlich fünfzig Euro on top?« Harald kam bei den Verhandlungen mit dem Gondoliere richtig in Fahrt. »Darfse keinem erzählen, is ja eigentlich Wucher. Aber wie seht ihr datt? Machen?«, wandte er sich dann an seine Mitreisenden. »Ich meine, wenn wir schon mal hier sind und wenn wir datt pro Kopf aufteilen?« Wobei Harald seinen halbwüchsigen Sohn ebenso aus der Rechnung herausnahm wie den kleinen Maximilian. »Kinder sind frei, datt ist wohl klar.«

Die Reisegruppe stimmte zögernd zu.

Immerhin hatten sie nun schon halb Venedig mit seinen morbiden Palazzi und seinen pittoresken Balkönchen zu Fuß durchstreift, mindestens ein Dutzend Geschäfte mit venezianischen Masken und doppelt so viele Läden mit traditionellem Glasschmuck durchstöbert.

Bei Elke hatte die Tatsache, dass Hubertus die Fähre nicht mehr bekommen hatte, zu einer leichten Form von Frustkäufen geführt. Mehrfach hatte Elke versucht, ihren Mann auf dem Handy zu erreichen. Der hatte schließlich mit einer kurzen SMS geantwortet: »Mir ist nicht gut, Hitze, bleibe doch am Wohnwagen. Bussi, Huby.«

Sie hatte sich auf diesen Ausflug wirklich gefreut. Venedig – das war für sie der Inbegriff von Romantik. Und nun fehlte derjenige, der Romantik so bitter nötig gehabt hätte. Andererseits wusste sie, dass Gott Ganesha mitunter wohlüberlegte Schwierigkeiten in den Weg stellte. Wer wusste schon, wozu diese noch gut sein würden …

Dass Dietmar und seine Frau nicht viel miteinander sprachen, lag wohl vornehmlich daran, dass Harald sich wie der Reiseführer aufspielte und sich in einem unablässigen Redefluss befand:

»Ach, watt is datt romantisch hier. Und watt bin ich froh, dass wir mitgefahren sind. Wir waren ja immer nur bei ›Venezia by night‹ dabei. Alles vom Campingplatz tippi toppi organisiert. Aber mal so auf eigene Faust fahren, datt hat auch watt von Abenteuer. Nä, Mathylde? Nä, Gordon Harald? Watt sachs du?«

Seine Familie ließ er allerdings nicht zu Wort kommen. Sie war allenfalls dazu da, alles abzunicken und dem »Vatter« recht zu geben.

Didi, dem die Schweißtropfen schon über die Nase perlten, hätte die Luft zum Antworten ohnehin nicht gehabt. Schuld war die brillante Idee, einen Kinderwagen für Maximilian mit nach Venedig zu nehmen. Dass er diesen alle paar Hundert Meter über die Treppen der unzähligen Bogenbrücken tragen musste, zwang ihn zu unüblichen sportlichen Höchstleistungen. Zumal Maxi darauf bestand, den Buggysitz dabei nicht zu verlassen.

Auf Hilfsangebote von Dietmar und Harald wartete er vergeblich.

Jedenfalls war nach »all dem Powershoppen jetzt mal ein bißcken Zeit für Kultur«, wie Harald lautstark verkündet hatte. Für andere hätte das wohl einen Museumsbesuch oder die Besichtigung des Dogenpalastes bedeutet, für Harald reichte da schon eine Gondel. Der absolute Klassiker.

Gerade mal eine halbe Stunde dauerte die Fahrt, während der sie unter mehreren Dutzend Brücken durchkamen. Die zweiminütige stimmliche Darbietung des Gondoliere zu Beginn bot dabei kaum mehr Kultur als der Gesangsvortrag von Harald am Vorabend.

Beeindruckender war da schon, wie der Mann am Riemenruder es schaffte, einerseits die voll besetzte Gondel durch die schmalen Kanäle zu manövrieren, dabei aber gleichzeitig fast ohne Unterlass das Handy zwischen Ohr und Schulter geklemmt zu haben und mal mit Mama, der Freundin, mal mit einem Stefano, dann wieder mit einem Alessandro zu telefonieren.

Schließlich wurden sie am Canal Grande abgesetzt, wo sich eine asiatische Reisegruppe zugleich dankbar auf die frei werdende Gondel stürzte. Auf ein zweites »O sole mio« hatten sie vergeblich gewartet.

»Freunde, ich hab Kohldampf. Lasst uns dringend mal 'n Happen essen«, ordnete Harald als Nächstes an.

Nun kam endlich auch einmal Constanze zu Wort: »Dietmar und ich kennen uns in Venedig aus wie in der eigenen Westentasche. Wir könnten doch alle zu diesem Geheimtipp gehen, oder, Schatz? Da schmeckt das Essen immer hervorragend, und das Preis-Leistungs-Verhältnis ist sehr gut. Was meinst du?«

Dietmar, der ein feines Hemd anhatte und Didi während der Gondelfahrt vergeblich in puncto Lebensversicherung beschwatzt hatte, war nicht ganz so begeistert von der Idee seiner Frau. »Das ist zu weit weg. Da müssten wir mindestens eine halbe Stunde laufen. Lasst uns lieber in den klimatisierten McDonald's hier um die Ecke gehen.«

Maximilian und Gordon Harald waren sofort Feuer und Flamme. Doch Elke und Constanze weigerten sich, bestanden auf einheimischer Kost und setzten sich schließlich durch. Didi hatte sich beeilt, seiner Schwiegermutter zuzustimmen – schließlich konnte er derzeit im Kampf um Martina eine solche Verbündete dringend gebrauchen …

Sie schoben sich inmitten einer Menschenmasse über die Rialtobrücke, bei der es fast schon verwunderlich war, dass sie der Dauerbelastung standhielt.

Von dort arbeiteten sie sich weiter durch das Viertel San Polo und unzählige Gässchen in Richtung des Geheimtipps vor.

»Dietmaar, Costanza, che gioia, welche Freude!«, wurden sie vom Besitzer des Lokals – einem etwas untersetzten Herrn mit Haarkranz und weißer Schürze um den rundlichen Bauch – überaus freundlich begrüßt. Sie bekamen einen Tisch im Außenbereich auf einer Holzterrasse, die direkt an einem der kleineren, etwas faulig riechenden Kanäle lag – eine Tatsache, die den Appetit nicht unbedingt steigerte.

»Das sind, äh, amici«, stellte Dietmar etwas reserviert die Gruppe vor. Wer so häufig hier verkehrte wie er und seine Frau, dem war es wohl peinlich, diese Campingplatz-Blümchenarmbands-Touristen in seiner Begleitung zu haben – zumal in der Ruhrpott-Variante.

Didi war völlig fertig. Venedig war wie ein gigantisches Labyrinth aus Stein und Wasser. Ohne fremde Hilfe würde er nie mehr hier herausfinden. Er bestellte die von Dietmar empfohlenen »Spaghetti alle vongole« sowie eine Flasche »Vino frizzante« und zog sich erst einmal zum »Frischmachen« auf die Toilette zurück, nachdem Elke Maximilian übernommen hatte.

Auf die Sauberkeit der Bäder und Toiletten legten die Venezianer in etwa so viel Wert wie Klaus Riesle in seiner Wohnung. Geputzt wurde hier vermutlich nur einmal im Quartal – und dann offenbar auch nicht sehr gründlich.

Den erschöpften Didi interessierte das allerdings herzlich wenig. Er war froh, dass das Wasser, welches er sich über den kurz rasierten Kopf schüttete, einigermaßen kühl war. Dann zog er sich in eine der WC-Kabinen zurück.

Dort machte Bäuerle sich intensiv Gedanken über Martina und sich: Wie sollte er weiter vorgehen? Bloß keine Eifersuchtsszenen mehr, das machte alles nur noch schlimmer. Und egal, was mit diesem geleckten Italiener gelaufen war: Wenn sie erst einmal von hier weg waren, würde Martina bestimmt bald nicht mehr an diesen Strandcasanova denken. Vielleicht sollte er einfach mal mit ihr alleine wegfahren – nach Paris, London oder Madrid – und den Kleinen bei den Großeltern lassen.

Oder sogar ein Liebesurlaub im tiefsten Schwarzwald?

Egal – nur eben nicht Venedig …

»Parola d'ordine?«, fragte plötzlich eine männliche Stimme aus der Nachbarkabine.

»Was ist los?«, erschrak Didi.

»Parola d'ordine!«, kam es erneut von der anderen Seite der Trennwand.

Den Satz hatte er bei der Tour in die Partnerstadt Savona nie benötigt. »No italiano. Io Deutsch. Germania«, antwortete er. »No capito.«

»Amico Dietmar?«

»Ja, so was Ähnliches«, sagte Didi und war erleichtert, dass er sich nicht weiter die Zunge abbrechen musste. »Si, si.«

»Okay! Macken condizioni speciali, Spezialpreis«, sagte der Mann aus der Nachbarkabine.

»Ah ja«, entgegnete Didi erfreut. Sich über die Preisgestaltung des Essens auf der Toilette zu unterhalten war allerdings schon recht ungewöhnlich. »Spezialpreis auch für den Wein oder nur für das Essen?«, fragte er, doch die Konversation kam nicht so richtig voran.

»Allora? Parola d'ordine? Kennwort?«, fragte nun der Italiener von nebenan.

»Hä?« Didi war vollends perplex. Brauchte man hier etwa ein Kennwort, um den Sonderpreis zu bekommen? Oder gar, um das Klo benutzen zu dürfen?

»Tod in Venedig?«, fragte der andere Toilettengänger nun.

»Si, si.«

»Tode in Venedig«, wiederholte der Mann.

Tod in Venedig? War er hier bei der unorthodoxen venezianischen Toilettenvariante von »Wer wird Millionär«?

Tod in Venedig – das war von… von… Wieso gab es denn keine vier Lösungsvorschläge? Und sicher auch kein Publikum, das man befragen konnte.

»Ich weiß es: Thomas Mann«, antwortete Didi nach einigen Sekunden hörbar stolz. Von wegen ungebildeter Hausmeister…

Offenbar war die Lösung aber falsch – zumindest in diesem Zusammenhang. »Kennwort?«, fragte der Nachbar nämlich erneut, nun schon deutlich missmutiger.

Didi wiederholte seine Antwort, doch es folgte ein weiteres ungeduldiges »Kennwort?«.

Bäuerle wurde des Spielchens überdrüssig. Als er es mit einem »Narri, Narro« versuchte, verließ der andere wortlos seine Kabine.

Offenbar, ohne sich die Hände anschließend zu waschen.

»Scherzkeks«, brummelte Didi und grübelte weitere zehn Minuten darüber nach, wie er verhindern konnte, dass Maximilian mit einer alleinerziehenden Mutter aufwuchs.

»Is ja ’n ganz nettes Lokal, aber et stinkt ’n biscken hier«, sprach Harald derweil an dem mit einem rot-weiß karierten Tuch bedeckten Tisch das aus, was alle anderen dachten.

»Ich wollte ja gar nicht hierher«, gab Dietmar zurück. »Venedig ist nun mal eine Lagune. Wenn’s im Sommer heiß ist, dann riecht das stehende Wasser halt mal. Wenn’s dir stinkt, können wir ja reingehen. Oder zu McDonald’s.«

Dietmar hatte heute einen schlechten Tag – nach dem schiefgelaufenen Verkaufsgespräch mit Bäuerle und der Tatsache, dass er schon mehrere Stunden dem Mann aus dem Ruhrpott ausgesetzt war …

»Ich sach ja nur. Nix gegen dich, Dietmar. Hand aufs Herz. Wirklich nich.« Harald schien entgegen seiner Art um Diplomatie bemüht. »Wir ham uns ja nun schon paarmal hier auf Camping getroffen. Bis 'n dufter Kerl – Versicherungen hin oder her.«

»Also«, setzte Harald dann von Neuem an, »ich muss euch unbedingt noch watt erzählen.«

Es folgte eine bedeutungsschwangere Pause, in der Harald, der sich als Einziger ein Bier bestellt hatte, die Flasche leerte – als müsse er sich Mut antrinken.

»Und zwar über die tote Frau vom Strand. Da is mir noch watt ganz Wichtiges aufgefallen.«

Wenn Harald auch kein Gespür für Diplomatie hatte, für Dramaturgie hatte er eines. Die anderen am Tisch starrten ihn gespannt an.

Der Wirt brachte eine neue Runde Getränke, was das Ganze weiter verzögerte.

Dann blickte Harald sich geheimnisvoll um, als hätten die Wände Ohren. »Ich kenne die Tote!«, gestand er schließlich.

37. Ertappt

Klaus Riesle konnte sich kaum noch bewegen, streng genommen sogar nicht einmal mehr richtig atmen.

Ein Wohnwagen an sich bot ohnehin schon wenig Platz. Unter einem Bett in einem solchen Wagen war das Platzangebot dann in etwa so gering wie in einem Sarg. Und so fühlte sich Riesle nun auch.

Paradox, dass die eigentliche Leiche, die weiterhin im hinteren Bereich des Wohnwagens unter der Bettdecke lag, den weitaus bequemeren Platz hatte. Vermutlich wäre es besser gewesen, die Frau gleich mit zu verstecken. Aber dafür hatte die Zeit nun wirklich nicht mehr gereicht.

Gerade rechtzeitig, bevor sich die Wohnwagentür öffnete, hatte es der Journalist geschafft, die Zwischentür zu Martinas Separee zuzuschieben und sich unter das Bettsofa im vorderen Bereich, wo normalerweise Hubertus, Elke und der Enkel Maximilian nächtigten, zu quetschen.

Zwei Personen setzten sich nun auf das Polster über Riesle und sorgten damit für zusätzliche Atemnot. Das Bett bog sich nach unten durch.

»Isch abbe etwas für disch, amore. Eine Ring. Eine Ring aus Gold, so wie deine Erz. Von mir, für disch. Eschte Gold.«

Es folgten ausgiebige Schmatzgeräusche.

»Amooore«, stöhnte diesmal nicht Marco, sondern Martina.

»Siii?«, kam es zurück. Es folgte eine heftige Kussattacke.

Und dann: »Voglio fare l'amore con te. Liebe macken.«

»Siii«, antwortete diesmal Martina, allerdings ohne Fragezeichen.

Klaus spürte eine Entlastung für seinen Brustkorb. Die beiden waren aufgestanden. Er hörte Schritte, dann ein schleifendes Geräusch. Die Schiebetür!

»Aiii!«, schrie Marco, und seine Stimme schrillte dabei in die Höhe.

»O Gott!«, lautete der nicht weniger entsetzte Kommentar von Martina.

Sie hatten die Leiche entdeckt!

Für Riesle schien das der gebotene Moment, aus seinem Versteck zu kriechen. Sogleich ging er in die Offensive: »Aha! Was macht ihr beiden Hübschen denn hier?«

Das Pärchen antwortete mit einem abermaligen Schreckensschrei.

»Aiiii!«

Vor der Wohnwagentür rumpelte es.

Dann stellte Martina die Gegenfrage: »Was machst DU hier, Klaus? Ich dachte, du wärst mit nach Venedig gefahren?«

»Ich war müde und hab mich etwas hingelegt.«

»Mit der da?« Martina zeigte auf die Frauenleiche. »Klaus, du bist doch nicht etwa ... pervers?«

»Jetzt dreh mal nicht gleich durch, ja? Das, was ich mache, ist sicher nicht perverser, als dass du deinen Mann hier mit diesem ... diesem ... «

Er zeigte auf Marco, dessen Gesichtszüge nach wie vor entglitten waren.

»Klaus, was macht die tote Frau hier in MEINEM BETT?«, wiederholte Martina mit weit aufgerissenen Augen.

Sie war mit den Nerven am Ende.

Marco erwachte allmählich aus seiner Schockstarre: »Chi è questo ragazzo? Wer iste der Mann?«

»Das mit der Leiche hat ermittlungstaktische Gründe«, versuchte Klaus sich herauszureden. Dann versuchte er es mit dem Schlüsselsatz vieler Polizeipressekonferenzen: »Weiteres kann ich dir zum jetzigen Zeitpunkt leider noch nicht …«

»Das ist Klaus. Ein Freund«, antwortete Martina auf Marcos Frage.

»Deine … Freund? Deine Mann?«

Den »Freund« deutete Marco offensichtlich falsch, doch Riesle wollte die Rolle gerne spielen.

Na, dann! Er verpasste Marco einen Faustschlag ins Gesicht, sodass dieser unter einem weiteren Schrei auf der Leiche landete.

»Klaus! Bist du jetzt komplett übergeschnappt?«, schrie Martina und half dem nun völlig entsetzten Marco auf. »Hast du dir wehgetan, Schatz?«

Marcos Antwort war ein leises Wimmern.

Von draußen ertönten Schraub-, dann Klopfgeräusche.

»Klaus! Was macht die tote Frau in meinem Bett?« Martina wurde richtig hysterisch. »Schaff sie weg! Sofort!«

»Was ist hier los?« Endlich hatte Hubertus Hummel die Tür zum Wohnwagen aufbekommen und übernahm das Verhör.

»Huby, gut, dass du kommst«, sagte Klaus. »Die beiden wollten gerade ein Schäferstündchen …«

»Und du?«, gab Martina zurück. »Du machst hier mit einer Leiche rum!«

Hubertus hatte durch seine Schüler Erfahrung mit dem Schlichten von Streitigkeiten. Um Ehebruch war es dabei allerdings nie gegangen, auch nicht um Nekrophilie. Und nun hatte er beides, und das auch noch im Familien- beziehungsweise Freundeskreis.

Hubertus atmete tief durch und hoffte, dass ihm die Hitze

einen Streich spielte und er sich das alles nur einbildete. Sein am Strand eingefangener Sonnenbrand war mittlerweile gut ausgebildet, sein Gesicht ungesund rot.

Er schaute auf die Leiche, den aus der Nase blutenden Marco, die halb nackte Martina. Nein, das war die traurige Realität nach vier Tagen Italienurlaub.

Hummel schnaufte erneut tief durch. Er war kurz davor, entweder auszuflippen oder ohnmächtig zu werden, doch zu seiner eigenen Überraschung behielt er seine zum Zerreißen gespannten Nerven.

»Und das nennst du Nachdenken?«, wandte er sich vorwurfsvoll an seine Tochter.

»Und das nennst du Ausruhen?«, fragte er dann Riesle. »Klaus, ich fürchte, wir müssen wirklich mit dir zum Psychiater.«

Ein Irrenhaus war das hier!

»Das ist Elena Ridescu, verdammt noch mal!«, rechtfertigte sich der Journalist. »Die Tote vom Strand. Ich musste sie sozusagen, hm… mitnehmen, um sie vor dem Krematorium zu bewahren. Sonst wären alle Beweise vernichtet gewesen! Und ich wollte sie einem Experten vorführen – wegen der Todesursache!«

Er schaufelte zu Kühlungszwecken eine neue Ladung Eis auf die Leiche, was die anderen regungs- und fassungslos zur Kenntnis nahmen.

Martina begann zu weinen. Marco schien zumindest kurz davorzustehen.

Nun war es auch um Hummels Beherrschung weitgehend geschehen. Tränen seiner Tochter konnte er nicht ertragen. Das war schon so gewesen, als sie noch ein Kind war. Hubertus hatte sich dann immer gleichermaßen zornig und hilflos gefühlt. Jetzt, da er eine erwachsene weinende Martina vor sich hatte, war es sogar noch schlimmer.

Er war wütend auf sie alle: Auf Marco, der seine Tochter unglücklich machen würde oder es bereits getan hatte. Auf Riesle, der ihm diese Leiche in seinen Wohnwagen geschmuggelt hatte. Auf Elke, die ihm diesen Urlaub eingebrockt hatte.

Und dennoch waren ihm Martinas Tränen eine Warnung: Er durfte nicht auch noch durchdrehen.

»Klaus«, sagte er daher wieder möglichst ruhig, aber mit etwas zitternder Stimme. »Wo hast du die Leiche her?«

»Vom Bestatter«, antwortete der knapp.

Martina blickte starr aus dem Fenster. Hubertus strich ihr behutsam über den Arm, doch sie bemerkte es gar nicht. »Und dann?«, fragte er weiter in Richtung Riesle.

»Dann habe ich sie im Kofferraum zwischengelagert und wollte sie hier untersuchen.«

»Und?«, zwang sich Hubertus, das Gespräch irgendwie am Laufen zu halten.

»Und? Und? Und?«, äffte ihn Riesle aggressiv nach. »Frag doch mal unseren kleinen Pseudocasanova hier. Mir scheint, der hat mit der Sache zu tun!«

Marco zuckte zusammen.

»Isch bin keine Casanova«, sagte er leise. »Isch abbe misch in Martina verliebt, und dann …«

»Das ist mir doch scheißegal!«, brüllte Riesle erregt und näherte sich Marco drohend.

»Mir nicht«, ergänzte Hummel sachlich.

»Kannst du dich nicht mehr an das Skypen erinnern? Sehe ich aus wie Martinas Mann?«, rief Riesle weiter. »Aber den werde ich dir auch noch auf den Hals hetzen, du … du …«

»Spaghetti?«, schlug Martina zynisch vor.

»Was du mit der Toten zu tun hast, will ich wissen!« Wieder zeigte Riesle Marco die Faust. Der blickte sich Hilfe suchend zu Martina um, die jedoch weiter aus dem Fenster schaute.

Dann traf der Blick des Barkeepers den von Hubertus.

»Marco«, meinte der streng. »Du wirst jetzt die Wahrheit sagen – und danach reden wir über Martina.«

»Wieso wir?«, wandte diese mit bleierner Stimme ein.

»Was weißt du über die Tote, Marco?«, fragte Hummel weiter.

»Isch… bitte, isch weiße nix. Abbe Angst um meine Arbeit…«

»Du wirst nicht nur deine Arbeit verlieren, sondern auch deine Zähne!«, presste Riesle hervor, der sich in der Rolle des Bösen sichtlich gefiel.

»Marco«, versuchte es Hubertus noch einmal auf die sachliche Weise. »Schwörst du, dass du mit dem Tod dieser Frau nichts zu tun hast? Und was ist mit dem Schlüssel? Du warst doch nicht zum ersten Mal in ihrem Bungalow, als du uns dort hineingelassen hast.«

»Hattest du was mit ihr?«, wollte nun Martina wissen, die ihren Blick immer noch nicht vom Fenster abwandte.

»Nein. Isch swöre!«, rief Marco und griff nach Martinas Hand. Doch sie zog sie weg.

»Seit wann kanntest du die Frau?«, fragte Riesle und deutete auf die Leiche. Marcos Blick folgte dem Finger nicht. »Isch sie nischt kennen. Nix… richtig. Sie war zwei-, dreimal an meine Strandbar. Sonst nix.«

Bei Riesle brannte wieder einmal eine Sicherung durch. Er griff in die Wanne und bewarf den Italiener mit Eiswürfeln. »Du lügst!«

»Isch swöre«, rief der wieder.

Hummel sah sich nun am Ende seiner Möglichkeiten. Riesle noch nicht: »Du kanntest sie seit Jahren! Ich habe ein Bild gesehen, das mindestens sieben oder acht Jahre alt ist, und auf dem ihr beide zu sehen seid!«

Hubertus verstand nun gar nichts mehr. »Klaus, wo willst du denn ein solches ...«

»In Haralds Wohnwagen«, ergänzte Riesle kurz, was keineswegs zur Klärung beitrug.

Dann näherte er seinen Kopf bedenklich dem des Barkeepers. »Bürschchen ... Sag die Wahrheit, oder es geht dir schlecht!«

Martina drehte sich endlich vom Fenster weg. »Hör auf!«, brüllte sie Riesle an.

Marco kniete sich auf den Boden und wimmerte vor sich hin. »Incidente«, jammerte er. »Un incidente.« Immer wieder: incidente.

»Was?«, blaffte Riesle ihn an.

»Ein Unfall, verdammt noch mal«, übersetzte Martina. Sie setzte sich ruckartig aufs Bett, wodurch die Leiche aus selbigem kullerte. Sie fiel direkt auf Marco, was zur sofortigen Ohnmacht führte.

Aus dieser vermochten ihn weder Martinas Wiederbelebungsversuche noch Hubertus' sanfte Ansprache oder Riesles Eiswürfel zu erwecken.

»Prima!«, beklagte sich Klaus. »Es muss doch eine Möglichkeit geben, etwas aus diesem ... diesem ...«

»Spaghetti«, half Hubertus aus, ohne dass er es so recht gewollt hatte.

Martina blickte die beiden an, stieß dann einen schrillen Schrei aus und verließ mit einem schweren Nervenzusammenbruch den Wohnwagen.

Einige Sekunden schwiegen die beiden Freunde, dann klingelte ein Handy. Es war nicht Hubertus' »Kleine Nachtmusik«, sondern »Du bist mein Leben, ERC« – die Vereinshymne der Schwenninger Wild Wings.

Also Klaus' Handy.

Riesle griff zum Gerät, sah, dass die Nummer unterdrückt wurde, meldete sich dennoch.

»Frau Wagner!«, hörte Hummel ihn dann sagen. »Wann ich nach Italien fahre? Da bin ich gerade, sogar auf dem Zeltplatz! Sie haben schon mehrfach versucht, mich zu erreichen?«

Riesle stürmte nun ebenfalls aus dem Wohnwagen.

»Du lässt mich jetzt doch nicht mit der Leiche alleine?«, rief Hubertus ihm hinterher.

»Moment, Frau Wagner ... Huby, ich habe hier drin leider einen ganz schlechten Empfang. Es geht nicht lange. Außerdem ist ja noch Marco da.« Riesle zeigte boshaft grinsend auf den immer noch am Boden Liegenden. Dann wandte er sich wieder Frau Wagner zu. »Ja? Ich bin wieder bei Ihnen ...«

Hubertus fühlte sich unwohl. Lag es an dem komischen Geruch, der sich allmählich trotz Kühlung der Leiche im Wohnwagen verbreitete? Oder an dem Gedanken, der ihm gerade durch den Kopf schoss: alleine mit einem Mordopfer und seinem Mörder – keine besonders angenehme Lage! Wobei Marco von einem Unfall gesprochen hatte ...

Zehn Minuten später ging es im Wohnwagen zu wie in einem venezianischen Wasserbus zur heftigsten Stoßzeit.

Die Reisegruppe war früher als erwartet zurückgekehrt.

»Viel zu voll, viel zu heiß«, begründete Elke und beschrieb damit auch die Situation im Wohnwagen treffend. Dann stieß sie beim Anblick der Leiche einen ähnlich heftigen Schrei aus wie zuvor schon Marco. Eine rasche Entspannungsübung mit aneinandergelegten Fingerspitzen brachte ihr die Contenance zurück. Die anderen – Didi, Harald, Dietmar und Constanze –, die ebenfalls im Wohnwagen standen, starrten nur entsetzt. Mal auf die Leiche, dann wieder auf den immer noch derangierten Marco. Maximilian blieb der Anblick erspart, Didi hatte ihn der immer noch wortkargen Martina vor dem Wohnwagen übergeben.

»Hubertus Hummel, was macht diese Frau in unserem Wohnwagen?«, übernahm nun Elke die Vernehmung.

»Keine Sorge, sie ist tot«, lautete die etwas seltsame Antwort.

»Hubertus«, sagte Elke nun ebenso zögerlich wie einfühlsam. »Du hast möglicherweise ein … ein ernstes emotionales Problem, wenn du eine Tote …«

»Das ist doch Schwachsinn!«, explodierte Hummel. »Klaus, dieser Irre, hat die Frau aus seinem Kofferraum hier reingebracht, als wir weg waren. Es ist die Tote vom Strand, die er untersuchen und deren Kremierung er verhindern wollte. Sonst wären doch mögliche Beweise vernichtet worden …«, versuchte er sich an einer zugegebenermaßen wirren Erklärung.

Elke verstand überhaupt nichts mehr.

»Und Marco? Ist der … etwa auch tot?«

»Nein, der rührt sich schon wieder. Klaus hat ihm eine verpasst, als er ihn vorhin mit Martina erwischt hat. Außerdem ist dann noch die Leiche auf ihn draufgefallen.«

»Hubertus, bitte! Was …«, setzte Elke an, wurde aber von Didi Bäuerle unterbrochen:

»Was heißt hier, mit Martina erwischt?«, brüllte er, sodass den anderen auf engstem Raum Stehenden die Ohren schmerzten. »Ich werde … Ich werde …«

Da nun auch noch Didi kurz davor schien, Marco etwas anzutun, drohte das komplette Chaos.

Doch dann kam ein nunmehr lächelnder Klaus in den überfüllten Wohnwagen zurück. Im Schlepptau hatte er Kommissar Winterhalter, der ob des Anblicks der Leiche und des allmählich wieder zur Besinnung kommenden, malträtierten Marco einen erstaunlich abgeklärten Eindruck machte.

Dann übernahm Klaus, der tagelang von Hummel und Winterhalter ausgegrenzt worden war, triumphierend die Gesprächsführung.

»Alle hier anwesenden Personen haben angegeben, Elena Ridescu« – Klaus zeigte auf die Leiche – »nicht näher gekannt zu haben.«

Er machte eine bedeutungsvolle Pause und musterte abwechselnd die Gesichter. »Doch einige der Anwesenden müssen gelogen haben. Sie kannten Frau Ridescu. Sie kannten sie sogar gut.«

»Ja, ich habse gekannt«, gab der zunächst ungewohnt schweigsame Harald nun zu Protokoll. »Ich hab mich nur erst nich mehr dran erinnert. Die hatte sich ganz schön verändert. Die Mathylde hat mich drauf gebracht, datt da doch vor Jahren mal so 'n ähnliches Leckerchen dabei war. Und dann hab ich mir meine alten Campingfotoalben angekuckt. Datt hab ich der Truppe in Venedig eben auch schon gesagt. Und ich weiß auch, wer die Elena noch gekannt hat. Moment, Kinners, ich hole jetzt mal 'n Foto.«

»Das ist vermutlich nicht mehr nötig«, fiel Riesle ihm ins Wort und zog das leicht zerknüllte Bild aus der Hosentasche. Er hielt es in die Luft.

»Watt …?«, setzte Harald an, doch Klaus unterbrach ihn. »Sie sollten für Ihren Wohnwagenersatzschlüssel ein sichereres Versteck suchen.«

»Ja, und …?«, begann Harald wieder einen Satz.

»Und … Sie haben übrigens einen großartigen Wohnwagen«, gab sich Riesle psychologisch gewieft. »Dazu noch Schalke-Fan, sehr sympathisch.«

Das zeigte endgültig Wirkung. »Kanns mich duzen – für dich bin ich der Harald«, verkündete der Ruhrpottler, der dem Journalisten nun offenbar das Eindringen in die Privatsphäre schon fast verziehen hatte.

Riesle nickte und referierte weiter: »Auf diesem etwa sieben oder acht Jahre alten Foto ist die Tote zu sehen. Elena Ridescu.

Jünger, mit blonder Haarfarbe und einer Brille. Aber sie ist es!«

»Absolut«, bestätigte Harald. »Und …«

»Und außerdem sehen wir auf dem Bild unseren jungen Freund hier.« Riesle zeigte auf Marco, der regungslos verharrte, aber die Augen mittlerweile geöffnet hatte.

»Genau …«, wollte sich nun auch Harald erneut einmischen. Er war es nicht gewohnt, dass man ihn unterbrach, doch Riesle schaffte es immer wieder. Der Journalist hatte trotz des fehlenden Schlafs und der ungewöhnlichen Ereignisse der letzten Stunden einen Adrenalinkick.

»Als Dritter auf dem Foto: der Herr Dietmar«, proklamierte er stolz. »Und nicht nur das! Elena hat ihren Arm um ihn gelegt – Sie beide kannten sich wohl besser?«

Constanze schaute recht unglücklich. Elke bemerkte das und hakte sich bei Dietmars Gattin ein.

»Das war nur eine kurzzeitige Bekanntschaft«, erläuterte der nun. »Das habe ich den anderen vorhin in Venedig auch schon gesagt. Und außerdem sah sie damals völlig anders aus als jetzt.«

»Da hat er recht«, schaltete Harald sich wieder ein. »Die hatte ja jetzt dunkle Haare und immer ’ne Sonnenbrille auf. Da hat man die quasi nich erkannt. Aber ’ne Spitzenfigur – fast noch besser als früher.«

Riesle war etwas in Sorge, dass ihm die Vernehmung entgleiten könnte. Die Sorge verstärkte sich noch, als sich auch Bäuerle wieder einmischte.

»Ich könnte wetten, dass wir aus dem widerlichen kleinen Italiener hier die Wahrheit rausprügeln können. Und wenn er in genau drei Sekunden nicht auspackt, werde ich das tun – da kann er dann herumflennen, wie die Kicker seiner Nationalmannschaft es so gerne tun.«

Elke war hellauf entsetzt – und das nicht wegen der Anschuldigungen gegen die italienischen Fußballer.

»Eins ...«, zählte Bäuerle.

»Didi! Didi, so kenne ich dich ja gar nicht!« Elke versuchte zu beschwichtigen. »Wir müssen reden. Martina, du, Marco und ich.«

»Zwei ...« Bäuerle mochte Elke – und er hatte größeres Verständnis für ihre Spleens als ihr Mann. Aber jetzt reichte es.

»Und ...« Bäuerle holte bereits mit der Faust aus.

»Es war eine Unfall«, rief Marco schnell.

»Was? Das mit Martina?«, fragte Bäuerle drohend.

»Nein, bitte. Scusi.«

»Dietmar«, übernahm Riesle wieder die Initiative, »Elena Ridescu war keineswegs nur eine flüchtige Bekannte von Ihnen. Sie haben damals gemeinsam Urlaub hier gemacht – ihr erster Urlaub, nachdem Sie sie aus Rumänien mitgebracht hatten.«

»Woher ...?«, setzte Dietmar an, doch Klaus unterbrach ihn.

»Ich bin sicher, dass die alten Campingplatzunterlagen das bestätigen können. Abgesehen davon hatte ich gerade ein sehr interessantes Telefonat mit einer Informantin, die nicht länger schweigen wird, weil ich ihr jetzt versichern konnte, dass wir über Beweise verfügen. Und letztlich werden auch Harald und Marco bestätigen können, dass Sie damals zusammen hier waren.«

»Isch nix wissen«, beeilte sich Marco zu versichern und blickte immer wieder ängstlich abwechselnd in Richtung Dietmar und der Bäuerle-Faust.

Elke platzierte sich vorsichtshalber vor dem Barkeeper.

»Also, ich glaub datt mittlerweile auch«, meinte Harald. »Hab's nicht mehr auf die Reihe gekriecht, weil man hier immer so viele Leute trifft und weil datt schon so lang her is. Aber wenne mich frachs, Dietmar, ihr ward wirklich 'n richtiges Paar damals. Ich weiß datt auch deswegen, weil dat während der Fußball-WM 2006 in Deutschland war.«

»Paar, Paar ...«, hilflos fuchtelte Dietmar mit den Händen.

»Das war ja lange vor Constanze. Ich hab sie eben aus Rumänien rausgeholt. Hab sie kennengelernt, weil ich ja beruflich dort öfter zu tun hatte …«

»Ja, bei all den exklusiven Partys im Rotlichtmilieu, die Ihre Versicherungsgesellschaft für erfolgreiche Angestellte organisiert …«, warf Riesle ein.

Dietmar wurde allmählich wütend. »Das ist eine unglaubliche Unverschämtheit! Das höre ich mir nicht länger an!«

Er machte Anstalten zu gehen, doch nun schaltete sich erstmals Kommissar Winterhalter ein und versperrte die Tür.

»Doch, des werdet Sie sich anhöre!«

»Wollen Sie mir drohen?«

»Jo!«

Nun begab sich Elke erneut in Richtung Constanze, um diese zu trösten. Dietmar fasste sich derweil und sagte: »Mir hat das Mädel leidgetan damals, und ich habe ihr geholfen. Ja klar, wir waren kurz zusammen, aber wie das so ist: Sie ist mit den Freiheiten im Westen nicht klargekommen, auf die schiefe Bahn und an Drogen geraten, hat sich sogar prostituiert …«

»Natürlich ohne Ihr Zutun«, kommentierte Riesle höhnisch.

»Wie bitte? Selbstverständlich ohne mein Zutun!«, betonte Dietmar.

»Und dann? Wie kam sie zu Tode?«, hakte Winterhalter nach.

»Un incidente«, meldete sich Marco wieder zu Wort.

»Dietmar«, mischte sich jetzt Hubertus ein, »wie starb Elena?«

Anstelle von Dietmar antwortete Winterhalter. »Ich hab vorhin endlich än g'scheite Zeuge g'funde. Der behauptet, die Frau hätte mehrfach dich, Dietmar, und deinen Wohnwage fotografiert.«

»Meine Informantin hat mir eben am Telefon sogar versichert, dass Elena alleine wegen Ihnen, Dietmar, hierhergekommen war«, ergänzte Riesle.

Es hatte nun tatsächlich den Anschein, als würden Winterhalter, Hummel und Riesle gemeinsam das Verhör führen.

Dietmar schienen die Enge, die Hitze und die Leiche unterdessen immer mehr zuzusetzen. An Flucht dachte er wohl nicht mehr, zumal neben Winterhalter nun auch der robuste Harald an der Tür stand.

»Ja«, sagte Dietmar, um die Sache zu beenden. »Sie hat mich zweimal angesprochen. Ich habe sie zunächst aber wirklich nicht erkannt. Sie sagte, sie komme nicht von mir los. Es ginge ihr schlecht – Drogen und so.«

Dietmar blickte Constanze an, die still neben ihm stand. »Ich habe ihr aber klargemacht, dass ich mit Constanze meine große Liebe gefunden habe und sie mich in Ruhe lassen soll. Das hat sie offenbar nicht verkraftet und sich schließlich den goldenen Schuss gesetzt…«

»Ich habe ja glücklicherweise die Leiche vor der Kremierung bewahrt«, sagte Riesle selbstzufrieden, ohne Bäuerle zu erwähnen, der ihm dabei behilflich gewesen war. »Die Obduktion dürfte ergeben, ob Elena Ridescu noch drogenabhängig war. Ich glaube das nicht – und Elenas Freundin eben am Telefon glaubte das auch nicht…«

Der Gestank im Wohnwagen wurde Hubertus' Meinung nach immer schlimmer. Ob er ihn sich einbildete oder nicht, war ihm inzwischen völlig egal.

»Sie sagte mir aber, dass es ihr drogenmäßig schlecht gehe«, betonte Dietmar, der inzwischen ebenfalls leichte Atemprobleme hatte. »Und in ihrem Abschiedsbrief stand es ja auch drin.«

»Wo ist der eigentlich?«, wollte Riesle wissen, doch da hatte Winterhalter wieder einen lichten Moment. »Herr Hummel, habet Sie dem Dietmar vom Inhalt des Briefs erzählt?«

Hubertus schüttelte den Kopf.

»Dann muss es de Marco g'wese sei.«

Der wehrte mit beiden Händen ab. »Isch nix gesagt. Isch swöre!«

Winterhalter grinste. »Ich hab auch nix g'sagt. Also, woher wisset Sie des dann, Dietmar? Seit mir den Brief gefunde habe, isch er nämlich bei mir im Wohnwage verwahrt.«

In Dietmar schien es zu rumoren.

»So«, sagte Riesle nach einem Moment des Schweigens, »jetzt kürzen wir die Sache mal ab. Elenas Freundin hat mir berichtet, dass Dietmar, der für seine Versicherung häufig in Osteuropa unterwegs war, intensive Kontakte ins Rotlichtmilieu hatte. Unter anderem, weil er immer wieder Hostessen und Prostituierte für Partys organisiert hat. Für Partys, an denen sich erfolgreiche Versicherungsfuzzis gratis mit allem eindecken konnten. Essen, Trinken, aber nicht nur. Die Hostessen bekamen gelbe Armbänder, die Prostituierten rote. Fast wie hier auf dem Campingplatz...« Er deutete auf das Bändchen, das sie ihm am Morgen angelegt hatten.

»Diese Freundin hat mir weiter berichtet, Dietmar habe eine junge Hostess mit nach Deutschland geschleppt – Elena. Er habe ihr die große Liebe vorgegaukelt, war mit ihr in den Urlaub gefahren. Und sie dann schon bald mit seinen Rotlichtkontakten zur Prostitution gezwungen – vermutlich hat er sie sogar selbst an die Drogen gebracht...«

»Das ist eine infame Unterstellung, gegen die ich rechtlich vorgehen werde«, bedeutete Dietmar mit hochrotem Kopf. »Meine Versicherung ist ebenso seriös und sauber wie ich selbst!«

Riesles Antwort war Hohngelächter. »Genau – Sie und Ihr Arbeitgeber, die sind beide gleich seriös.«

»Lasst doch bitte meinen Mann in Ruhe«, meldete sich nun Constanze leise zu Wort. Elke drückte ihre Hand.

»Auf jeden Fall hatte Elena Ridescu wohl vor, hier auf dem Campingplatz – also da, wo für sie alles anfing – eine alte Rechnung zu begleichen«, fuhr Riesle fort. »Sie hatte geplant, mit Fotos Beweise für den Drogenhandel zu bekommen, den Sie, Dietmar, schon damals aufgezogen haben. Deshalb trat Elena zunächst auch inkognito hier auf.«

»Drogenhandel? Hier? Auf dem Campingplatz?« Dietmar schüttelte entschieden den Kopf.

»Gute Tarnung«, lobte Riesle, der dann noch einmal Eis auf die Tote schaufelte.

Es war fast schon ein Automatismus.

»Wenn die Polizei Ihren Wohnwagen auseinandernimmt, wird sie einiges finden – da war sich Elenas Freundin sicher. Und Elena auch. Ich vermute, dass Sie während Ihrer Italienaufenthalte die Drogen entgegengenommen und sie dann im Wohnwagen nach Deutschland geschmuggelt haben. Und ich werde persönlich dafür sorgen, dass Sie keine Gelegenheit mehr haben, die Drogen zu entsorgen, bevor wir Ihnen alles nachweisen können.«

»Wenn Elena ihm eins auswischen wollte, warum ist sie dann nicht zur Polizei gegangen, um ihn anzuzeigen?«, fragte Hummel, der sich daran störte, wie sie alle von Riesle vorgeführt wurden. Schließlich waren Winterhalter und er diejenigen gewesen, die hier tagelang recherchiert hatten. Und da kam einfach Klaus, legte die Leiche in seinen Wohnwagen, telefonierte ein bisschen und präsentierte die Lösung. Das war nicht nur bizarr, sondern auch ein wenig ungerecht.

»Ich vermute, dass Elena Dietmar …«, setzte Klaus an.

»Sie wollte mich erpressen, das Miststück!«, brüllte Dietmar, um dessen Selbstbeherrschung es geschehen war. »Mit irgendwelchen unbewiesenen ollen Kamellen!«

Winterhalter überlegte, ob es zulässig war, Vernehmungen künftig auch in Deutschland in solch stickig-heißer Atmosphäre durchzuführen. Die Delinquenten würden so sicherlich schneller den Mund aufmachen – und das ein oder andere sagen, was sie nicht zuvor geplant hatten.

»Mir werdet ja sehe, wie unbewiese diese olle Kamelle sind«, sagte Winterhalter. »Was wir aber noch nit wisse: Woher hät de Dietmar die Drogen bekomme?«

Hummel gab sich weltgewandt. »Die italienische Küste ist eine sehr löchrige Grenze. Da blüht der Drogenhandel – ist doch klar.«

Nun hatte auch Didi etwas beizutragen. Seine Miene hellte sich richtiggehend auf. »Und ich wette, dieses venezianische Lokal, in dem wir waren, ist seine Übergabestelle! Da wollte einer auf dem Klo irgendein Passwort von mir wissen – und ich dachte noch, es ginge um ein Sonderangebot! Wenn ich das richtige Kennwort gewusst hätte, hätten sie mir wahrscheinlich Drogen angedreht – in der Vermutung, ich sei ein Freund oder Mitarbeiter von Dietmar, weil ich ja mit ihm hergekommen war!«

»Ein Sonderangebot auf dem Restaurantklo?«, wiederholte Hummel fassungslos, doch Bäuerle war schon weiter.

»Deshalb wollte der Dietmar auch nicht, dass wir in das Lokal gehen. Aber mit Constanze war er schon ein paarmal hier – die geht schließlich nicht aufs Männerklo –, und die hat es uns nichts ahnend empfohlen!«

»Sehr gut«, meinte Winterhalter, der nun tatsächlich – Zuständigkeit hin oder her – auch in Italien die Staatsmacht zu verkörpern glaubte. »Den Laden werde mir dann auch auseinandernehme lasse.«

Riesle beobachtete Dietmar, der mehrfach Blicke mit seiner Frau wechselte. »Ich glaube Dietmar, dass Elena versucht hatte, ihn zu erpressen«, meinte er dann. »Zumindest hat Frau Wagner …«

»Aha, die war das!«, kommentierte Dietmar die erstmalige Nennung des Namens der Informantin.

»Sie kennen sie?«, fragte Riesle. »Und Sie wissen, dass sie

eine gute Freundin Elenas war, nicht wahr? Vielleicht die beste. Eine, die Elena geholfen hat, von Ihnen und diesem schmutzigen Leben loszukommen. Frau Wagner – wenn der Name nun schon heraus ist – wusste, dass Elena Ihnen alles zutraute. Zunächst wollte sie mir deshalb Ihren Namen nicht nennen, sondern gab mir nur den Hinweis, ich solle unbedingt vor Ort auf dem Campingplatz recherchieren.«

»Ich werde diese Frau verklagen«, kündigte Dietmar an.

»Machen Sie nur. Frau Wagner hatte Angst vor Ihnen – nicht zuletzt, weil sie zwei Kinder hat, um die sie sich sorgt. Und Sie haben ihr wohl schon einmal gedroht, ihnen etwas anzutun. Sie hatte jedoch das Gefühl, es Elena schuldig zu sein, wenigstens Kontakt zu mir aufzunehmen und ein paar Andeutungen zu machen. Die Polizei wollte sie vorerst nicht verständigen, weil sie von der Erpressung wusste und Elenas Ansehen nach ihrem Tod nicht beschmutzen wollte. Heute hat sie dann doch mit der Kripo VS gesprochen, aber Herr Thomsen hat sie in seiner bekannten Art wohl ziemlich abgeblockt. Daraufhin rief sie wieder bei mir an, um ihre Andeutungen zu konkretisieren.«

»Was waren des denn für Andeutunge?«, fragte nun Winterhalter.

»Dass es wohl bei Elenas Tod nicht mit rechten Dingen zugegangen ist. Dass es sich durchaus um Mord gehandelt haben könnte. Und dass Elena nie und nimmer noch drogenabhängig war. Mittlerweile weiß Frau Wagner, dass wir Sie kriegen werden, Dietmar – und als sie das vorhin von mir erfuhr, sagte sie mir noch mehr: Elena hatte sich aus dem Drogen- und Prostitutionsmilieu befreit, aber sie plagten in letzter Zeit Geldprobleme. Sie befürchtete sogar eine Abschiebung. Ich nehme an, sie wollte Dietmar schröpfen, um dann ein neues Leben zu Hause in Rumänien zu beginnen.«

Riesle hob theatralisch den Zeigefinder und richtete ihn auf Dietmar. »Der Campingplatz hier war ja symbolisch. Elena hat laut ihrer Freundin vor ein paar Monaten über einen alten Bekannten aus dem Rotlichtmilieu erfahren, dass Dietmar dieses Drogengeschäft immer noch erfolgreich betreibe – und da entschloss sie sich, eine alte Rechnung zu begleichen.«

»Und warum mit falschem Pass?«, hakte Hummel nach.

Riesle lächelte wissend. »Einerseits hatte sie wohl Sorge, dass sie vom damaligen Aufenthalt mit ihrem wirklichen Namen im Computer registriert ist. Und da Dietmar ja Stammkunde auf dem Campingplatz war und ein paar Angestellte kannte, die sie früher ebenfalls getroffen hatte, fürchtete Elena, dass ihr Inkognito gleich am Anfang auffliegen könnte, noch ehe sie genügend Beweismaterial zusammenhatte. Außerdem ist ein rumänischer Pass in Italien immer etwas problematischer als ein deutscher – zumindest, bis Rumänien demnächst die absolute EU-Reise-Freizügigkeit gewährt wird.«

»Aber so lange konnte sie nicht mehr warten…«, schlussfolgerte Hummel.

Riesle nickte: »Richtig: Sie brauchte das Geld recht schnell, hat deshalb ihrer alten Bekannten Beate Kollmann den Pass entwendet und ihn mit ihrem Foto versehen lassen. Aufgrund ihrer Rotlichtvergangenheit wusste sie sicher, wo man so was machen lassen kann. Und Pässe zu verfälschen ist bekanntlich einfacher, sicherer und preiswerter, als komplett neue zu kreieren.«

»Des isch übrigens eine eher mäßige Fälschung g'wese«, wandte Winterhalter ein. »Hoffentlich hät sie dafür nit viel Geld gezahlt.«

»Das sind doch alles Hirngespinste«, ereiferte sich Dietmar nun wieder. »Dann obduziert die Elena eben – aber lasst mich aus dem Spiel.«

»Du bist schon mitten im Spiel«, wies Hummel Dietmar zurecht. Dann wandte er sich widerstrebend noch einmal an Riesle, als sei der eine Art Quizmaster: »Und Dietmar hat diesen vermeintlichen Abschiedsbrief geschrieben, den ich gefunden habe? Und das Spritzbesteck drapiert?«

Riesle nickte. »Das vermute ich.«

»Und wie ist er in den Bungalow gekommen?«

Alle Blicke richteten sich auf Marco.

Der rührte sich nicht – auch sein Mund blieb verschlossen. Noch nicht einmal ein »incidente« kam heraus...

»Ich nehme Folgendes an«, setzte Riesle an. »Die beiden sauberen Herren sind nachts in den Bungalow eingedrungen und haben Elena getötet. Zumindest Dietmar wusste ja, dass sie früher drogenabhängig war. Dann stellten sie alles so dar, als hätte sie sich den goldenen Schuss gesetzt. Dazu der Abschiedsbrief, Drogenbesteck hat Dietmar wohl auch immer zur Hand, und ab mit ihr an den Strand.«

»No, no, no, no.« Marco hob abwehrend die Hände.

»Aber warum habet sie die Frau nach dem Mord nit in ihrem Bett gelasse? Wär des nit einfacher und unauffälliger g'wese?«

»Vielleicht waren sie der Meinung, dass ein angeblicher Hitzschlag für den Ruf des Campingplatzes unproblematischer wäre«, folgerte Riesle. »Und die Drogensache war gewissermaßen eine Absicherung. Deshalb haben sie auch später den Bungalow entsprechend präpariert. Der Arzt steckte vermutlich mit den beiden unter einer Decke, hat ja zunächst die Todesursache Hitzschlag bestätigt. Von Drogen war da noch keine Rede. War der Arzt also völlig inkompetent, oder haben Sie ihn persönlich geschmiert, Dietmar? Genug schmutziges Geld müssten Sie ja verdient haben...«

»Auf jeden Fall bist du wegen Mordes dran.« Bäuerle griff Marco diesmal nur verbal an. »Gibt's hier eigentlich noch die Todesstrafe?«

»Aber Didi«, sagte Elke völlig entsetzt. »So etwas will ich gar nicht hören.«

»Des isch än EU-Staat«, erläuterte Winterhalter. »Mir sind

doch nit in Halunkistan. Für einige Johr sollt's aber schon reichen.«

Marco wimmerte noch einmal etwas von einem Unfall, schnaufte dann tief durch und erklärte sich nach einem Blickkontakt mit Elke schließlich doch bereit, vor der Polizei auszusagen.

»Isch … isch abbe der Frau Schlafmittel in ihre Cocktail getan. An Strandbar. Und dabei gab es eine Unfall. Nur das! Und de Slüssel … Aber isch bin keine Mörder. Isch swöre.«

»Das heißt, die Dosierung war zu hoch?«, wollte Hummel wissen.

»Isch glaube, ja«, meinte Marco und schluchzte.

»Und den Rest hat Dietmar dann besorgt?«, fragte Riesle.

Marco hob die Schultern. »Isch nix wissen. Isch abbe kurz danach an diese Abend die Fräulein Martina kennengelernt. Isch war wirklisch nix dabei, als die Tote an Strand getragen wurde – und isch weisse nix von goldene Knall.«

»Halt einfach den Mund, du Mörder!«, rief Bäuerle.

»Schuss, nicht Knall«, verbesserte Hummel derweil.

»Du hast dann später aber geholfen, den Bungalow für uns vorzubereiten?«, fragte Hubertus.

Marco nickte. »Es tute mir leid. Aber Dietmar at gesagt, sonst uns alle veraften die Polizei – und ich arbeitslos!«

»Und?«, wandte sich Riesle an Dietmar. Der schwieg.

»Ich brauch 'n Bier«, meldete sich Harald nun wieder einmal zu Wort.

»Und ich frische Luft«, meinte Winterhalter.

Er öffnete die Tür – und stieß einen überraschten Schrei aus.

38. Kommissarin Hilde

»Hilde?Was machst du denn hier?«, stammelte Winterhalter.

»Jo, warum denn nit?« Sie stemmte ihre Fäuste in die Hüften. »Was machet denn ihr alle hier im Wohnwage?«

»Nix! Äh, schwätze halt…« Dem Kommissar war es überhaupt nicht recht, dass seine Frau aufgetaucht war. Wenn sie die Leiche erblickte, würde sie ihn wohl augenblicklich dafür verantwortlich machen. Und dann wäre der Urlaub endgültig gelaufen.

»Was isch denn mit dem Fräulein Martina los?«, fragte Hilde Winterhalter und zeigte auf die immer noch taubstumm scheinende Hummel-Tochter vor dem Wagen.

»*Frau* Martina – die isch nämlich schon verheiratet. Abg'sehe davon: Weiß nit, was mit ihr los isch«, gab sich Karl-Heinz Winterhalter ahnungslos. »Geh doch schon mol des Abendesse mache«, folgte dann der Versuch, Hilde loszuwerden.

»Abendesse? Jetzt schon? Um viere? Spinnsch du?«

Dann machte sie Anstalten, ebenfalls den Wohnwagen zu betreten. Karl-Heinz stellte sich ihr in den Weg, versuchte den Türrahmen zu blockieren. Hilde drückte ihn beiseite und schimpfte: »Was soll denn des? Jetzt lass mich halt durch.«

Das tat ihr Gatte schließlich resigniert, und dann ließ auch sie erst mal einen Schrei los, bevor sie sich wieder fasste und trocken sagte: »Nix für ungut, aber bei Ihne stinkt's ganz schön, Herr Hummel. Und was macht die dote Frau hier?«

Karl-Heinz Winterhalter erklärte ihr in Kurzform, was passiert war.

»Und ihr glaubt, de Herr Dietmar hat des Fräulein Elena umgebracht?«, fragte Hilde Winterhalter. »Mithilfe vom Herrn Marco?«

Dietmar und Constanze starrten beide aus dem Fenster.

Marco starrte hinterher.

»Alle Indizien deute darauf hin«, sagte der Kommissar. »Mir rufet jetzt die italienische Polizei. Dietmar – saget mir lieber mol Herr Dietmar –, jeder Fluchtversuch isch zwecklos.«

»Das gilt auch für dich!«, knurrte Bäuerle in Richtung Marco.

»Aber ä G'ständnis habt ihr noch keins?«, wollte Frau Winterhalter weiter wissen.

Hummel schüttelte den Kopf und versuchte, sie nach draußen zu lotsen. Als Gastgeber wider Willen war ihm die Situation reichlich unangenehm. Und wer ließ sich schon gerne sagen, dass es bei ihm stank?

»Reicht des für eine Verhaftung?«, fragte Hilde.

Ihr Mann schaute sie böse an.

»Spätestens nachdem ich die ganze Wahrheit aus diesem Typen hier rausgeprügelt habe«, spielte Bäuerle wieder den harten Mann und wandte sich dann an Dietmar und Marco. »Also: Ihr beiden habt sie doch zusammen umgebracht, oder?« Drohend hob er erneut die Fäuste, erhielt jedoch keine Antwort.

»Ä Momentle«, meldete sich Hilde noch einmal zu Wort. »Ich glaub, mir solltet erscht noch was kläre.«

»Was isch denn noch?«, fragte ihr Mann ungeduldig. Auch die anderen im Wohnwagen schauten gespannt auf die Bauersfrau.

»Ich hab mir ja über die G'schicht jetzt auch so meine Gedanke gemacht«, setzte sie dann an.

»Du? Über die Dote?«, fragte Karl-Heinz Winterhalter und musste unpassenderweise fast lachen.

»Karli, unterbrich mich bitte nit«, sagte sie streng und musterte die Leiche. »Also, ihr meinet, die beide Herre habet die Leich irgendwann zum Strand g'schleift. Richtig?«

»Oder Dietmar allein«, ergänzte Riesle.

»Oder Marco allein«, meldete sich Bäuerle.

»Herr Marco …?«, drehte sich Frau Winterhalter zu ihm. Hummel kannte ihre Fähigkeit, mit minimalem Aufwand sehr bestimmend zu wirken.

»Abbe isch nix gemackt, isch swöre! Abbe Frau nix getragen. At mir Dietmar gesagt, ist Frau wegen Mittel in Cocktail schon bei Gebüsch zusammengebrochen – albe Weg zwischen Strand und Bungalow.«

»Und warum hat de Dietmar sie dann nit einfach zum Bungalow getrage und die Überdosis Rauschgift dort verabreicht? Des wäre doch viel unauffälliger g'wese. Und er hät des völlig ungestört mache könne. Warum also hat er die Leich an de Strand g'schleift? Die Schleifspure am Körper sind ja eindeutig«, überlegte Karl-Heinz Winterhalter laut.

»Weil die Leiche ihm zu schwer war?«, schlug Riesle vor.

»Zu schwer? DIE kleine Frau?«, sagte Hilde und ließ die Stimme in die Höhe schnellen. »Des glaubt ihr doch nit im Ernscht! Die war höchschtens fuffzig oder fünfundfuffzig Kilo schwer. Und de Herr Dietmar« – sie zeigte auf seinen Oberkörper – »isch doch ä g'standenes Mannsbild. Dem war des Mädle doch nit zu schwer.«

»Also doch Marco«, meinte Bäuerle.

Frau Winterhalter schüttelte den Kopf.

»Worauf wollen Sie hinaus?«, schaltete sich Hummel ein.

Sie machte eine bedeutungsvolle Pause. »Wer sagt denn, dass de Täter än Mann war? Des könnt doch auch ä Frau …«

»Hilde, des isch jetzt aber arg theoretisch«, unterbrach ihr Mann sie. »Du hasch doch keine Ahnung von dene Sache. Überlass des Kriminalistische besser mir – und von mir aus noch dem Herrn Hummel.«

»Und mir«, ergänzte Riesle.

»Keine Ahnung? Soso. Vielleicht habet ihr Herre aber noch was Wichtiges übersehe?«

Sie holte ein paar Zettel aus der Rocktasche und hielt sie in die Luft, wie Riesle es vorher mit dem Foto getan hatte. »Des sind die Botschafte, die des Fräulein Elena angeblich hinterlasse habe soll. Karli, die hab ich in deinem Nachttischschränkle g'funde. Wie mir wisset, hat sie die wohl nit selber g'schriebe. Aber auch kein Mann. Oder isch des etwa Ihre Handschrift, Herr Dietmar?«

Der starrte zu Boden.

»Oder Ihre, Marco?«

»Isch swöre ...«

»Sie müsset nit schwöre. Ich glaub's Ihne jo«, beschwichtigte Hilde Winterhalter. »Nix für ungut, aber so än Deutsch beherrschet Sie nie und nimmer. Wer war's aber dann? Ich hätt do eine bescheidene Vermutung... Gell, Frau Constanze?«, setzte sie sanft an und blickte mit einem vielsagenden Lächeln zu Dietmars Frau.

»Schluss jetzt. Ich war's! Ich habe Elena umgebracht. Aber es war ein Unfall. Wie Marco schon sagte.« Dietmar konnte plötzlich wieder reden.

»Nei, Sie waret's eben nit!«, wehrte Hilde das Geständnis ab. »Lasset Sie mich bitte ausrede. Also, Fräulein Constanze hat bei der Meditation doch Rücke'probleme g'habt. Sie hat zu mir g'sagt, sie hät sich verhoben. Verhoben an einer Gasflasche. Des kam mir gleich so komisch vor.«

Constanze starrte ausdruckslos auf die Leiche, als höre sie Frau Winterhalter überhaupt nicht.

»Des mit dene Gasflaschen isch aber doch genauso wie's Chemieklo Männerarbeit, wie mir alle wisset. Und Sie habet jo än Mann dabei. Sie, Fräulein Constanze, habet sich an was ganz anderem verhobe. Und zwar an dem Fräulein Elena, nit wahr? So war's doch? Sie habet des Fräulein Elena irgendwann von diesem Gebüsch zum Strand g'schleift und dort auch mit de Droge'spritze umgebracht.« Hilde Winterhalter ging immer weiter in die Offensive. »Dafür spricht auch, dass Sie sich mit Spritzen gut auskenne. Sie sind doch Kranke'schweschter. Und wenn Sie die Dote zum Strand g'schleift habet, dann spricht viel dafür, dass de Herr Dietmar zunäscht mal gar nit dabei war.«

Noch ehe Karl-Heinz Winterhalter etwas sagen konnte, ergriff die Angesprochene das Wort. Sie starrte noch immer auf die Leiche. Nun taten offenbar die guten Gespräche mit Elke, die immer noch neben ihr stand, ihre Wirkung. Constanze hatte ganz offensichtlich das Bedürfnis, etwas loszuwerden. »Sie wollte alles zerstören, was wir uns aufgebaut haben. Unser ganzes Leben. Diese Schlampe.«

»Und deshalb habet Sie sie umbrocht?«, hakte Hilde nach.

»Das war ein Unfall«, versicherte nun erneut Dietmar.

»Ich brauche eine kurze Pause«, keuchte Constanze und griff haltsuchend nach Elkes Arm.

Die brauchten sie alle.

»Zwei Minuten Frischluft«, entschied Winterhalter dann. »Aber Dietmar und Constanze sollte mir bewache.«

Die Truppe sammelte sich zunächst vor dem Wohnwagen. Nicht nur die Neugier von Gordon Harald, den sein Vater vertrieb (»Junge – dat is nix für dich. Schau weiter Fernsehen«), sondern auch die etlicher übriger Campinggäste in der mittleren Nachbarschaft verhinderte die Fortsetzung der Vernehmung an der frischen Luft.

Als sich die Mannschaft kurz darauf wieder in Hummels Wohnwagen drängte, war sie durch Martina verstärkt. Didi Bäuerle hatte Maximilian übernommen und sich mit ihm vor dem Harald'schen Fernseher platziert, was pädagogisch ziemlich wertlos war. Aber immerhin lenkte es Didi von seinem Zorn auf Marco ab. »Marco, du sagst mir jetzt genau, was mit dieser Toten los war«, forderte Martina unterdessen von dem Italiener und schaute ihm ernst in die Augen. Ihr Blick zeigte Wirkung. »Constanze mir at befohlen, in die Cocktail von die Frau eine Schlafmittel zu macken, das sie mir at gegeben. Sie at mir erklärt, dass Elena eine miese Erpresserin und Drogenhändlerin, dass sie eine Abkühlung brauchen.«

»Eine Abreibung?«, schlug Martina sanft vor.

»Si. Und sie wollen diese Abreibung ihr geben in Elenas Bungalow. Sollte ich Slüssel besorgen für Fall, dass sie Elenas Slüssel nischt findet. At sie dann aber gefunden.«

»Hat sie auch gesagt, dass sie Elena umbringen wolle?«

Marco schüttelte den Kopf. »Sonst isch ätte da nie mitgemackt. Nur eine Ab...reibung.«

»Dietmar wusste also zunächst nichts davon?«

Marco zog die Schulter hoch. »War an Anfang nur Constanze.«

»Und dann?«, fragte Martina behutsam weiter.

»Abbe isch an die gleiche Abend disch getroffen, und meine Sinne ware verzaubert.«

»Ja, ja«, machte Hubertus ungeduldig. »Wir wollen wissen, wie das mit Elena war!«

»At mir Constanze und Dietmar an de näschste Tag gesagt, dass war eine Unfall. Mittel war zu stark. Ist Elena zusammengebrocken schon nahe die Gebüsch und nicht erst in die Bungalow. At Constanze dann gesleift bewusstlose Elena an die Strand. Weil Weg von Gebüsch zu Strand ist nicht beleuchtet, von Gebüsch zu Bungalow aber son, weil geht durch Zeltplatz. Da gibt viele Leute. Von Gebüsch zu Strand ist auch näher. Und an die Strand Elena ist gestorben.«

»Hat Dietmar dabei geholfen?«

»Nehme isch an, Constanze at Elena alleine gesleift, weil

mit Dietmar wäre ja keine Sleifspur. Wie freundliche Frau Winteralter gesagt: Ist Dietmar ja kräftig genug zu tragen eine solch leischte Mädchen.«

»Leichte Frau«, korrigierte Hummel. »Leichtes Mädchen ist etwas anderes. Das bedeutet ...«

»Können wir weitermachen?«, unterbrach Riesle ihn scharf.

»Und dann at Constanze mit mitgebrackte Drogenbesteck Elena an die Strand Sticke mit Spritze gegeben. Damit aussieht wie Drogentote. Und ich gedackt, ich schuld an Tod von Elena«, fuhr der Italiener fort.

»Am nächsten Tag wusste Dietmar dann aber Bescheid?«, fragte Riesle nach.

Marco nickte. »Abben beide am näcksten Tag zu mir gesagt, es war Unfall und ich musse mit die Arzt sprecken, dass schreibt Totenschein mit colpo di calore an Strand.«

»Hitzschlag«, übersetzte Winterhalter.

»Si, Itzschlag.«

»Und falls jemandem die Einstiche aufgefallen wären, hätte man die Drogengeschichte ins Spiel gebracht«, murmelte Hubertus.

»Si. At de Dietmar gesagt, Elena war Drogenfrau. At verkauft Drogen, um selber Geld für Drogen zu abben. Und at erpresst ihn.«

»Und du hast dann auch den Fotoapparat in Elenas Bungalow präpariert, bevor du uns da durchgeführt hast?«, fragte Hummel weiter.

Marco nickte schuldbewusst.

»Si. Abbe isch mit Dietmar Bilder von Elenas Fotoapparat gelöscht und neue, nix auffällige Fotos gemacht. Es atte ja jeder gesehen, dass Elena immer fotografiert at. Abbe isch also andere Bilder fotografiert, damit Kamera viele unauffällige Fotos zeigt. Auch von die Pool.«

Dietmar versuchte, Augenkontakt zu Constanze aufzubauen, doch die schaute ausdruckslos vor sich hin.

»Und die Anzeige am Pool war auch nie kaputt, richtig? Des war nur eine Lüge«, übernahm nun wieder Winterhalter.

Marco nickte erneut. »Wie viel Geld hast du von Dietmar für deine Dienste bekommen?«, wollte Riesle wissen und nutzte damit die Gelegenheit, sich wieder ins Spiel zu bringen. Hummel und Winterhalter hatten Detailkenntnisse, über die er nicht verfügte, aber so leicht wollte er sich nicht ausbooten lassen.

»Dreitausend Euro«, sagte Marco leise. »Und tausend für die Doktor. Verdient man ier an Strandbar und auf Campingplatz nix gut. Und abbe misch gefreut, dass isch meine Martina kaufen konnte eine Ring.«

Er strahlte sie an.

»Was für ein Ring?«, fragte Hummel misstrauisch, der schon das Schlimmste befürchtete.

Riesle übernahm schnell wieder die Befragung. »Also, Constanze: Hatten Sie vorher schon geplant, Elena umzubringen? Die Frau war Ihnen im Weg. Die hätte Sie doch nicht mehr in Ruhe gelassen. Da musste sie sterben!«

»Überlassen Sie das mal unseren Anwälten«, gab Dietmar zurück.

Winterhalter hatte noch Zweifel an der Version. »Aber stimmt des, dass sich erst Constanze allein die Elena vorgenomme hat – und de Dietmar erst später dazukam?«, fragte er in die Runde.

»Wir stehen das zusammen durch«, sagte Dietmar dann und blickte zu seiner Frau. »Natürlich habe ich …«, hob er dann an, doch Constanze fuhr ihm über den Mund.

»Lass, Dietmar!« Sie schaute Elke an, die ermutigend zurückblickte und ihr mit einem leichten Nicken bedeutete, nun wirklich alles auf den Tisch zu bringen. »Ich schicke dir alle meine Kraft«, sagte Elke zu Constanze, was beim ein oder anderen für leichtes Stirnrunzeln sorgte.

Bei Hummel sogar für schweres …

Ob es nun Elkes Energieschub oder Constanzes Wunsch war, reinen Tisch zu machen – sie atmete tief durch und redete es sich von der Seele.

»Es war meine Idee, nachdem mir Dietmar von der Erpressung berichtet hatte. Ich konnte nicht zulassen, dass sich eine solche Frau in unser Leben drängt.«

Wie zuvor Martina Marco Informationen entlockt hatte, so war es nun Elke, die auf Constanze einwirkte: »Du hast es gewissermaßen als Liebesdienst begriffen, oder?«

Constanze nickte. »Dietmar war am Anfang nicht beteiligt. Ich habe ihn erst in der Nacht, nachdem ich diese Frau am Strand abgelegt hatte, eingeweiht. Und ich habe ihm gesagt, er solle dafür ein für alle Mal seine Drogengeschäfte beenden. Ich wusste ja darüber keine Details – wusste noch nicht einmal, dass dieses Lokal in Venedig eine Anlaufstelle war. Ich wollte, dass wir einfach ein ganz normales, sauberes Leben führen. Endlich!«

»Das verstehe ich«, sagte Elke, worüber sich Hubertus wieder einmal aufregen konnte.

»Aber klar«, setzte er ironisch an. »Wen darf ich denn für dich als Liebesdienst umbringen? Klaus? Didi? Such dir einen aus!«

»Diese Frau hat mir keine andere Wahl gelassen«, fuhr Constanze fort. »Vermutlich hätte sie uns immer wieder erpresst. Sie brauchte nicht nur das Geld, sondern hatte auch einen unbändigen Hass auf Dietmar. Wegen ihrer Vergangenheit. Dabei plante er wirklich, sein Leben zu ändern. Zusammen mit mir. Aber dann kam sie und wollte alles zerstören«, sprudelte es aus Constanze heraus.

»Nein, es war ein Unfall«, versuchte Dietmar wieder einzugreifen. Aber Constanze ließ sich nicht mehr aufhalten.

»Es hätte so aussehen sollen. Diese Schlampe ist, nachdem Marco ihr mit dem Cocktail das Schlafmittel verabreicht hatte, leider schon auf dem Weg zu ihrem Bungalow zusammengebrochen. Dann blieb mir nichts anderes mehr übrig, als sie an den dunklen Strand zu schleifen. Ich habe sie bis auf den Bikini ausgezogen und ihr dann die Überdosis Heroin gesetzt. Die Drogen hatte ich aus Dietmars Bestand.«

»Constanze, jetzt höre ...«, versuchte Dietmar es erneut.

»Lass es gut sein, Schatz. Wenn sie die Leiche obduzieren, wird eh alles herauskommen. Dass Elena betäubt und ihr dann der goldene Schuss gesetzt wurde. Und dann werden sie natürlich dich verantwortlich machen. Aber du bist doch unschuldig. Ich habe es getan. Für dich und für unsere Zukunft.«

»Und Marco dachte ...«, begann Hummel.

»Marco war sich nicht sicher, ob er durch den Cocktail mitschuldig an Elenas Tod war – auch wenn das Mittel ja von mir gekommen war. Wir haben ihn beruhigt, aber ihm gleichzeitig klargemacht, dass er schweigen und uns weiter zu Diensten sein müsse – ansonsten würde es seine Anstellung kosten. Mindestens ...« Sie machte eine kurze Pause und blickte zu Boden. »Alles lief zunächst ohne Probleme. Wir haben einen Plan gemacht, nachdem ich Dietmar die Tat gestanden hatte. Hitzetod am Strand – bestätigt vom Arzt. Unauffälliger als eine Drogentote. Doch dann kamen Sie uns auf die Schliche und Plan B zum Einsatz: Wir mussten es doch noch wie ein Selbstmord durch Drogen aussehen lassen.«

»Dietmar wollte Elena aber eigentlich nicht umbringen?«, fragte Riesle.

»Dietmar wollte nachgeben und bezahlen. Aber das hätte uns schon bald ruiniert. Mir blieb keine andere Möglichkeit, als dieses Weib auszuschalten.«

»Sodele, ich glaub, jetzt isch es mal an de Zeit, die Polizei zu rufen«, übernahm Karl-Heinz Winterhalter die Initiative – ganz Kommissar.

»Sie werdet dann alles noch mal den italienische Beamte gegenüber zu Protokoll geben. Falls nit« – er musterte Dietmar streng – »könnet mir des gerade Gesagte alle bezeugen. Und nochmals: Jeder Widerstand und jeder Fluchtversuch wäre zwecklos.«

Dann wandte er sich noch mal an Hilde.

»Also, dass du jetzt hier … sozusage den Fall … auflöst …« Er kam ins Stammeln.

Die Antwort folgte prompt und energisch: »Ich wollt doch nur meine Ruh habe, sonscht nix. Und irgendwann war mir klar: Solang dieser scheiß Mord nit aufgeklärt isch, gibt's keine Entspannung. Also hab ich mich halt im Rahme meiner Möglichkeite nützlich g'macht …«, rechtfertigte sich Kommissarin Hilde.

39. Seeblick

Als Hubertus aufgewacht war, brauchte er eine Weile, um sich zu orientieren.

Sein Sonnenbrand schmerzte, doch er schien besser als in den ersten Nächten auf dem Campingplatz geschlafen zu haben.

Wie jeden Morgen drang Musik durch das offene Fenster. Er verfluchte Gordon Harald und seine Trickfilmsendungen, doch dann fiel ihm auf, dass diese Musik kaum RTL2-kompatibel war: »O Schwarzwald, O Heimat – wie bist du so schön!«

Auf der B 31, so meldete eine Frau nun, sei wieder Stau – zwischen Hinterzarten und Buchenbach, denn das Höllental sei nur einspurig befahrbar.

Außerdem gebe es heute selbst im Hochschwarzwald neunundzwanzig Grad, wusste die Radiosprecherin zu berichten.

Und am Lido? Das sagte sie nicht.

Nachdem Hubertus wieder einmal als Erster der Familie schlaftrunken aus dem Wohnwagen stolperte, war ihm das plötzlich egal. Er blickte nämlich nicht auf das Schalke-Gefährt der Haralds, sondern auf den herrlich blauen Titisee und die umliegenden Berge.

Hummel war schlagartig wach: Richtig, sie waren gar nicht mehr am Lido, sondern auf einem Campingplatz mitten im Schwarzwald.

Ein Blick nach links, und da stand auch nicht der Wohnwagen von Dietmar und Constanze, sondern der von Kommissar Winterhalter und dessen Frau, die mit dem Frühstück schon fast fertig waren.

»Mooorgen!«, krähte der Kommissar und übertönte damit seinen Radio. »Isch's nit schön hier?«

Hilde nickte kauend und sichtlich zufrieden.

Hubertus nickte zurück.

»Kommet Sie, setzet Sie sich zu uns – mir habet frische Lauge'weckle!«, lockte Winterhalter.

»Gleich«, sagte Hubertus und ging vorsichtig in seinen Wohnwagen zurück. Er musterte lächelnd seine schlafende Frau, begab sich ins hintere Abteil. Leise schob er die dortige Tür einen Spalt auf und blickte auf das Doppelbett. Dort lagen Martina, Maximilian – und noch jemand.

Wie Hubertus zu seiner großen Erleichterung vernahm, war es weder die Leiche noch Marco, sondern der dazugehörige Familienvater Didi Bäuerle. Als habe es nie irgendwelche Probleme gegeben.

Sanft schob er die Tür wieder zu, putzte sich die Zähne und begab sich dann zu den Winterhalters.

Binnen Sekunden bekam er ein veritables Speckvesper aufgetischt.

»Des tut guet nach der lange Fahrt geschtern«, bedeutete ihm Hilde.

»Im grünen Wald, dort wo die Drossel singt…«, jodelte derweil das Radio.

»De Herr Di Salvo hät ganz schön übertriebe, oder nit?«, meinte Karl-Heinz Winterhalter.

»Ich denke, er hat einfach die Nerven verloren, nachdem er die Leiche gesehen hat. Aber uns alle deshalb vom Campingplatz zu werfen – das wird er sicher noch bereuen«, sagte Hummel.

»Ich bin fascht sicher, dass innerhalb von ä paar Dag bei uns än Entschuldigungsbrief ankommt«, gab sich der Kommissar optimistisch und blickte von der terrassenhaften Erhöhung des Zeltplatzgeländes über den See.

»Des hoff ich aber! Ich will nächschtes Jahr wieder dohin«, knurrte Hilde milde.

Hummel definitiv nicht!

Er griff mit gutem Appetit zu. »Hat eigentlich die Zusammenarbeit mit Ihren italienischen Kollegen gut geklappt?«, wollte er dann wissen.

Winterhalter nickte. »Bis auf die Sprachbarriere halt. Aber ich hatt jo auch des BKA informiert, sodass die Kollege vorbereitet waret.«

»Wie lange werden Dietmar und Constanze Ihrer Meinung nach sitzen?«, fragte Hubertus und erntete ein Räuspern von Hilde Winterhalter.

»Kommt drauf an. Die Constanze schien reinen Tisch mache zu wolle und hät de facto die Mordabsicht zugegebe. Ob des allerdings so bleibt und des Gericht des auch so sieht? Wer weiß …«

»Aber die Drogen wurden ja gefunden …«, forschte Hummel weiter und schaute auf seinen linken Arm. Es tat gut, kein Bändchen mehr tragen zu müssen.

Hilde räusperte sich wieder.

Ihr Mann blickte sie kurz an und sagte dann leise zu Hummel: »Jo, im Wohnwage – in de Vertiefung neben de Heizung. Des allein dürfte schon für ä paar Jahre reichen. Aber ä bissle Geld hat de Dietmar jo auf jeden Fall noch – von Ihne.« Er grinste.

»Von mir?«, erschrak Hubertus. »Warum?«

»Hät Ihre Frau Ihne nit g'sagt, dass sie noch in Venedig beim Dietmar eine Lebensversicherung abg'schlosse hat?«

Hubertus fiel fast vom Campingstuhl. Hatte sie nicht. Er brauchte einen Moment, bis er sich wieder gefasst hatte.

»Diese Frau Wagner, die Freundin von Elena, wird sehr erleichtert sein. Sie war offenbar in großer Sorge, dass Dietmar ihr oder ihren Kindern etwas antun könnte«, meinte Hummel dann, um möglichst schnell auf andere Gedanken zu kommen.

»Jo, wobei Constanze g'sagt hät, de Dietmar könnt keiner Fliege was zuleide tun. Außerdem hätte er ihr damals versproche, dass sie ab jetzt ä ganz bürgerliches Lebe führet und er nimmer oft g'schäftlich verreist.«

Hummel musste grinsen. »Na ja, ganz bürgerlich wird es nicht sein – aber zumindest verreisen scheint mir bis auf Weiteres hinter Gittern ausgeschlossen. Vielleicht kann man die Versicherung ja noch annullieren ...«

Hilde räusperte sich nun so laut, dass Hubertus sie erschrocken anschaute. »Haben Sie sich verschluckt?«

Der Kommissar antwortete an ihrer Stelle: »Meine Frau meint, nachdem jetzt der Fall geklärt isch, will sie nix mehr von der G'schicht höre – und ihren Urlaub genieße.«

Hilde nickte entschieden.

Hummel gehorchte lieber – und so genossen sie die frühe Sonne, plauderten über die Vorteile des Schwarzwalds und die Frage, ob man weniger als fünfzig Kilometer von Zuhause entfernt wirklich Urlaubserholung finden könne.

Beide Seiten bejahten das, und Hubertus gab sich fest entschlossen, die noch verbleibenden fünfzehn Urlaubstage hier zu verbringen – trotz der Versicherungsgeschichte gemeinsam mit Elke. Das wieder frisch vereinte junge Ehepaar in seinem Wohnwagen würde sich wohl auch bald aus dem Staub machen.

Mit oder ohne Kind.

Es war wirklich entspannend und bis auf das Radio schön ruhig hier – nicht zuletzt auch deshalb, weil man nicht minütlich befürchten musste, von Harald ein Gespräch oder ein Bier aufgenötigt zu bekommen.

Während Hummels Familie von den Ereignissen des Vortags und wohl auch von der langen Fahrt völlig erschöpft war und keine Anstalten machte, aus dem Wohnwagen zu kommen, kündigte sich nach einigen Minuten Besuch an: Klaus Riesle in seinem Kadett.

Er hatte eine aktuelle *Kurier*-Ausgabe dabei, in der er auf zwei Sonderseiten den »skrupellosen Drogenschmuggel auf dem Familiencampingplatz«, die »kriminellen Machenschaften eines Versicherungsvertreters«, dessen »zwielichtige Sexpartys in Osteuropa« und natürlich den »Mord aus Liebe« in allen möglichen Details beleuchtet hatte.

»So, jetzt schulde ich dem Chef noch eine Campingreportage aus der Umgebung – und dann bin ich endgültig wieder sein bestes Pferd im Stall«, meinte der Journalist zufrieden.

»Was sagt denn Frau Wagner?«, traute sich Hummel noch einmal, das Thema zu streifen.

»Ist mächtig erleichtert«, nickte Riesle. »Frau Kollmann übrigens auch. Die war tatsächlich untergetaucht, nachdem sie das mit ihrem Ausweis und dem Verdacht des Mafiamordes gelesen hatte. Und offenbar hat Dietmar dann auch noch anonym bei ihr angerufen, sie möge unbedingt die Schnauze halten. Dabei wusste sie nicht einmal, worüber ...«

»Jetzt isch sie aber wieder da?«, wollte Winterhalter wissen und ignorierte das Räuspern seiner Frau.

Riesle nickte. »Übrigens war es vermutlich auch Dietmar, der vor ein paar Tagen mit verstellter Stimme bei mir in der Redaktion angerufen und erklärt hatte, dass es sich nicht um einen Mord, sondern um eine Drogensache gehandelt habe. Er hat wirklich alles versucht, nachdem Constanze ihn eingeweiht hat.«

»Klar«, nickte Hummel. »Ging ja auch um seinen eigenen Kopf.«

»Er hat ja auch einiges an Geld investiert: in Marco, in den Arzt und in den Bestatter, der ebenfalls bestochen war. Wenn ich es nicht verhindert hätte« – fügte Riesle stolz an – »dann hätten die Elena nach Verona gebracht. Da gibt es nämlich eine große Krematoriumsanlage, makabererweise von Deutschen konzipiert und umgesetzt.«

»Warum haben die Bestatter denn eigentlich nicht die Polizei angerufen, nachdem ihr die Leiche gestohlen habt?«, fragte Hubertus weiter.

»Wahrscheinlich wollten sie die aus dem Spiel lassen, weil sie das Schmiergeld kassiert hatten«, meinte Riesle. »Aber selbst wenn, dann hätte die Polizei ja nicht wissen können, dass wir mit der Leiche auf den Campingplatz fahren würden…«

Hilde Winterhalter räusperte sich wieder – und das nahm der Journalist zum Anlass, sich an sie zu wenden.

»Die Ankündigung ist übrigens auch drin.«

»Was denn für eine Ankündigung?«, wollte Hummel wissen.

Hilde nahm sich die Zeitung und blätterte darin herum.

»Bleibt ihr denn eigentlich in Kontakt mit Haralds?«, fragte Riesle derweil.

Hummel schüttelte den Kopf. »Ganz sicher nicht. Harald meinte zwar, wir könnten doch ab und zu mal skypen, aber nicht mit mir! Und da wir bis auf Weiteres Hausverbot auf diesem Campingplatz haben, werden wir uns wohl nicht wiedersehen. Ist jetzt auch nicht gerade schlimm…«

»Datt is aber schade«, imitierte der Journalist den Ruhrpottmetzger und blätterte mit Hilde durch die Zeitung. »An der Rezeption hängt auch schon ein Plakat!«

»Was denn für ein Plakat?«, fragte Hubertus wieder neugierig nach, doch seine Worte gingen in einem Hupen unter – so laut, dass nun zweifelsohne auch alle anderen wach werden mussten.

Das Hupen gehörte zu einem Gefährt, das ganz in Blau-Weiß gehalten war. Und mit jedem Meter, den es näher kam, wurde Hubertus trotz der Sonne blasser.

»Jetzt seid ihr platt, watt?«, brüllte der Fahrer aus dem Wagen, noch ehe er zum Stillstand gekommen war.

»Überraschung!«

Harald warf ihnen gekühlte Bierdosen zu.

»Mathylde – ach, is datt schön hier! Hier bleiben wir!« Er lehnte sich aus dem Fenster und musterte den freien Stellplatz gegenüber von Hubertus – den, der Hummel gerade noch einen herrlichen Blick über den Titisee beschert hatte. »Der is noch frei? Bingo!«

Dann wandte Harald sich Riesle zu: »Danke für den Tipp, Alter! Bis mir ja 'n Kerlchen – da kannse glatt zwei draus machen.«

Hubertus spürte, wie die gerade wiedererwachte Freundschaft zu Klaus einer harten Bewährungsprobe ausgesetzt wurde. Einer übermenschlich harten …

Unaufgefordert setzte sich Harald zu Winterhalters an den Campingtisch und nahm sich eine Scheibe Speck. »Tippi toppi Ankündigung da am Eingang – ich freu mich!«

»Was ist denn nun mit dieser ominösen Ankündigung?«, fragte Hubertus nun unwirsch.

»Also, des isch so …«, setzte Kommissar Winterhalter vorsichtig an.

Hilde hatte derweil den entsprechenden Zeitungsausschnitt gefunden und zeigte ihn Hummel. Der überflog ihn mit immer größer werdenden Augen. »Schwarzwaldabend? Heute? Hier? Die größten Schwarzwaldklassiker und einige Italohits? Mit Ihnen?« Entsetzt blickte er das Ehepaar Winterhalter an.

»Und mit Ihne!«, sagte Hilde Winterhalter bestimmt. »Schauet Sie mol: die Schwarzwaldfamilie Winterhalter mit Hubertus Hummel.«

»Aber … aber …«

»Aber sicher!«, sagte Frau Winterhalter in dem Ton, der keinen Widerspruch duldete. »Des hab ich mir nach dem ganze Stress verdient. Sie werdet mit auf de Bühne stehe – und Ihr neuer Anzug auch!«

Riesle grinste breit. »Das wird nicht einfach, Huby. Am Lido war's bei den ganzen Schwarzwäldern ein Heimspiel. Hier sieht's eher umgekehrt aus.«

Er zeigte auf die umliegenden Wohnwagen: »Fast alles Holländer und Norddeutsche …!«